부부단팥죽

夫婦善哉 [결정판]

부부단팥죽

오다 사쿠노스케 지음
홍부일 옮김

연암서가

옮긴이 홍부일

서강대학교 철학과를 졸업하고 현재 한국고전번역원 고전번역
교육원 연수과정에 있다. 일본 교토에 거주하면서 아쿠타가와
류노스케, 엔도 슈사쿠, 요시다 겐이치, 이시카와 다쿠보쿠 등
의 일본 근대 문인에게 관심 가지게 되었다. 옮긴 책으로 『핫키
엔 수필』, 『노라야』, 『환담·관화담』이 있으며 한일 간 문학 교
류 중 특히 경술국치 시기 문인들 간의 교류를 현대 한글로 옮
겨 보려 노력하고 있다.

부부단팥죽

2020년 11월 20일 초판 1쇄 인쇄
2020년 11월 25일 초판 1쇄 발행

지은이 | 오다 사쿠노스케
옮긴이 | 홍부일
펴낸이 | 권오상
펴낸곳 | 연암서가

등록 | 2007년 10월 8일(제396-2007-00107호)
주소 | 경기도 고양시 일산서구 호수로 896, 402-1101
전화 | 031-907-3010
팩스 | 031-912-3012
이메일 | yeonamseoga@naver.com

ISBN 979-11-6087-071-8 03830
값 15,000원

오사카.

일본 열도를 이루는 네 개의 섬 중 가장 큰 본토 섬 혼슈, 그 혼슈의 서부에 위치하며 바다를 접한 제2의 도시이자 상업과 상인의 도시이다. 육로와 해로가 뻥 뚫려있어 1600년대 에도 시대 들어 대도시로 성장했다. 상업도시인만큼 오사카 사람들의 성격은 대단히 호방하고 직설적이고 생활력이 강하며, 좋게 말하면 유머에 목숨을 거는 사람들이라고 말하기도 한다. 그로 인해서인지 2017년 "주민 성격이 가장 나쁜 도시는?"이라는 조사에서 28.2%로 1위를 차지했다. 한국 교민이 가장 많이 사는 도시라서 큰 가게에 가서 "저기요!" 하고 외치면 "네!" 하고 점원이 달려올 정도이기도 하다.(순전히 내 경험일 뿐이다) 천하의 식탁이란 별명을 가진 만큼 유서 깊은 식당이 빼곡히 모인 식도락의 성지이기도 하고, 일본 삼대 전통예술 중 하나인 분라쿠(文樂) 인형극과 그 극본을 샤미센 반주에 맞춰 읊는 조루리(淨瑠璃)의 본고장이기도 하다.

이 오사카의 거리, 오사카의 풍경, 오사카의 감각만을 믿으며 집요하게 그려낸 근대 작가가 바로 오다 사쿠노스케(織田作之助)이다. 동료 작가인 사카구치 안고가 "넘쳐나는 재능을 오사카에 한정시켜 버렸다"라고 말할 정도였다. 하지만 역시 오사카 사람답게 개의치 않고 그는 그가 사랑한 오사카 사람들의 역동적인 생존 감각을 자유분방하게 그려냈다. 가장 개인적이고 지역적인 것이 가장 창의적이고 세계적인 것이다. 라는 격언을 새삼스레 끌어올 필요까진 없을지 모르지만, 오사카 사람들을 지극히 문학다운 방식으로, 부딪치고 좌절했다가 살아나 다시 탕진하고 파멸한 뒤 꾸역꾸역 되살아나는 끈질긴 생활력을 소설로 그려냈다. 대표작은 오사카의 유명 단팥죽 가게 이름이기도 한 「부부단팥죽夫婦善哉」. 미발표 속편 원고가 2007년에 발견되어 국내 처음으로 「부부단팥죽」 결정판을 소개하게 되었다. 이미 수차례 영상화된 작품이지만 결정판 발간을 계기로 2013년에 「메오토젠자이」라는 제목으로 4부작 드라마화가 되어 배우들의 호연과 감각적인 영상미 덕분에 히트하기도 했다. 작품 자체 또한 제목은 다소 촌스럽지만 전혀 통속적이거나 신파적이지 않고 여전히 감각적인, 무엇보다도 재밌는 작품이다.

하지만 그의 자유분방한 문학은 당시 주류였던 도쿄 문단으로부터 혹평 세례를 받았다. 오다 사쿠노스케가 그의 산문 「가능성의 문학」에서 밝힌 바에 따르면, 천박, 실력은 좋으나 오만함, 상스러움, 노동자 근성, 하층민 영혼, 속악, 에로, 발진티푸스, 해악, 인간 모독, 경조부박 등의 악평을 받았다고 한다. 그와 다자이 오사무, 사카구치 안고 등을 지칭해 무뢰파 혹은 신희작파라 부르는데 '무뢰'는 표준국어대사전에 따르면 '성품이 막되어 예의와 염치를 모르며 함부로 행동하는 사람'을 뜻하며, 신희작파의 희작(戲作)은 일본어로 게사쿠, 에도 시대 유행한 통속오락문학으로 당시 너무 속되다는 이유로 막부의 탄압을 받으며 게사쿠 작가들이 연행되기도 했다. 하지만 역시 오사카 사람답게 개의치 않고, 도리어 도쿄 문단을 향해 '가능성은 그리지 못하는 재능 부족'이라고 맞받아치며 자존심과 질투의 구렁을 유랑하는 방탕무뢰 풍속문학을 이어갔다. 안타깝게도 33살에 요절하여 7년밖에 활동하지 못했지만 그럼에도 50여 편의 단편작품을 남기는 등 다작을 했으니 불행 중 다행이다.

이 책에 수록된 모든 작품의 배경은 오사카로, 오사카의 지명, 음식, 문화요소 등 지극히 지역적인 요소들이 단순한 소재를 넘어 작품과 완벽하게 융화되어있어 번역상 많은 난점이 있었다. 무척 고민한 끝에 오다 사쿠노스케가 지향했던 '가독성'과 '재미'를 존중하여 최대한 한자표기와 주석을 배제하고 음식이나 의복 등은 되도록 우리말로 순화하여 번역했다. 지명은 우리나라에서 통용되는 지명 표기를 중심으로 번역하고 사찰이나 공연장이나 길거리 등은 '−사', '−극장', '−가' 등으로 풀거나 중언하여 번역했다. 가장 큰 고민은 오사카 사투리에 대한 부분이었다. 오다사쿠의 「부부단팥죽」과 「세태」 속 오사카 사투리는 다른 어떤 작품의 오사카 사투리보다도 생생하고 강렬하다. 많은 경우 이러한 오사카 사투리를 경상도 사투리로 번역하곤 한다. 고민하던 중 다음의 글을 읽게 되었다.

『세설』의 오사카 사투리, 『인간동지』의 오사카 사투리, 『16세의 일기』의 오사카 사투리는 전부 순수한 오사카 사투리라기보다 전차로 삼십 분 정도 거리에 있는 오사카 사투리이다. 모두 각각 확실히 구별이 가는 뉘앙스의 차이를 지니고 있다는 점에서 오사카 사투리를 글로 쓰는 어려움을 엿볼 수 있으며, 또한 오사카 사람들이 각자의 개성으로 그들의 말을 독자적으로 사용하고 있다는 점에서 오사카 사투리를 일정한 문장 형식으로 쓸 수 없는 이유가 발생하는 것이다.

말뿐만 아니라 오사카라는 지역에 대해서도 이전부터 전통적인 정설이란 것이 만들어져 있다. 오사카 사람들의 공통적인 특징이라며 오사카라는 곳은 이런 곳이군요 하는 고착관념을 너나 할 것 없이 가지고 있어 그런 정평을 보고 들을 때마다, 아아 오사카는 이해받지 못하고 있구나 하는 생각이 든다. 이는 사실 오사카인이라는 존재는 일정한 문장 형식보다, 오히려 그 형식을 부수고 반골로서 정석을 벗어나 탈선할 때만 진정한 본색을 드러내 왔기 때문에 이 본색을 붙잡지 않고선 오사카를 알 수 없다고 생각하기 때문이다.

— 「오사카의 가능성」

『세설』의 다니자키 준이치로는 만년을 오사카에서 산 대문호이고, 『인간동지』의 우노 고지는 '문학의 귀신'으로 불리던 오사카 출신 작가, 『16세의 일기』의 가와바타 야스나리는 노벨문학상 수상자이다. 하지만 오다 사쿠노스케는 이들 모두와 거리를 두며 등장인물 각각의 오사카 감각에 따라 제각각의 오사카 말을 조형한 것이다. 이를 존중하여 나는 작품 내 오사카 사투리를 지역 특색을 강조하지 않는 표준어로 번역했고 그래서 아쉬운 점도 많지만 그가 전달하고자 한 오사카의 무언가는 단순히 사투리를 통해 전달되는 것만은 아니리라 생각한다.

오다 사쿠노스케에겐 '오다사쿠'라는 애칭이 붙어있다. 그의 생전 당시부터 붙어있던 별명인데 무뢰파로 불리던 그의 행보와 문학적 성격을 고려하면, 그리고 독자분들께서도 이 책을 끝까지 읽고 나면 단순히 애정만 담긴 애칭은 아닐 거란 생각이 들 것이다. 방약무인한 태도에 남의 단점을 서슴없이 들춰내고 문단이나 기성세력을 향한 공격도 주저하지 않던 오다 사쿠노스케에게 어쩌다가 '애칭'이라는 것이 붙은 걸까 하고 애칭이 있는 다른 작가들을 떠올려보려 해도 쉽사리 떠오르지 않는다. 하지만 이 뭔가 과하고 성급한 '오다사쿠'라는 이름이 너무나 잘 어울리는 것도 부정할 수 없다. 이 애칭과 더불어 작품 속에 가득 담긴 그가 사랑한 것들, 그가 사랑한 문학이 아무쪼록 잘 전달되기를 바란다.

차례

일러두기

- 인명과 지명 등은 대개 외래어표기법을 준수하였으나 「부부단팥죽」의 주인공 蝶子 [쵸코]의 경우, 원어 발음과 현격한 차이를 고려하여 표기법을 준수하는 [조코] 대신 [초코]로 표기하였습니다.

- 작품 내 괄호 주석과 굵은 글씨 표시는 전부 저자가 남긴 표기이며, 각주는 옮긴이가 붙인 주석입니다. 다만 괄호 속 한자와 연도는 옮긴이가 이해를 돕기 위해 첨가한 주석입니다.

- 이 작품집 속 작품은 오늘날 관점에서 보면 부적절한 부분이 다소 보이지만 저자 자신에게 차별적 의도는 없었으며 작품 자체가 지닌 문학성과 예술성 그리고 저자가 이미 고인이라는 사정을 고려하여 최대한 원문 그대로 존중하여 번역하였습니다.

부부단팥죽

　연중으로 빚쟁이가 들락날락했다. 연말은 물론이고 아주 매일같이 간장집, 기름집, 채소집, 정어리집, 건어물집, 숯집, 쌀집, 집주인, 그 외 기타 등등 그 어느 곳에서나 혹독하게 독촉했다. 골목 어귀에서 우엉, 연근, 고구마, 반디나물, 곤약, 붉은 생강, 건오징어, 정어리 등 1전 튀김을 튀겨 파는 다네키치는 빚쟁이의 모습이 보이면 고개를 푹 숙이고 불쑥 밀가루 반죽을 하는 척을 했다. 근처 아이들도 "아저씨, 빨리 우엉 튀겨줘." 하고 기다릴 수 없다는 듯이 굴어 "오냐, 지금 튀긴다 튀겨." 하고 말하긴 했으나 사발 바닥을 벅벅 문질러 댈 뿐, 콧물이 떨어진 것도 알아채지 못했다.

다네키치로는 애기가 통하지 않으므로 그냥 지나쳐서 골목 안쪽으로 들어가 다네키치의 아내와 담판을 지으려 하면 아내인 오타쓰는 다네키치와는 아주 딴판이라 빚쟁이들의 몸동작을 유의 깊게 살폈다. 독촉하는 몸동작이 지나쳐 걸터앉은 마룻바닥을 살짝이라도 건들면 오타쓰는 바로 "남의 집 마룻바닥을 뚜들기고, 당신 그래도 되는 거야?" 하고 핏발을 세우는 것이었다. "거긴 집안 수호신께서 머무시는 곳이라고."

연극을 할 생각이었지만 그래도 역시나 흥분한 건지 목소리에 눈물이 섞여들 정도라 상대는 깜짝 놀라,

"말도 안 되는 소리, 아무것도 뚜들기거나 하지 않았어요." 하고 오히려 정색하여 두세 번의 승강이 끝에 결국 말싸움에서 진 오타쓰는 빈손으로 돌려보낼 수 없는 처지가 되어 살을 에는 듯한 심정으로 50전 혹은 1엔 정도 건네야 했다. 그럼에도 한 번뿐이긴 하나 마룻바닥에 대해 그 자리에서 지적받자 뭐라고 변명하지도 못하고 곤란해하더니 갑자기 엎드려 고개를 숙이고 사죄하고서 허둥지둥 도망가버리는 빚쟁이가 다녀가면 언제나 그 뒤 오타쓰의 푸념 상대가 되는 건 딸인 초코였다.

그런 모친을 초코는 창피해하면서도 측은하게 생각했다.

그래서 모친을 속여 군것질할 돈을 타내거나 튀김 매출 상자에서 잔돈을 훔치곤 해오던 것이 살짝 후회스러웠다. 다네키치의 튀김은 맛으로 장사하여 평판이 꽤 괜찮았지만 그 때문에 손해를 보고 있는 듯했다. 연근이나 곤약이나 무척 두꺼워 오타쓰의 눈에도 수지가 맞지 않아 보였지만 다네키치는 주판을 튕겨보더니 "원재료 7린[1]을 1전에 팔고 있으니 손해 볼 리 없어." 집에 돈이 남지 않는 건 전부터 쌓인 빚으로 매일 매상을 좀먹고 있기 때문이라는 다네키치의 주장은 타당했지만 열두 살 초코는 부친의 주판엔 숯값과 간장값 등이 들어 있지 않다는 걸 뻔히 알고 있었다.

튀김만으로는 살아갈 수 없어서 근처에 장례식이 있을 때마다 가마꾼 인부로 고용되었다. 수호신 여름 축제 땐 물고의를 입고 신사의 큰 제등을 등에 짊어지고서 행진하면 하루에 90전이었다. 갑옷을 입으면 30전이 올랐다. 다네키치가 부재중일 땐 오타쓰가 튀김을 튀겼다. 오타쓰는 재료를 양껏 절약했기 때문에 축젯날 지나가는 길에 보고 다네키치는 면목 없음을 느끼며 갑옷 아래로 땀을 흘렸다.

정말 둘도 없이 가난했기 때문에 초코가 소학교를 졸업하

---

1 厘; 화폐 단위로 엔의 1000분의 1이자 전의 10분의 1.

자 황급히 식모살이를 보냈다. 흔히 말하는 갓파[2] 골목의 목재상 주인으로부터 꽤 괜찮은 조건으로 이야기가 들어왔기 때문에 오타쓰의 얼굴에 뜻밖에 혈색이 돌았지만 끝끝내 첩에게 생초보임이 들통나 부친은 가타부타하지 않고, 니혼바시(日本橋) 3가의 헌옷 가게에 대단히 나쁜 조건으로 식모살이를 보냈다. 갓파 골목은 옛날에 갓파가 살았다고 하여 사람들이 꺼려서 가격이 싸구려이던 그 토지를 목재상의 선대가 사들여 셋집을 짓고 지금은 지독하게 높은 임대료까지 챙기며 돈을 벌어들여 갓파는 목재상이라는 험담이 돌았지만 첩이 몇 명이나 있어 어린 생피를 빨아들이기 때문이란 의미도 있는 듯했다. 초코는 포동포동 여성스러워지고 생김새도 아담하니 가지런하여 목재상은 역시나 형안이 있었다.

니혼바시 헌옷 가게에서 반년 남짓의 고난이 이어졌다. 겨울날 아침, 구로몬(黒門) 시장에 장을 보러 가다가 길을 돌아 헌옷 가게 앞을 지나가던 다네키치는 가게 앞을 청소하는 초코의 손에 빨갛게 피가 배어 있는 것을 보고서 그대로 들어가 담판을 지은 뒤 데리고 돌아왔다. 그리고 소망하던 대로 소네자키(曾根崎) 신개척지[3] 다방에 오초보(게이샤의 시타

---

2 河童; 강에 살며 아이를 물속으로 끌어들이거나 장기를 뽑아먹던 요괴.

짓코[4])로 보냈다.

다네키치의 손에 50엔이라는 돈이 들어와 이는 빚을 갚느라 순식간에 사라졌지만 그 후로나 그 전으로나 한 번에 모아 받는 건 그때뿐이었다. 애초에 편안히 놀고먹을 생각은 없었기에 열일곱 때 초코가 게이샤가 되겠다고 말하는 소리를 듣고 아버지는 졸지에 당황했다. 오히로메[5]를 한다 해도 아무럼 튀김을 나눠주고 다닐 순 없으니 축의, 의상, 팁 등 품이 많이 들 텐데, 이해해주고 포주가 내준다면 좋겠지만 이는 가불이므로, 말하자면 초코를 묶어두는 셈이라 반대했다. 하지만 결국 타고나기를 활기찬 기상이 환경에 물들어 꼭 게이샤가 되고 싶다고 초코가 고집을 피우자 양보하고 다네키치는 상당한 돈을 마련했다. 그러므로 고된 일도 모두 부모를 위해서라는 세상말은 초코에겐 들어맞지 않는다. 멋대가리 없는 손님이, 게이샤가 된 건 어쩔 수 없었기 때문이겠지? 도대체 네 아버지는…… 하고 물으면 아버지가 노름꾼이라든가, 속아 넘어가 논밭을 팔아넘겼기 때문이라든가 등등 일부러 측은해 보이는 말을 지어내거나 하는 건 아무럼 나고 자란 지역 성격으로

---

3 당시 신개척지에는 유곽이나 다방 등 유흥업소가 밀집되어 환락가가 조성됨.
4 게이샤가 되기 위해 배우는 소녀.
5 御披露目; 게이샤 등이 첫인사를 올리는 무대.

나 기질로나 초코에겐 불가능했지만, 역시나 그렇다고 게이샤가 되지 못하게 하는 그런 박정한 부모가 어딨냐며 울며불며 당장이라도 의절하겠다고 소동을 피웠다는 진짜 사실을 말할 수도 없었다. "우리 아버지는 어르신처럼 아주 잘생긴 미남인 걸." 하고 말을 돌리거나 하며 악취미가 극에 달했지만 그것이 애교로 통했다. ─ 초코는 목소리를 뽐내려고 어느 연회 자리에서나 소리를 한껏 지르며 목구멍과 이마에는 힘줄을 세우고 창호지가 떨릴 정도로 까랑까랑하게 노래를 불러 활기찬 연회 자리에는 없어선 안 될 기녀였기 때문에 핫사이(왈가닥)로 팔리고 있었다. ─ 그럼에도 단 한 사람, 단골인 싸구려 화장품 도매상 아들에게는 무엇이든 사실만을 이야기했다.

고레야스 류키치라고 하여 부인도 있고 올해 네 살 난 아이도 있는 서른한 살의 남자였는데 처음 만난 지 삼 개월 만에 어느새 그런 관계가 되어 소문이 돌아서 정식 기생이 되었을 당시의 단나[6]를 잃게 되었다. 중풍으로 누워 있는 부친 대신 류키치가 꾸려나가는 장사가 이발소용 비누, 크림, 코스메틱, 포마드, 미안수, 비듬 제거제 등등의 도매업이라는 걸 들은 뒤로 이발소에 머리를 자르러 가도 그 집에서 사용하는 화장품

---

6 旦那; 게이샤 한 명을 선택해 평생 금전적 뒷바라지를 해주는, 게이샤에게 없어서 안 될 일종의 후원자.

마크에 주의를 기울이게 되곤 했다. 어느 날 우메다(梅田) 신작로에 있는 류키치의 가게 앞을 지나가는데 두꺼운 작업복을 입은 류키치가 견습 점원이 지방으로 보낼 짐을 꾸리는 걸 감독하고 있었다. 귀에 끼고 있던 붓을 들어 장부 위에 술술 써 내리더니 이를 입에 물고 곧장 주판을 튕기는 그 모습이 무척 부지런해 보였다. 문득 시선이 마주치자 초코는 귀밑까지 새빨개졌지만 류키치는 시치미를 떼는 얼굴로 힐끔힐끔 곁눈질을 할 뿐이었다. 그 모습이 올곧아 보였다. 류키치는 약간 말을 더듬어 뭔가를 말할 때면 위쪽을 보며 말을 살짝 우물우물댔는데 초코에겐 예전부터 그 모습이 사려 깊어 보였다.

초코는 류키치를 견실하고 믿음직스러운 남자라고 생각하고 그런 식으로 떠들고 다녔는데 그 때문에 이 관계는 그녀 쪽에서 빠져들어 갔다 해도 변명의 여지가 없을 거라며 사람들은 수군거렸다. 술버릇으로 조루리[7]의 대목을 울음 섞인 목소리로 길게 뽑아 부르는 그때 그 류키치의 얼굴을 사람들이 정당하게 판단하던 것이다. 야시장의 2전짜리 도테야끼(돼지 껍질을 된장으로 조린 음식)를 좋아하여 도테야끼 씨라는 별명이 붙었을 정도였다.

---

7 浄瑠璃: 샤미센 반주에 맞춰 인형극인 분라쿠 대사에 가락을 붙여 읊는 전통 예술.

류키치는 맛있는 음식에 눈이 돌아가곤 하여 '맛있는 집'에 종종 초코를 데리고 갔다. 그의 말에 따르면 북쪽엔 맛있는 걸 파는 가게가 하나도 없고 맛있는 건 누가 뭐래도 남쪽뿐이라는 듯, 그쪽도 일류 가게는 없어, 추잡한 소리를 하는 것 같긴 하지만 돈만 버리게 될 뿐이라는 이야기, 진짜로 맛있는 게 먹고 싶다면 "일단 내 뒤를 따라와⋯⋯." 따라가면 물론 일류 가게엔 들어가지 않고 그나마 고즈(高津)의 물두부집, 그 밑으론 야시장의 도테야끼, 지게미 만두에서부터 에비스바시스지(戎橋筋) 상점가 소고 백화점 옆 '시루이치'의 미꾸라지탕과 고래껍질탕, 도톤보리(道頓堀) 아이아우(相合) 다리 동쪽 가 '이즈모야'의 장어덮밥, 니혼바시 '다코우메'의 문어, 호젠사(法善寺) 경내 '쇼벤탄고테이'의 꼬치오뎅탕, 센니치마에(千日前) 도키와(常盤) 극장 옆 '스시사'의 다랑어 김초밥과 초된장 도미껍질, 그 건너편 '다루마야'의 가야쿠메시[8]와 술지게미국 등등으로 무엇 하나 돈이 들지 않는 이른바 싸구려 음식뿐이었다. 게이샤를 데리고 갈 만한 가게 분위기도 아니었기 때문에 처음엔 초코도 하필이면 이런 곳에 하고 생각했지만 "어, 어, 어, 어때? 맛있지 않나? 이, 이,

---

8 고기, 야채, 나물 건더기 등을 함께 넣어 만든 밥.

이, 이런 맛있는 건 어딜 가도 못 먹을걸?" 하는 강론을 들으며 먹어보자 정말로 맛있었다.

하얀 버선을 난폭하게 짓밟혀 꺅 소리를 지르는 그 점도 오히려 식욕을 돋울 정도라 그런 싸구려 요리를 먹으러 다니는 게 소소한 재미가 되었다. 붐비는 손님들 사이로 허리를 비집고 끼어드는 것도 기타신지(北新地)의 잘 팔리는 기생 체면에 구애될 정도는 아니었다. 무엇보다 내내 그런 싸구려만 먹이긴 해도 허리띠, 기모노, 기모노 용 속옷부터 허리띠 끈, 허리 노리개, 짚신까지 제법 많은 돈을 들였기 때문에 인색하다 할 정도는 아니었다. 크림, 비듬 제거제 등은 어떨까 싶었는데 이도 몰래 애용했다. 그런데 아버지는 여전히 1전 튀김으로 고생하고 있다. 팔자 좋게 몰래 놀러 다니다가 숙연히 아버지의 기름이 밴 손을 떠올리거나 하며 뒤를 따라다니던 사이 점점 정분이 싹텄다.

신세카이(新世界)에 두 채, 센니치마에에 한 채, 도톤보리 나카자(中座) 극장 맞은편과 아이아우 다리 동쪽 가에 각각 한 채씩, 총 다섯 채의 이즈모야 가게 중 **장어덮밥**이 제일 맛있는 건 아이아우 다리 동쪽 가야, 밥에 듬뿍 배어든 육수의 풍미가 "무엇보다도 술맛을 훌륭히 돋우지." 하고 후루룩 깨끗이 비워 먹고 사이좋게 배가 불룩해진 뒤 호젠사의 '가케쓰'

에 하루단지(春団治)의 만담을 들으러 가서 함께 껄껄 웃으며 맞잡은 손이 땀에 젖어 있었다.

깊어질수록 류키치의 왕래는 점점 더 빈번해졌다. 멀리까지 나가기도 하다가 이윽고 류키치가 돈이 궁해졌다는 사실을 초코 또한 알게 되었다.

아버지가 중풍으로 몸져누우며 잊지 않고 은행 통장과 도장을 이불 밑으로 숨겼기 때문에 류키치도 손쓸 도리가 없었다. 결국 마음대로 할 수 있는 돈이란 뻔하기에 거래처 이발소를 돌아다니며 수금만으로 자잘하게 변통하자 갚지 못한 빚이 순식간에 불어나 안색이 창백해졌다. 그런 류키치에게 초코는 남성용 짚신을 보냈다. 첨부한 편지에는, 꽤 오랫동안 와주지 않으셔서 걱정하고 있어요. 일딴 애기해보고 싶어서……라고 쓰여 있었다. 일단 얘기해보고 싶다(일딴 애기해보고 싶다)[9]라는 류키치만이 판독할 수 있는 그 편지는 어느새 환자에게로 새어나가, 머리맡으로 불러 몇 번이고 훈계를 거듭해도 더는 소용 없다며 체념하고 있던 아버지도 이번만큼은 두들겨 팰 몸이 영 자유롭지 못함을 안타까워하며 눈물까지 흘리며 화를 냈다. 일부러 다섯 살 난 딸아이를 무릎

---

9 원문은 一同舌をしたい. 원래는 一度話をしたい라고 써야 하는데 정말 쉬운 한자 표현임에도 불구하고 맞춤법이 전부 틀렸음.

위로 끌어안은 어린 부인은 고개를 숙이고 있었다. 친정으로 돌아가기로 결심하고 있었기 때문에 고함치고 싶은 것을 간신히 참고 있는 듯했다. 고개를 숙인 류키치는 초코 이 건방진 것 하고 속으로 중얼거렸지만, 그러나 초코의 마음이 나쁘게 느껴지지는 않았다. 짚신은 상당히 무리를 한 듯, 에비스바시 '덴구' 도장이 찍혀 있었고 짚신 끈은 뱀 가죽이었다.

"솥 아래 잿더미까지 제 것으로 생각하면 큰 오산이지. 인연을 끊는 의절을……." 하고 분부한 부친의 완고함은 죽은 모친까지도 예전부터 눈물을 흘리곤 하던 정도였기 때문에 일단은 집을 나가지 않으면 결판이 나지 않았다. 집을 나온 순간 문득 도쿄에 아직 수금해야 할 돈이 남아 있다는 사실이 떠올랐다. 대강 계산하여 4, 500엔은 될 거란 걸 알게 되자 갑자기 마음속 먹구름이 맑게 개었다. 바로 단골 다방으로 가서 초코를 불러, 좀 의논해 보고 싶은데 말이야 우리 도망치는 거 어때?

다음 날 류키치가 우메다역에서 기다리자 초코는 볕이 쨍쨍 내리쬐는 역 앞 광장을 성큼성큼 가로질러 왔다. 머리를 메가네[10]로 묶고 있었기 때문에 이상하리만치 생기발랄한 느낌이 들어 류키치는 문득 꺼림칙한 기분이 들었다. 바로

---

10 머리를 양분한 뒤 비녀를 꽂아 안경 모양으로 머리를 묶는 스타일로 에도 시대 중기에 유행했던 스타일.

도쿄행 기차를 탔다.

　팔월 말이라 엄청나게 무더운 도쿄 거리를 돌아다니며 월말까진 아직 이삼일이 남았단 걸 사정사정하여 2, 300엔 정도를 모아 그 길로 아타미(熱海)에 갔다. 온천 게이샤를 부르려 하자 초코가 나무랐는데 앞으로 두 사람의 행보를 생각하면 그리 태평하게 있을 수 없다며 지당한 소리를 했지만, 의절한다 해도 바로 사죄하고 돌아갈 생각이었던 류키치는 걱정 마, 걱정 마. 무단으로 포주에게서 뛰쳐나온 것을 걱정하던 초코의 속내 따위는 무시하고 있는 듯했다. 하지만 게이샤가 오자 초코는 재주를 있는 대로 전부 발휘하여 좌중을 독차지해 그 지역 게이샤들에게 "오사카 게이샤들한테는 못 당해." 하는 소리를 듣고서야 겨우 마음이 위로되었다.

　이틀을 그렇게 보낸 뒤 정오 즈음, 콰광 하는 묘한 소리가 들려온 순간 격렬하게 흔들리기 시작했다. "지진이야.", "지진이야." 동시에 목소리가 들려서 초코는 문지방을 잡긴 잡았지만 졸지에 허리를 삐끗하여 꺅 소리를 지르며 주저앉아 버렸다. 류키치는 반대편 벽에 달라붙은 채 놓지도 못하고 입도 벙긋하지 못했다. 그때 서로의 마음에는 대단한 사랑의 도피를 하고 말았다는 후회가 한순간 스쳤다.

피난 열차 안에서 아무 말도 하지 않았다. 가까스로 우메다역에 도착해 곧바로 가미시오마치(上塩町)의 다네키치 집으로 갔다. 가는 도중 전신주에 관동 대지진에 관한 호외 신문이 생생하게 붙어 있었다.

석양이 내리쬐는 곳에서 튀김을 튀기고 있던 다네키치는 두 사람의 모습을 보고 깜짝 놀라 한참 동안 아무 말도 할 수 없었다. 볕에 그을린 얼굴로 땀과 명확히 구별되는 눈물이 떨어졌다. 선 채로 차근차근 물어보자 초코의 실종은 포주로부터 바로 연락이 와서, 어디에서 뭘 하는 건지, 나쁜 남자가 꼬드겨서 팔아먹은 게 아닐지, 살아 있기는 한 건지 하는 걱정에 밤새 잠도 못 잤다고 한다. 나쁜 남자 운운하는 것을 유의 깊게 듣던 초코는 여하튼 부채를 탁탁 치며 우두커니 서 있는 류키치를 "이 사람, 저의 그런." 하고 소개했다. "예, 어서 오십시오." 다네키치는 그 이상 인사를 잇지 못하고 안절부절못하느라 얼굴도 변변히 쳐다보지 못했다.

오타쓰는 딸의 얼굴을 보자마자 유카타[11] 소매로 얼굴을 감쌌다. 눈물을 그치고 비로소 두 손을 모아 "이번에 딸이 여러 가지로……." 류키치에게 인사하며 "동생 신이치는 보통

---

11 浴衣; 목욕 후 입는 무명 홑옷.

학교 4학년이라 학교에 가 있는데 오늘은 아직 끝나고 돌아오지를 않아서" 등등 하고 말했다. 마땅히 인사할 방법이 없었기 때문에 류키치는 날씨 등에 대해 더듬거리며 말했다. 다네키치는 빙수를 주문하러 갔다.

금파리가 날아다니는 다다미 넉 장 방은 바람도 통하지 않아 째-앵 소리가 날 만큼 후텁지근했다. 다네키치가 딸기 빙수를 배달 상자에 넣어 들고 와서 다들 이를 묵묵히 홀짝홀짝 먹었다. 이윽고 도쿄에 갔다 왔다고 초코가 말하자 다네키치는 "아이고 세상에, 도쿄는 대지진 아니냐." 하고 화들짝 놀라 그렇게 이야기의 실마리가 풀렸다. 피난 열차로 간신히 도망쳐 왔다는 말을 듣고 부모는 정말 고생했다며 연신 동정했다. 그래서 젊은 두 사람, 그중에서도 류키치는 안심할 수 있었다. "뭐라 사죄해야 할지." 그는 말이 술술 나왔고 다네키치와 오타쓰는 대단히 황송해했다.

모친의 유카타를 빌려 갈아입은 뒤 초코의 마음이 결정되었다. 일단 도망쳐 나온 이상 염치없이 포주에게 돌아갈 수는 없다, 마찬가지로 집에 발을 들일 수 없는 류키치와 함께 살아나가겠다, "이제 게이샤는 그만둘 거야." 하는 말에 다네키치는 "네가 하고 싶은 대로 하여라." 자식에게 무른 티를 냈다. 초코의 가불은 300엔이 채 안 되는 돈으로 다네키치는 이미 월부로 지불하기로 마음먹고 있었다. "제가 아버지에게 졸라서 갚으면." 하고 류키치도 가만히 있을 수 없었지만 다네키치는 "그런 식으로 받으면 안 돼." 하고 손을 내저었다. "자네 아버님께는 면목이 없어서 내가 얼굴을 마주할 수 없을 것 같네." 류키치는 달리 이의를 제기하지 않았다. 오타쓰는 류키치 쪽을 향해, 초코는 홍역 외에 감기 한번 걸린 적 없다, 또 몸 구석구석 살펴봐도 살짝 까진 부분 하나 없을 것이다, 지금까지 키워 온 고생은…… 말을 꺼내며 눈물 한 방울까지 흘리는 바람에 류키치는 귀가 아픈 듯한 기분이 들었다.

이삼일을 비좁은 다네키치 집에서 뒹굴뒹굴하다가 이윽고 구로몬 시장 안쪽 뒷골목에 이층을 빌려 거리낄 것 없는 살림을 차렸다. 아래층은 도시락이나 초밥에 쓰는 나무상자를 만드는 직공이었는데 오로지 나무상자 창고로 쓰던 이층 여섯 장 방을 월 7엔 선불로 빌리게 되었다. 눈 깜짝할 사이에 살림살이가 어려워졌다.

류키치는 벌이가 없으므로 자연히 초코가 벌어야 할 차례였는데 다시 게이샤 일을 할 생각이 없다면 결국 돈 버는 길은 야토나 게이샤뿐이었다. 원래 기타신지에서 역시 게이샤를 하던 오킨이라는 중년 게이샤가 현재는 고즈에 한 채를 차려놓고 야토나 알선소 같은 일을 하고 있었다. 야토나란 이른바 임시로 고용되어 연회나 혼례에 출장을 가는 예기 접대부인데 게이샤의 화대보단 상당히 저렴하여 별 볼 일 없는 연회로부터 수요가 많았고 오킨은 게이샤 출신의 몇몇 야토나와 연락을 취해 파견을 보내고 그 일부를 중개료로 받자 상당한 벌이가 되어 지금은 전화 한 통까지 두고 있었다. 연회 한 번 저녁부터 밤늦게까지가 6엔, 내역을 나누면 야토나의 수익은 3엔 5전이지만 혼례 때는 예식대도 챙기기 때문에 수익은 6엔, 팁도 섞이면 나쁘지 않은 수입이라고 오킨에게서 듣고 바로 동료로 들어갔다.

샤미센[12]을 넣은 소형 트렁크를 들고 전차로 정해진 장소에 가면 바로 음식 나르기부터 술 데우는 일에 나선다. 서른, 마흔 명 손님을 야토나 셋이서 대강 술을 따라 돌리는 것만으로도 고역이지만 그 뒤가 더 고됐다. 정해진 회비로 마구마구 즐길 생각인 멋없는 손님들을 상대로 숨 돌릴 틈도 없이 연주를 하고 노래를 하고 샤미센 반주에 나니와부시[13]부

---

12 三味線; 일본의 전통 세 줄 현악기.
13 浪花節; 샤미센 반주에 맞춰 대개 의리와 정에 관한 주제를 노래하는 대중적 창.

터 노래와 노래 사이 샤미센 반주까지 종사하며 녹초가 되었는데도 야스기부시[14]를 추어야 한다. 하지만 천성이 밝은 만큼 크게 힘들어하지도 않고 정성을 다해 일하자 손님들이, 게이샤보다 낫구나. 역시나 슬퍼진다. 진짜 나이를 들으면 깜짝 놀랄 만한 40대 중년 동료가 폐회 전 황급히 팁을 기대하며 어린 여자 같은 몸짓을 하는 것도 같은 야토나로서 보자니 남의 일이 아니었다. 밤이 깊어 마지막 전차로 돌아왔다. 니혼바시 1가에 내리자 들개와 히로이야(고물장수)가 쓰레기통을 뒤지고 있을 뿐, 오가는 사람도 없어 고요해진 거리에 그저 생선 비린내가 맴돌 뿐인 구로몬 시장 안을 지나 골목으로 들어서자 물씬물씬 좋은 냄새가 풍겼다.

산초 다시마를 끓이는 냄새로 아주 상등품인 다시마를 사각형 다섯 푼 정도 크기로 잘게 썰어 산초 열매와 함께 냄비에 넣고 키코만 진간장을 듬뿍 넣어 약한 송탄 불로 이틀 밤낮 동안 졸이면 에비스바시의 '오구라야'에서 파는 산초 다시마와 비슷한 맛이 난다며 류키치는 어제부터 심심풀이로 이에 빠져있었다. 불씨를 꺼트리지 않는 것과 틈틈이 휘젓는 것이 중요하여 그 때문에 오늘은 바깥으로 한 발짝도 나가

---

14 安来節; '미꾸라지 춤'을 포함한 종합 민속예능으로 20세기 초 크게 유행함.

지 않았고, 그래서 항상 정해두고 쓰기로 한 하루 1엔 용돈은 조금도 손대지 않은 상태였다. 초코의 모습을 보자 류키치는 "어때, 괜찮은 맛으로 끓고 있지?" 긴 대나무 젓가락으로 냄비 속을 휘저으며 말했다. 그런 류키치에게 초코는 가슴속으로 뭐라 이르기 힘든 그리움을 느꼈지만 습관처럼 아기자기한 기분은 바깥으로 내비치지 않고 기모노 소매를 벌린 긴 속옷 무릎에 털썩 앉자마자 "뭐야, 아직도 끓이는 거야? 시간 엄청 들이더니 뭐 하는 거야." 이렇게 말했다.

류키치는 스물셋의 초코를 '아줌마'라고 부르곤 했다. "아줌마, 용돈이 부족해." 그렇게 3엔 정도 손에 쥐고서 낮에는 장기 등을 두며 시간을 보내고 밤에는 후타쓰이도(二ツ井戸)의 '오빠'라고 하는 싸구려 카페에 가서 여급의 손을 붙들고 "저하고 공명(共鳴)하지 않겠습니까?" 그런 상태라서 오타쓰는 저래선 초코가 불쌍하다며 다네키치에게 말하고 또 말했지만 다네키치는 "도련님이라 어쩔 수 없는 거야." 딱히 류키치를 비난하지도 않았다. 심지어는 "아내와 아이를 버려두고 이층살이를 해야 하는 것도 말하자면 초코가 나쁘기 때문이지." 하고 도리어 동정했다. 초코는 그런 부친을 류키치를 위해 기뻐하며 고생한 보람이 있다고 생각했다. "우리 아버지도 괜찮은 부분이 있네." 하고 생각해주는 건지 아닌지,

"응." 하고 건성으로 대답하는 류키치는 무슨 생각을 하는지 알 수 없는 표정을 짓고 있었다.

　그해도 점점 저물어갔다. 연말에 가까워져 어쩐지 정신이 없는 어느 날, 설날 몬쓰키[15] 등등을 가지러 간다며 류키치는 우메다 신작로 본가로 외출했다. 초코는 물을 뒤집어쓰는 듯한 기분이 들었지만 어째선지 가지 말라는 말이 입 밖으로 나오지 않았다. 그날 밤 연회로부터 부름이 와서 언제나처럼 샤미센을 넣은 트렁크를 들고 외출했지만 마음이 무거웠다. 류키치가 부모님의 집으로 몬쓰키를 가지러 갔다는 그저 그 사실 하나만으로도 가볍게 생각되지 않았다. 그곳에는 처도 있고 아이도 있을 것이다. 샤미센 음색은 또렷하지 않았다. 하지만 역시 창호지가 떨릴 정도의 목소리로 노래를 부르고 가까스로 폐회하여 눈이 쌓인 길을 날아 돌아와 보자 류키치가 되돌아와 있었다. 엉거주춤한 자세로 술에 물든 얼굴을 그 속에 처박듯 풀이 죽어 화로 앞에 앉아 있는 모습이 자못 기운이 없음을 한눈에 알 수 있었다. 초코는 안심했다. ― 아버지는 류키치의 모습을 보자마자 뭐하러 왔냐며 이불 속에서 호

---

15 紋附; 가문 문장을 넣은 예복으로 명절이나 혼례, 상례 때 차려입음.

통을 쳤다고 한다. 처는 호적을 파서 친정으로 돌아가고 딸아이는 류키치의 누이인 후데코가 열여덟 살 나이에 어머니 대신 돌보고 있었지만 그 딸아이와도 만나게 해주지 않았다. 류키치가 초코와 살림을 차렸다는 소리를 듣자 아버지는 화를 내기보다도 류키치를 비웃었고 또 초코에 대해서도 꽤나 심한 말을 했다고 한다. ─ 초코는 "나에 대해 나쁘게 말하는 것도 무리는 아니지." 하고 차분히 말했다. 하지만 속으로는, 이 저의 힘으로 류키치를 어엿하게 만들어 보이겠습니다, 걱정하지 마세요 하고 류키치의 부친을 향해 마음속으로 은밀히 중얼거리고 있었다. 자신에게도 스스로 타이르며 '전 절대 그 부인의 후처로 눌러앉지 않을 겁니다, 고레야스를 어엿한 사내로 출세시키는 게 숙원이에요.' 그렇게 생각하자 눈물이 우러날 정도로 쾌감이 들었다. 그런 의욕적인 기분과 류키치가 돌아왔다는 기쁨에 그날 밤 흥분하여 잠도 들지 못하고 눈을 번쩍번쩍 번득이며 낮은 천장을 노려보았다.

이전부터 초코는 전단지를 엮어 가계부를 만들고 시금치 3전, 목욕탕 3전, 휴지 4전 등등 하루하루 수입 지출을 적으며 살림살이를 절약했고 류키치는 매일 용돈 이외의 쓸데없는 비용을 자제하여 야토나 벌이의 절반 정도는 저금하고 있었는데 그런 일이 있고 나서 저금에 대한 사고방식 또한 달라지기 시작했다. 돈 한두 푼을 쓰는 것도 아까워하여 장식용 깃에도 때가 졌다. 설날을 맞아 재료를 매입한다며 다네키치가 매입할 돈을 구하러 오자 "저한테 돈 같은 게 어딨어요." 다네키치와 교대하여 오타쓰가 "고레야스 씨한테 카페 가게 할 돈은 있고 말이냐." 하고 말하러 왔지만 아무런 대답도 하지 않았다.

새해가 밝아 마쓰노우치[16]도 지났다. 완전히 의절이란 걸알게 된 뒤 류키치의 풀이 죽은 모습은 대단히 처량했다. 부성애라는 원인도 있었다. 초코가 말을 꺼내도 억지로 아이를 데려오려 하지 않았던 건 얼마 안 있어 다시 집으로 돌아갈지 모른다는 속셈 때문이었지만 그럼에도 아이와 떨어져 있는 것은 역시나 쓸쓸하여 남의 일이 아니었다. 어느 날 옛날에 같이 놀던 친구와 만나 꼬임에 넘어가서 원래부터 좋아하던 대로 오랜만에 곤죽이 되도록 취했다. 그날 밤은 역시나 집을 비우지 않았지만 다음 날 초코가 숨겨둔 저금통장을 전부 인출하여 지난밤의 답례라며 친구를 불러내 난바(難波) 신개척지에 빠져들어 이틀 동안 모조리 다 써버린 뒤 넋이 나간 남자처럼 구로몬 시장 뒷골목 연립주택으로 터벅터벅 돌

---

16 松の内; 설날부터 1주 혹은 2주간 대문 앞에 소나무 장식을 세워두는 기간.

아왔다. "돌아오는 건 잘도 안 까먹었네." 그렇게 말하더니 초코는 목을 조르며 들이받고서 어깨를 두들길 때 요령 그대로 머리를 픽픽 때려댔다. "아이고, 아줌마 무슨 일이야, 무턱대고 왜 이래." 하지만 저항할 힘도 없는 듯했다. 숙취로 머리가 날뛰어 이불을 뒤집어쓰고 끙끙 신음하는 류키치의 머리를 철썩 때리고는 괜스레 바깥으로 나왔다. 센니치마에의 아이신칸에서 교야마 고엔(京山小円)의 나니와부시를 들었지만 혼자서는 재밌게 느껴지지 않아 바깥으로 나오자 요 이삼일 목구멍으로 밥도 넘기지 못해 갑자기 공복감이 느껴져 라쿠텐지(楽天地) 옆 지유켄에서 계란이 들어간 카레 라이스를 먹었다. "지유켄의 카, 카, 카레라이스는 밥에 제대로 비빌수록 맛있다고." 하고 예전에 류키치가 했던 말을 떠올리며 카레를 먹고 나서 커피를 마시는데 갑자기 가슴속으로 달콤한 기분이 샘솟았다. 살며시 돌아와 보니 류키치는 코를 골고 자고 있었다. 느닷없이 거칠게 흔들어대 류키치가 잠든 눈을 뜨자 "이런 얼간아." 그리고서 입술을 삐죽거리며 류키치의 얼굴로 가져갔다.

다음 날 둘이서 다시 한 번 지유켄에 갔다가 돌아오는 길에 고즈의 오킨에게 들러 사이좋은 부부의 얼굴을 내비쳤다.

사정을 알고 있던 오킨은 류키치에게 훈계 어린 소리를 했다. 오킨의 남편은 이전에 기타하마(北浜)에서 위세가 있던 자로 오킨을 포주에게서 빼내 죽은 아내의 후처로 삼은 순간 몰락하게 되었는데, 오킨은 현재 야토나 알선소, 남편은 부끄러움을 무릅쓰고 기타하마 거래소에 서기로 고용되어, 이른바 맞벌이 부부지만 남편의 몰락은 오킨 탓이라는 둥 사람들이 뒤에서 손가락질하지 못하는 생활을 요새 하고 있다며 증거로 삼기도 했다. "고레야스 씨, 당신도 빈둥빈둥 놀기만 하지 말고 어디라도 일할 곳을……." 찾으려는 생각이 있는지 없는지 류키치는 아무 표정도 없이 듣고만 있었다. 고레야스 씨의 속내는 잘 모르겠다며 오킨은 후에 초코에게 말했고 초코는 면목이 없었다. 하지만 얼마 안 있어 일자리를 구했기 때문에 초코는 곧장 오킨에게 알렸다. 그리하여 면목이 섰다 할 정도는 아니었지만 역시나 기뻤다.

센니치마에 '이로하 소고기집' 옆에 있는 면도날 가게의 통근 점원으로 아침 열 시부터 밤 열한 시까지 근무, 도시락 본인 지참에 월급 25엔이지만 그래도 불만이 없다면, 하고 친구가 소개해 준 것이었다. 류키치는 싫다 할 수 없었다. 안전면도날, 날면도기, 나이프, 잭, 그 외 이발과 관련된 물품을 팔았기 때문에 역시 이발소를 상대로 화장품을 팔던 류키치에게 가장 적합할 거라며 애를 써 준 것에 대한 체면도 있었다. 입구가 좁은 데 비해 앞뒤가 깊숙해 가늘고 긴 가게라서 낮 동안에도 볕이 충분히 들지 않았는데 전기를 절약한다며 어둑한 곳에서 화로의 재를 쑤시며 문밖으로 지나가는 사람들을 보다 보면 그곳의 밝음이 거짓말처럼 느껴졌다. 바로 건너편이 공동변소라 냄새를 참을 수 없었다. 그 옆은 지쿠린사(竹林寺), 문 앞 오른쪽에선 철냉광천 음료를 팔고 있고 왼쪽, 즉 공동변소와 가까운 쪽에선 떡을 구워 팔고 있었다. 간장을 듬뿍 찍어 연갈색으로 딱 맞게 구워져 부풀어 오른 모양새가 무척 맛있게 보였지만 사고 싶다는 생각은 들지 않았다. 떡집 주인 여자가 공동변소에서 나올 때조차 물로 손을 씻지 않는다는 걸 알아챘기 때문이라며 류키치는 돌아와서 말했다. 또 말하길 일은 편하여 안전면도날 광고 인형이 계속 몸을 움직이며 면도날을 가는 모습이 재밌어 진열창으로 빨려 들어가는 손님이 있으면 밖으로 나가서, 어서 오세요. 그 정도 재주만으로도 충분하다. 초코는 "그래, 다행이네." 그렇게 격려했다.

면도날 가게에서 삼 개월 정도 참고 일했지만 얼마 안 있어 주인과 싸워서 짜증이 난다며 가게를 쉬엄쉬엄 나가기 시작했는데 초코는 그 구실을 진짜라고 생각하여 아침에도 깨

우거나 하지 않아 어물쩍어물쩍 가게를 그만두게 되었다. 초코는 야토나 일에 한층 더 열중했다. 그녀에게만은 특별히 팁을 줘야 한다고 연회 간사가 생각할 정도였다. 하지만 팁은 동료와 똑같이 나눠 정말 애쓴 보람이 없는 계산법이었지만 그만큼 동료의 평판은 좋았다. 초코 씨, 초코 씨 하고 받들길래 기분이 좋아져 동료에게 2, 3엔 정도 적은 돈을 빌려줬지만 건네자마자 후회했고 역시나 제대로 독촉할 수 없었기 때문에 이리저리 벤차라(겉발린 소리)를 하며 빨리 돌려달라는 속내를 넌지시 내비치곤 했다. 50전 돈에도 마음이 따끔따끔 아팠지만 류키치가 용돈을 조를 때만큼은 통 크게 내줬다. 류키치는 하루하루가 너무 따분하고, 특히나 몰래 우메다 신작로에 다녀온 듯한 날은 돌아와서 울적해하는 게 눈에 띨 정도였기 때문에 초코는 이리저리 신경을 썼다. 아버지의 노여움이 풀리지 않은 게 울적함의 원인인 듯, 이에 은근히 안도하기보다도 마음에 부담감이 컸다. 그래서 류키치가 누차 카페에 간다는 걸 알아도 가능한 한 질투하지 않도록 유의했다. 묵묵히 돈을 건넬 때 기분은 남들 생각처럼 태연하지 못했다.

친정으로 돌아갔다는 류키치의 아내가 폐병으로 죽었다는 소문을 듣자 초코는 몰래 호젠사로 '엔무스비'[17]를 하러 갔고 과감하게 향촉 등도 봉헌했다. 그 대신 개운치 못한 기분이 들어서 계명[18]을 알아내 선반에 모셨다. 전처의 위패가 머리 위에 있는 것을 보고 류키치는 어쩐지 이상한 기분이 들었지만 오지랖이 심하다는 말도 하지 않았다. 말을 꺼내면 어떻게든 이야기가 뒤얽혀 귀찮아질 거라며 영리한 류키치는 역시나 초코 앞에선 위패를 바라보지도 않았다. 초코는 매일 아침 꽃을 바꿔가며 한 치의 틈도 없이 대접했다.

이 년이 지나 저금액이 300엔을 조금 넘겼다. 초코는 게이샤 시절을 떠올리며 그건 전부 갚은 거냐며 다네키치에게 묻자 "그래 이제 안심해라, 이렇게 했다." 하고 증서를 꺼내 보여주었다. 모친인 오타쓰는 셀룰로이드 인형 부업을 하고 동생인 신이치는 석간 팔이를 한다는 것을 초코도 알고 있었지만 그렇다 해도 어떻게 마련하여 갚은 건지, 눈시울이 뜨거워졌다. 그래서 처음으로 각각 동생에게 50전, 오타쓰에게 3엔, 다네키치에게 5엔을 주고픈 기분이 들었다. 그래서 저금은 딱 300엔이 되었다. 그 사이 류키치가 게이샤 노

---

17 縁結び; 연모하는 이의 이름을 적어 사찰 울타리 등에 묶고서 인연이 맺어지기를 비는 의식.
18 戒名; 불교에서 죽은 이에게 붙여주는 이름.

름에 100엔 정도를 써버려 200엔으로 줄었다. 초코는 울지 조차 않았다. 저녁에 전등도 켜지 않은 어두운 여섯 장 방 한 가운데 털썩 주저앉아 팔짱을 낀 채로 어깨로 가쁜 숨을 내 쉬며 창호지가 찢어진 곳을 가만히 노려보고 있었다. 류키 치는 샤미센 채로 두들겨 맞은 상처를 누르지도 못하고 데 굴데굴 굴러다녔다.

이제 이 이상 절약할 길도 없지만 그래도 서둘러 그 100엔 을 만회해야 한다며 이리저리 궁리했다. 장사 도구인 의상도 아주 궁지에 몰려서야 다시 염색할 정도였고, 나중엔 계절이 바뀔 때마다 전당포에 드나들며 어떻게든 변통하여 포목전 이야기를 꺼내는 것도 꺼릴 정도로 지낸 덕분에 반년이 지나 기도 전에 간신히 원래 액수가 모인 것을 기회 삼아 계속 이 층을 빌려 살면 사람들이 업신여긴다며 한 채를 빌려 군고구 마 장사라든지, 뭐라도 좋으니 장사를 하자고 곧장 류키치에 게 말을 꺼내자 "그래." 별생각 없는 듯한 대답이었지만 그는 다음 날부터 묵묵히 여기저기 돌아다니며 고즈 신사 언덕 아 래 폭 한 간(間) 길이 세 간 반의 조그마한 가겟집을 빌려 목 수를 이틀간 고용하여 자신도 도와 적당히 개조하고, 예전 에 일했던 경험과 안면으로 면도날 가게에서 물품 위탁을 받 아 순식간에 면도날 가게 새 점포를 완성했다. 안전면도날의 교체용 칼날, 귀이개, 머리 긁개, 코털 뽑기, 손톱깎이 등등의 소품부터 날면도기, 잭, 서양 면도칼 등의 장사 물품으로, 목욕하고 돌아가는 손님을 최우선으로 기대하며 가게도 대중목욕탕 바로 정면에 빌릴 만큼 류키치가 정성을 다했기 때문에 초코는 매우 감탄하였고, 개점 전날 야토나 동료들이 축하 벽시계를 들고 찾아오자 "어서 오세요." 목소리의 활기도 남달랐다. 그래서 "남편이 알뜰살뜰해서 좋구먼." 하고 말하며 류키치를 칭찬하곤 했다. 소매를 걷어붙인 채 걸레로 살금살금 진열장을 청소하는 류키치의 모습이 대단히 남성스럽지 못했지만 여자들은 모두 감동하며 고레야스 씨도 욕심을 내면 꽤 부지런하구나 하고 생각하게 했다.

개점 날 아침, 머리에 두건이라도 쓰고픈 심정으로 초코는 가게 안에 앉아 있었다. 정오 즈음, 손님이 전혀 오지 않는다며 류키치가 불안한 소리를 했지만 대답하지 않고 눈을 마치 접시처럼 뜨고서 가게 앞을 지나는 사람들을 노려보았다. 오후가 지나 가까스로 손님이 와서 교체용 안전 칼날 하나, 6전의 매상이 올랐다. "다음에 또 오세요." "감사합니다, 잘 부탁드립니다." 부부가 나서서 섬뜩할 정도로 서비스 좋게 굴었지만 인기가 없는 건지, 새 점포라서 그런 건지, 그날은 손님 열다섯 명이 왔을 뿐, 그마저도 거의 교체용 칼날뿐이라 매상은 다 하여 2엔도 되지 않았다.

　손님의 발길이 뚝 끊겨 질레트 하나라도 나가면 다행인 편, 대개는 귀이개나 교체용 칼날뿐인 한심한 매상의 나날이 며칠이나 이어졌다. 이야깃거리도 다 떨어져 서로의 무료한 얼굴을 비참하게 바라보며 가게를 지키고 있자니 도리어 부끄러운 기분이 들었다. 무료함을 달래고자 낮에 한두 시간 동안 조루리를 배우러 가고 싶다고 류키치가 말을 꺼냈지만 말릴 힘도 없었다. 여태 빈둥거릴 땐 언제든지 갈 수 있었으면서 역시나 마다하더니 장사를 시작하게 되자 배워보고 싶다 한다. 초코는 그 심정을 남몰래 서글프게 생각했다. 류키치는 근처 시타데라마치(下寺町)의 다케모토 소쇼에게 월 5엔의 사례를 하고 제자로 들어가 후타쓰이도의 덴규 서점에서 낡은 연습 교본을 구해 매일 어슬렁거리며 밖으로 나갔다. 장사에 열중한다 해도 손님이 오지 않으면 별수 없다는 표정으로 가게를 볼 때도 연습 교본을 펼쳐놓고 소곤소곤 읊조리는 그 목소리가 너무나도 한심해서 능숙해졌다고 칭찬하는 것도 어쩐지 부끄러울 지경이었다. 매달 손해가 났기 때문에 다시 야토나로 나가야 했다. 야토나 일을 다시 나간 밤, 고생이란 이런 건가 하고 역시 숙연해졌지만 연회 자리에선 물론 생업 중대사에 힘써, 혼자서 연회를 헤쳐나가야 한다는 그런 기상은 쉽사리 사라질 만한 것이 아니었다. 저녁에 초코가 밖으로 나가자 류키치는 허둥지둥 가게 문을 일찍 닫고 후타쓰이도 시장 안 포장마차에서 가야쿠메시와 쑤기미 된장 매운탕을 먹고 초된장 말조개에 술을 마시고서 65전으로 셈을 하며 싸구면 하고 말한 뒤, 카페 '이치방'에서 맥주와 과일을 먹고 편을 들어주는 여급에게 팁을 듬뿍 주자 열흘 치 매상이 전부 날아가 버렸다. 야토나 벌이로 그럭저럭 살아가고는 있지만 류키치의 씀씀이가 점점 심각해져 도매상에 빚도 계속 늘어가 한 해를 버틴 끝에 다행히 가게 권리를 사겠다는 사람이 등장해 큰맘 먹고 가게를 닫게 되었다.

가게를 닫으며 엄청난 떨이 가격으로 판 이틀간 매출 100엔 남짓과 권리를 판 돈 120엔, 합쳐서 220엔 남짓의 돈으로 도매상 지불과 여기저기 지불을 마치자 10엔도 남지 않았다.

이층을 빌리려 해도 선불은 어려워서 여기저기 찾아보던 중, 오킨에게 들락날락하며 얼굴을 익히게 된 포목전 장사꾼이 "집에 이층이 비어 있어요, 초코 씨라면 방값은 언제든지 괜찮습니다." 하고 때마침 얘기하여 도비타(飛田) 대문 앞길 뒷골목에 있는 건물 이층을 빌리게 되었다. 류키치는 변함없이 조루리를 익히러 가거나 근처 5전짜리 붉은 포렴 다방에서 몇 시간씩 시간을 보내거나 하며 별 볼일 없이 지냈다. 초코는 부름을 받으면 비가 오나 눈이 오나 일을 해줘야 한다며 외출했다. 이미 야토나들 사이에서도 고참인 상태였다. 조합이라도 생긴다면 분명 간사가 될 만큼 연상의 동료들도 초코 언니 하고 부르곤 했지만 아무리 그래도 득의양양할 순 없었다. 의상 옷자락 따위도 부끄러울 정도로 닳아서 새것을 사고 싶은 마음이 굴뚝같았다. 게다가 아랫집 포목전 장사꾼과 마주치면, 가령 거친 비단 한 장이라도 사지 않으면 의리에 어긋나는 셈이었지만 꾹 참고 저축에 힘썼다. 다시 한 번 한 채를 빌려 장사를 해야 한다며 부모의 원수를 갚는 듯한 기분이 들어 스스로도 비참했다.

삼 년이 지나자 간신히 200엔이 모였다. 류키치가 장이 아프다고 하여 때때로 병원에 다녔고 그로 인해 비용이 많이 들어 답답할 정도로 돈이 모이지 않았던 것이다. 200엔이 생겼기에 류키치에게 "뭔가 좋은 장사 없을까?" 하고 얘기해봤지만 이번엔 "그런 푼돈으론 아무것도 못 해."라며 내켜 하지 않더니 어느 날 눈 깜짝할 사이에 도비타 유곽에다 그중 50엔을 날려버리고 말았다. 사오일 전에 여동생이 조만간 데릴사위를 맞이하여 그가 우메다 신작로 집을 도맡게 될 거라는 소문이 류키치의 귀에 들어갔기 때문에 진작부터 예상하긴 했지만 그래도 창기를 상대로 하루에 50엔의 돈을 쓴 건 오히려 더욱 어이가 없었다. 멍한 얼굴을 불쑥 내밀며 돌아오자 냅다 옷 깃을 잡고 넘어뜨려 그 위에 올라타 목을 강하게 꽉 졸랐다. "아, 아, 아, 아파, 아파, 아줌마 뭐 하는 거야." 하고 류키치는 파닥파닥 발버둥을 쳤다. 초코는 더 마음껏 쥐어뜯어야 직성이 풀릴 것 같아 조르고 더 조르고, 때리고 두들겨 패고, 결국 류키치는 "제발, 용서해줘." 하고 비명을 질렀다. 초코는 좀처럼 손을 풀지 않았다. 여동생이 데릴사위를 들인다고 하는 정도로 자포자기하는 류키치에게 화가 나기보다 오히려 가여워서 초코의 울화는 치정에 가까웠다. 이 틈을 타 류키치는 히− 히 소리를 내며 아래층으로 내려가 도망 다니던 끝에 변소 안으로 숨어버렸다. 그래도 그곳까지는 쫓아가지 않았다. 아래층 부인은 여성스럽지 못하다고 타일렀는데 초코가 아무 말 없이 소매로 얼굴을 감싸며 어깨를 들썩이자 부인은 예기치 않게 이제야 여성스러워 보인다고 생각했다. 연하의 남편을 둔 그녀는 이전부터 초코를 좋게 보지 않았다. 매일 아침 된장찌개를 준비할 때 류키치가 소매를 걷어붙이고서 가다랑어포를 깎는 모습을 보고 남편에게 저런 일을 시켜도 되는 거냐고 거의 입 밖으로 꺼낼 뻔했다. 입맛에 맞추기 위해 가다랑어포 깎는 것까지 직접 자신의 손으로 해야만 직성이 풀리는 류키치의 걸신들린 추접스러움 따위는 몰랐던 것이다. 장사꾼도

동감하며 언젠가 초코, 류키치와 셋이서 센니치마에로 나니 와부시를 들으러 갔을 때 붐비는 회장에서 누군가가 못된 장난을 쳤다고 꺅 큰소리를 지르며 소란을 피우는 초코를 보며 아주 대단한 여자라는 생각이 들었고, 보기 흉하다는 표정으로 눈을 끔뻑거리는 류키치를 무척 동정했다며 돌아와서 아내에게 말했다. "저래서는 조만간 고레야스 씨가 피해 다닐 거야." 부부는 서로 소곤소곤 얘기했는데 아니나 다를까 류키치는 어느 날 홀쩍 나가버린 채 며칠씩이나 돌아오지 않았다.

칠 일이 지나도 류키치가 돌아오지 않아 울먹거리는 표정으로 다네키치 집에 가서 우메다 신작로에 있을 게 분명하니 어떤 상황인지 몰래 보고 와달라고 부탁했다. 다네키치는 딸의 부탁을 매정하게 거절하려는 건 아니었지만 갈라서려 하는 상대에게 가서 어설프게 얼굴을 비쳤다가 무슨 꼴을 당할지 모른다며 거절했다. "어설프게 미련을 둘 거면 헤어지는 쪽이 더 나아." 등등 그게 부모가 할 말이냐며 초코는 흥분한 나머지 말다툼을 한 뒤 그길로 신세카이의 점쟁이에게 갔다. "당신이 남자분을 위해 쏟아붓는 그 마음이 원수가 되지. 대개 이 별의 사람은……." 해를 물어 병오년[19]이라는 걸 알게

---

19 병오년 출생의 여자는 남편을 잃는다는 미신이 있음.

되자 점쟁이는 청산유수로 지껄이고 모든 게 안 좋은 운세였다. "남자분의 마음은 북쪽을 향하고 있어."라고 듣자 오싹했다. 북쪽은 우메다 신작로이다. 돈을 내고 밖으로 나와 어디론가 정처도 없이 한여름 볕이 쨍쨍 내리쬐는 번화가를 빠른 걸음으로 걸었다. 아타미 숙소에서 맞닥뜨렸던 지진이 떠올랐다. 역시나 더운 날이었다.

열흘째, 마침 지장분[20]이라 골목에서도 봉오도리[21]가 열리고 억지로 끌려 나와 단조로운 곡을 반복하고 또 반복하고, 그래도 아주 가끔 가락에 변화를 줘가며 연주하는데 제등 아래를 깡충깡충 걸어오는 류키치의 얼굴이 언뜻 보였다. 행등 불빛이 얼굴에 비쳐 눈이 부시도록 가물거렸다. 순간 샤미센 줄이 끊어져 튕겨 올랐다. 바로 이층으로 데리고 올라가 쌓인 이야기를 풀기에 앞서 몸을 기댔다.

두 시간이 지난 뒤 전차가 끊긴다며 돌아갔다. 짧은 시간 동안 류키치는 이렇게 얘기했다. 요 열흘간 우메다 집에 틀어박혀 있던 건 다른 게 아니라 물론 생각한 바가 있어서야. 여동생이 데릴사위를 들이면 이쪽은 호적이 파이고 상황이

---

20 지장보살 축일로 대개 음력 7월 24일경.
21 음력 7월 15일경 남녀가 모여서 추는 윤무.

야 뻔하지만 그렇다고 눈물을 머금고 단념하게 하는 건 너무한 처사라고 우메다 집에 달려가서 매일매일 무릎을 꿇고 담판을 지으려 했는데 아무 효과가 없었어. 처를 버리고 자식도 버리고 좋아하는 여자랑 함께 사는 처지라 승산은 없지만 호적은 호적이라 쳐도 받을 만큼은 받아두지 않으면 나중엔 정말 가망이 없을 것 같아서 꼼짝도 안 하고 있었더니 아버지가 하는 말이야 뭐겠어. 초코 넌 신경쓰지 마. "그런 여자하고 같이 사는 놈에게 돈을 줘봤자 애먼 돈이나 다름없어, 결국 여자에게 속아 넘어가 빼앗기고 말 게 뻔하지, 원한다면 여자랑 헤어져." 이렇게 말하더니 아버지는 더 이상 아무 말도 하지 않았어. 그래서 초코, 여기선 우선 계획적으로 속여야 하니까, 헤어졌어요, 여자랑 헤어졌다고 했잖아요, 하고 아버지를 속인 뒤 받을 수 있을 만큼 받고서 나중에는 폐적이 되든 잿더미가 되든 그 돈으로 마음 편히 장사라도 해서 둘이서 오래오래 함께 백발이 될 때까지 사는 거야. 너한테 언제까지고 야토나를 시키는 것도 안쓰럽고. 그래서 초코, 내일 집에서 심부름꾼이 오면 헤어졌다고 딱 잘라 말해줬으면 해. 진짜 그렇다는 게 아니야. 그냥 연기야, 연기. 돈만 받으면 나는 바로 돌아올 거야. ─ 초코는 가슴에 달콤한 기분과 함께 불안한 기분이 남아 있었다.

다음 날 아침, 고즈의 오킨을 찾아갔다. 이야기를 듣자 오킨은 "초코 씨, 당신 고레야스 씨한테 속은 거예요." 하고 역시나 산전수전 다 겪은 사람이었다. 오킨은 고레야스가 맨처음 초코에게 말하지 않고 우메다에 갔다고 듣고서 이는 멍청하게 연기에 넘어가면 안 된다고 생각했다. 류키치의 속셈은 초코가 헤어졌다고 말해버리면 그렇게 감쪽같이 다시 호적으로 돌아가 그대로 우메다 집에 눌러앉아 버리려는 걸지도 모른다. 그렇게까지 나쁘게 단정 짓지 않는다 해도 암만 화장품 도매상인들 아버지가 물려주지 않겠다고 한다면 그때 그때 가서 상황이 안 좋아져도 돈을 타낼 수 있을 테고, 이른바 양다리를 걸치는 건지 아니면 자신도 자신의 마음이 불분명한 건지, 아무튼 류키치한테는 아이도 있다, 하고 거기까진 말하지 않았지만 어찌 됐든 초코가 헤어지겠다고 말하지 않으면 류키치는 본가에 머무르지 못하는 셈이니 결국 류키치가 돌아오길 바란다면 "헤어지겠다고 하면 안 돼요." 초코는 오킨이 말한 대로 따랐다. 거짓말로 헤어졌다고 하는 것보다 그쪽이 말하기가 쉬웠다. 게다가 얼마 안 있어 얼굴을 내비친 심부름꾼은 위자료를 준비한 듯, 받게 되면 그걸로 인연이 끊어질 것만 같았다.

삼 일이 지난 뒤 류키치가 돌아왔다. 허둥지둥하는 초코를 보자마자 "바보 같으니, 네 말 한마디에 모든 게 엉망진창이야." 심히 언짢아했다. 위자료 운운하는 심정을 털어놓자 "받으면 내가 받은 돈하고 이중으로 받아내고 좋잖아. 살짝 욕심을 냈어야지." 정말 그렇네 하고 생각했다. 하지만 오킨의 말은 역시나 가슴속에 남아 있었다.

부친에게선 받아내지 못했지만 여동생으로부터 타낸 돈 300엔과 초코의 저금을 합쳐 그걸로 뭔가 장사를 하자며 이번엔 류키치의 입에서 말이 나왔다. 면도날 가게의 쓰라린 경험이 있기에 저것도 아니고 이것도 아니고 하며 류키치가 흥미를 보일 만한 장사를 궁리하던 끝에 결국 군고구마 장사라도 하는 것 말고는…… 하고 난처해 하던 중 문득 꼬치오뎅탕이 좋겠다는 생각이 들어 류키치에게 말해보자 "그, 그, 그거 좋은 생각이야, 내가 아주 솜씨를 발휘해서 맛 좋은 음식으로 차려 볼 테니까." 심히 내켜 했다. 적당한 가게가 없을까 찾아보자 가까이 도비타 대문 앞길에 조그만 오뎅탕 가게가 매물로 나와 있었다. 현재는 노부부가 장사하고 있는데 지역 특성상 손님의 질이 나쁘고 난폭해서 온순한 여자 종업원들은 번번이 그만두고, 그렇다고 성질이 강한 여자는 이쪽이 얕보이기 일쑤라 워낙 일손을 구하기가 어려워 매물로 내

놓게 된 것이라며 흥정을 하려 하자 뜻밖에 내부 살림부터 도구 일체까지 모두 350엔이라는 싼값에 양도해 주었다. 아래층은 전부 회반죽 칠을 하여 장사에 쓰고 있고 숙박할 수 있는 곳은 이층의 넉 장 반 한 칸뿐, 게다가 머리가 부딪칠 정도로 천장이 낮아서 어둡고 음침했지만 유곽을 오가는 길목이라 왕래하는 사람도 많고 거기에 길모퉁이 가게라서 가게 준비부터 출입구 처리하기 등등 대단히 양호했기 때문에 가격을 듣자마자 바로 달려가서 타결했던 것이다. 신규 개점에 앞서 호젠사 경내 쇼벤탄고테이와 도톤보리의 다코우메를 시작으로 이곳저곳 닥치는 대로 오뎅탕집의 포렴을 걷고 가게로 들어가 간의 정도나 술병 안의 상태, 장사 수법 등등을 조사했다. 오뎅탕집을 하겠다고 듣자 다네키치는 "새우든 오징어든 튀김이라면 내게 맡기거라." 하고 도와줄 의향을 비쳤지만 류키치는 "반찬거리는 만들지만 튀김은 내지 않습니다." 하고 완곡하게 거절했다. 다네키치는 아쉬웠다. 오타쓰는 그럴 줄 알았다며 다네키치를 비웃었다. "우리한테 도움을 받으면 손해라고 생각하는 거지. 누가 단돈 한 푼이라도 조를 줄 아나."

서로 이름에서 한 글자씩 가져와 '초류(蝶柳)'로 가게 이름을 짓고 마침내 개점하게 되었다. 아직 더위가 가시지 않아

과감히 생맥주 통을 사들였기 때문에 서둘러 팔아버리지 않으면 김이 빠져 와야(망침)가 된다며 안절부절 걱정하던 것이 무색하게 아주 잘 팔렸다. 일손을 빌리지 않고 부부 둘이서 가게를 꾸려나갔기 때문에 밤 열 시부터 열두 시경까지 가장 붐비는 시간에는 눈이 핑핑 돌 정도로 바빠 소변을 볼 틈도 없었다. 류키치는 흰 조리복에 굽 높은 나막신이라는 멋들어진 차림을 하고서 때때로 돈 상자를 들여다보았다. 매상이 늘어가자 "어서 오세요." 면도날 가게 때와 달리 구호도 우렁찼다. 흔히 '오카마'라고 부르는 떠돌이 중성 예인이 찾아와 아오야기[22]를 화려하게 연주하곤 해서 활기가 돌았다. 그 대신 지역 풍속이 좋지 않아 성질 나쁜 술꾼들끼리 싸우려 하곤 해서 류키치는 조마조마했지만 초코는 옛날에 몸에 익힌 솜씨를 통해 그런 손님을 능숙히 수습하는 데 따로 추파를 던지거나 할 필요도 없었다. 유곽을 옆에 둬서 밤늦게까지 손님이 이어져 간판을 집어넣을 즈음엔 동쪽 하늘이 이미 보랏빛으로 바뀌고 있었다. 녹초가 되어 이층 넉 장 반 방에서 잠깐 꾸벅꾸벅하자마자 금세 자명종이 칫칫칫칫─하고 울렸다. 잠옷 차림 그대로 아래층으로 내려가 세수를 하기도 전에 '조

---

22 青柳; 당시 유행한 샤미센에 맞춰 부르던 곡.

식 가능합니다, 네 첩 식사 18전'이라 쓰인 입간판을 세웠다. 외박하고 돌아가는 아침 손님을 노리며 된장국, 콩자반, 절임 반찬, 밥까지 전부 네 가지에 18전이라 자질구레한 장사라며 얕보고 있었지만 맥주 등을 마시는 손님도 있어서 꽤 장사가 되었기 때문에 다소 졸린 것도 참을 수 있었다.

가을다워지기 시작해 이윽고 바람이 쌀쌀해지자 곧 오뎅 탕집에 '제격'인 계절이 되어 맥주 대신 정종도 잘 팔렸다. 술장수에게 내는 대금도 꼬박꼬박 현금으로 건네고 명주(銘酒) 점포에서 간판을 기증하겠다고 연락할 정도라서 초코의 샤미센도 하염없이 벽장에 넣어둔 채 그대로였다. 이번에는 자신도 반 이상 돈을 냈다는 이유 때문만은 아니었겠지만 류키치의 정성은 나무랄 데 없었다. 공휴일도 두지 않고 매일 부지런히 일했기 때문에 쓸데없는 낭비 없이 자연스레 쌓여 가기만 할 뿐이었다. 류키치는 매일 우체국에 갔다. 몸이 고된 장사라 류키치는 피곤할 때면 술로 기운을 북돋웠다. 술을 마시면 기운이 솟아나 얼떨결에 큰돈을 써버리고 마는 류키치의 천성을 알고 있었기 때문에 초코는 조마조마했지만 팔아야 할 술이라고 말하면 류키치도 조절해서 마셨다. 그러나 그렇게 마시는 것도 초코에겐 또 하나의 걱정거리가 되어 결국엔 어느 쪽이든지 걱정은 끝이 없었다. 과음을 하면 엄청나게 쾌활해지지만 훌쩍훌쩍할 때면 원래 말을 더듬는 탓인지 말이 없는 류키치는 한층 더 말이 없어져서 손님이 없거나 할 때 의자에 걸터앉아 멍하니 뭔가를 근심하는 듯한 모습을 보면 역시나 우메다 본가를 생각하고 있는 게 아닐지, 그런 생각이 들어 견딜 수 없었다.

아니나 다를까 여동생 혼례 참석에 매정하게 거절당하자 류키치는 기분이 상해 이백 엔 정도를 들고 나가버린 채 삼일 동안 돌아오지 않았다. 마침 꽃놀이 시기에다가 일요일, 축제일, 명절이 이어져 가게를 쉴 수도 없어 이리 뛰고 저리 뛰며 이틀 동안 장사를 하긴 했지만 초코는 더 이상 욕심 따위를 낼 기분도 들지 않고, 게다가 바쁨과 걱정으로 몸이 말을 듣지 않아 삼 일째에는 결국 가게를 닫았다. 그날 밤늦은 시각에 돌아왔다. 귀를 기울이자, "지금쯤 한시치 씨가, 어디에서 뭘 하고 있으려나. 이제 와서 돌아가진 않겠지만, 나라는 사람만 없다면, 한베에 님도 오쓰를 보아 용서하고, 자식까지 있는 산카쓰 도련님을, 급히 불러들이신다면야, 한시치 씨의 품행도 단정해지고, 의절도 없어질 것이니⋯⋯." 하고 산카쓰 한시치의 대목[23]을 읊으며 돌아오는 건 류키치가 분명했다.

---

23 염용녀무의艶容女舞衣라는 조루리 악극의 대사로 혼자 남겨진 부인이 자신 때문에 본가에서 의절당한 남자 산카쓰 한시치를 그리는 절절한 대사로 유명.

한밤중에 어설프게 조루리를 읊거나 하면 주위 체면에도 좋지 않은데 하고 안도했다. "…… 마음에 드시지 않을 걸 알면서도, 미련한 저는 윤회 때문에, 하룻밤도 즐기지 못 할지라도, 곁에 있고 싶어 참고 견디니, 지금까지 함께한 것이 일신의 원수요……." 하고 계속 뒤이어 읊기라도 하려는 심정으로 아래층으로 내려갔다. 류키치의 발소리는 집 앞에서 멈추었다. 더 이상 읊지도 않고 주저하는 기색을 보이며 달그락달그락 문만 건드리고 있는 듯했다. "누구시죠?" 하고 짐짓 묻자 "나야." "나라니 잘 모르겠습니다." 거듭 시치미를 떼보자 "여기 고레야스라고." 하고 바깥의 목소리가 떨리고 있었다. "고레야스라는 사람은 잔뜩 있습니다." 조금도 웃지 않고 말했다. "고레야스 류키치라고." 이미 초코의 응징을 각오하고 있는 듯했다. "고레야스 류키치라는 사람은 여기 볼일이 없는 사람이에요. 지금쯤 어디선가 돈을 펑펑 쓰고 있을 겁니다." 하고 더욱 괴롭히려 했지만 근처 체면도 있기에 그 정도로 해두고 문을 열어주자 "아줌마, 자, 자, 잔인하잖아." 하고 얼굴을 찌푸리며 우뚝 서 있는 류키치를 질질 끌고 안으로 들어왔다. 억지로 이층으로 밀어 넣자 류키치는 천장에 머리를 부딪쳤다. "아얏!" 하든 말든 그딴 게 알 바냐며 실컷 응징했다.

바람피우지 않겠다며 류키치는 두 번이나 맹세했지만 초코의 응징은 아무 효과도 없었다. 얼마 지나지 않아 또 방탕하게 놀았다. 그리고 돌아올 때면 역시나 응징을 두려워하며 안색이 창백해져 있었다. 점점 살이 찌기 시작한 초코는 응징할 때마다 숨을 헐떡였다.

류키치가 방탕하게 쓰는 돈은 액수가 상당해서 놀고 난 다음 날에는 그 역시 안색이 창백해져 술잔에 손도 대지 않고 묵묵히 냄비 속을 휘저을 뿐이었다. 하지만 사오일이 지나자 결국 손님 술을 데우는 것만으론 성에 차지 않는다고 말하더니 섞지 않은 술을 술병에 듬뿍 담아 구리 냄비 속에 담갔다. 확실히 장사에 싫증이 난 듯, 취해서 기운이 솟아나면 자연히 발길은 유흥가 쪽을 향했다. 염색집 흰 바지[24]일 뿐만 아니라, 이래선 류키치의 유흥에 기름을 붓기 위해 장사하는 셈이라며 초코는 갈수록 후회했다. 괴로운 장사를 시작해버렸다는 생각이 들던 사이, 술장수에게 줄 대금 등도 밀리기 일쑤였고 결국 그만두는 게 낫겠다며 그 뜻을 류키치에게 밝히자 류키치는 그 자리에서 동의했다.

---

24 염색집에서 정작 자신들의 흰 바지는 염색하지 못하고 남의 옷만 염색하고 있다는 의미.

'가게 양도합니다' 하고 써 붙여둔 채 가게는 줄곧 음침하게 닫아 둔 상태였다. 류키치는 조루리 연습을 하러 다니기 시작했다. 저금한 돈도 점점 줄어 가지만 도무지 가게를 사겠다는 사람이 나오지 않았다. 초코는 슬슬 속으로 세 번째 야토나를 생각하고 있었다. 어느 날 이층 창으로 가게 앞을 지나는 사람들을 바라보는데 그들이 전부 손님으로 보여서 장사를 하고 있지 않은 게 너무나 아쉬웠다. 맞은편의 대여섯 채 앞에 있는 과일 가게가 빨갛고 노랗고 푸른 빛으로 흐드러지게 만발하여 활기차 보였다. 드나드는 손님도 많았다. 문득 과일 가게가 좋겠다는 생각이 들어 가만히 있지 못하고 류키치가 조루리 연습을 마치고 돌아오자 서둘러 "과일 가게 어떨까?" 류키치는 내켜 하지 않았다. 마침내 먹고살기가 어려워지면 우메다로 가서 돈을 타내면 된다고 생각하고 있던 것이다.

어느 날, 아무래도 우메다로 외출한 듯했다. 돌아와서 하는 얘기로는 돈을 타내려 하자 여동생의 신랑이 나와서 응대했는데 말이 통하지 않을 정도로 완고한 데다가 인색하게 굴어 결국 한 푼도 내놓지 않았다며 계속 흥분했다. 그러더니 "과일 가게를 해야 하나, 말아야 하나." 아주 못마땅한 표정을 짓고 있었다.

오뎅탕 도구들을 팔아치운 돈으로 가게를 개조했다. 매입과 이것저것으로 돈이 상당히 부족했기 때문에 의상과 머리장식을 저당 잡고, 또한 오킨에게 돈을 빌리러 갔다. 오킨은 한 시간 정도 류키치 욕을 했지만 결국 "초코 씨, 당신이 불쌍하니까." 하고 백 엔을 빌려주었다.

그길로 가미시오마치의 다네키치에게 가서 과일 가게를 할 생각이니 이삼일 손을 빌려달라고 부탁했다. 류키치가 수박 자르기 등에 대해 요령이 없었기 때문에 경험이 있는 다네키치로부터 배워야 할 필요성이 절박해져 이번에는 류키치의 입에서 "한번 아버님께 부탁해보는 게 어떨까?" 하는 말이 나왔다. 다네키치는 젊은 시절 오타쓰의 고향인 야마토(大和)에서 수레 한 대 치 수박을 팔았고 가미시오마치 야시장에서 조금씩 잘라 판 적도 있었다. 그즈음 초코는 아직 두 살이라 오타쓰가 등에 업고, 요컨대 부모와 딸까지 셋이서 총출동하여 하룻밤에 백 개가 팔렸다고 다네키치는 옛이야기를 하며 기꺼이 도와주겠다 하였다. 오뎅탕 가게 때 도와주겠다고 했다가 류키치에게 거절당했던 것 따위는 마음에 두고 있지 않았다. 그러기는커녕 가게가 여는 날, 건너편에 비스듬히 과일 가게가 있다며 "수박 가게 건너편에 수박 가게가 생기면 수박동지(서로 반한 동지)끼리 마주보네."[25]라며 단카이부시

(淡海節) 구절을 읊을 정도로 매우 기분이 좋았다. 건너편 과일 가게는 가게 절반이 얼음 가게라는 강점을 이용해 얼린 수박으로 손님을 끌었기 때문에 자연히 초코 무리는 토막의 두께로 대항해야 했다. 하지만 말하지 않아도 다네키치의 자르는 방식은 대단히 인심이 좋았다. 하나에 80전 수박이 10전 토막 몇 개인지 속으로 셈하며 류키치가 조마조마해하자 다네키치는 "토막으로 낚아서 한 통으로 버는 거야. 손해를 보고 더 큰 이익을 취하는 거다." 하고 말했다. 그러더니 "자, 수박, 수박, 맛있는 수박 아주 싸게 팝니다!" 하고 호기롭게 외쳤다. 건너편의 외침도 좀처럼 지지 않았다. 초코도 가만히 있을 수 없어 "수박이 싸다." 하고 까랑까랑한 목소리를 냈다. 그 점이 애교가 되어 손님이 왔다. 초코는 가방 같은 지갑을 목에 메고서 매상을 집어넣거나 잔돈을 꺼내곤 했다.

아침 동안 초코는 유곽 안으로 들어가 집집마다 수박을 팔며 돌아다녔다. "맛있는 수박이에요." 하고 외치는 목소리가 깜짝 놀랄 정도로 아름답고, 웃는 얼굴에 애교가 있고, 거기다 천성이 멋들어지고 산뜻하여 버티지 못하고 창기들이 매우 아껴주었다. "내일도 가지고 와줘요." 그럴 때 류키치가

---

25 수박[스이카]과 서로 반한[스이타]의 발음이 비슷함.

등에 짊어지고 가져오면 "우리 언니는……?" 좋은 부인을 뒀다며 칭찬받는 것을 남의 일처럼 흘려들으며 류키치는 떨떠름한 표정을 지었다. 오히려 무뚝뚝하여 이렇게 놀기 시작하면 엉망진창으로 객기를 부리는 남자라고는 보이지 않았다.

비교적 열심히 배웠기 때문에 사오일이 지나자 류키치는 수박을 자르는 요령 등을 모두 익혔다. 다네키치는 마침 수호신 제사에 예년처럼 행렬 인부로 고용된 것을 계기로 손을 뗐다. 돌아가려 하면서 사과는 헝겊으로 잘 닦아서 윤을 낼 것, 물복숭아는 손으로 만지지 말 것, 과일은 먼지를 싫어하기 때문에 늘 청소를 할 것 등등을 거듭 당부했다. 그대로 유의하고 있었는데 어째서인지 쉽게 상해버려 물복숭아 따위는 순식간에 부패했다. 가게에 장식해 둘 수도 없어 괴로운 심정으로 버려야 했다. 매일 버릴 것이 많았다. 그렇다고 물건을 줄이면 가게가 궁상맞아 보여서 그렇게도 못하고 잘 팔리지 않으면 조바심이 났다. 벌이도 많지만 손해도 계산에 넣어야 하므로 과일 가게도 쉽지 않은 장사라는 것을 점점 깨닫게 되었다.

류키치가 점점 기운이 없어지기 시작해 초코는 벌써 싫증이 난 건가 하고 걱정했다. 그런데 그 걱정보다 앞서 류키치가 병이 났다. 이전부터 위장이 안 좋아서 후타쓰이도의 실비 병원에 다니고 있었지만 이번에는 소변에 피가 섞이고 소변을 보는 데 이십 분이 넘도록 걸리는 등 다른 사람에게도 말할 수 없었다. 전에도 괴이한 병에 걸려 당시 초코는 "뭐야 이 사람아." 하고 화를 내면서도 주문을 외우며 지붕 기와에 들러 붙어 있는 고양이 똥과 명반(明礬)을 달여서 몰래 먹였더니 효험이 있었기 때문에 이번에도 그런 줄 알고 말없이 된장국 속에 넣자 류키치는 홀짝여보고는 이상한 표정을 지었지만 알아채진 못하고 맛이 이상한 건 아픈 탓이겠거니 하고 생각하는 듯했다. 알아채지 못했으니 주술이 먹힐 거라며 실효가 나타나기를 몰래 기다렸지만 도무지 효과가 없었다. 소변을 보며 울음소리를 내서 시마노우치(島內)의 가요도 병원이 비뇨과 전문이라 그곳에서 진찰을 받아보자 요도에 관을 넣어 들여다본 끝에 "방광이 안 좋다." 열흘 정도 다녔지만 병은 호전되지 않았다. 금세 야위어 갔다. 진단이 잘못되는 경우도 있으니까 하고 덴노지(天王寺)의 시민병원에서 진찰을 받아보자 과연 잘못된 진단이었다. 엑스레이를 찍어 신장결핵임이 밝혀지자 가요도 병원이 원망스럽기보다 오히려 그리웠다. 목숨이 아까우면 입원하라 하였다. 황급히 입원했다.

곁에서 수발을 들어야 해서 가게를 신경 쓸 수 없었기 때문에 초코는 어쩔 수 없이 가게를 닫았다. 과일이 썩어가는 게 아쉬워 다네키치에게 가게 쪽을 부탁하려 했지만 운이 안 좋을 때는 어찌할 도리가 없기 마련으로, 모친인 오타쓰가 사오일 전부터 몸져누워 있었다. 자궁암이었다. 금광교에 열중하며 정화수를 떠오던 중 쇠약함이 심각해져 몸져눕게 되자 이미 손쓸 수 없는 상태라고 동네 의사는 진단했다. 수술도 이 몸으론 하고 의사는 안타까워했지만 오타쓰 쪽에서 수술도 싫고 입원도 싫다며 거절했다. 돈 문제도 있었다. 주사도 처음엔 싫어했지만 몸이 둘로 갈라지는 듯한 고통이 주사로 사라지고 기분 좋게 사르르 잠들 수 있음에 맛을 들이자 아프기도 전에 "주사, 주사." 한밤중에도 아랑곳하지 않고 울부짖어 다네키치를 깨웠다. 다네키치는 졸린 눈을 비비며 의사에게 달려갔다. "모르핀이라 주사를 자주 맞는 건 위험해." 하고 의사는 거절했지만 "어차피 죽어가는 몸입니다."라며 눈을 깜빡였다. 동생 신이치는 교토 시모가모(下鴨) 전당포에서 일 년 기한으로 고용살이를 하고 있었는데 급박한 때가 오기 전까지는 돌아오라 하지 않기로 했다. 그래서 다네키치는 몸이 몇이 있어도 모자랄 판이라 결국 초코도 포기하고 병원비도 필요하므로 가게를 매물로 내놓게 된 것이었다.

이번만은 운이 좋게 사겠다는 사람이 바로 나와 250엔 돈이 들어왔지만 바로 사라졌다. 수술을 결정하긴 했으나 수술하기 전에 몸에 힘을 북돋아 놓아야 해서 매일 두 종류씩 외래약을 처방했다. 하나에 5엔씩이나 했기 때문에 병원비가 무시무시하게 올랐던 것이다. 초코는 파출부를 고용해 밤 동안 류키치의 간호를 맡기고 야토나로 나가기로 했다. 하지만 달군 돌에 물을 붓는 격이었다. 수술도 오늘내일로 다가와 돈이 필요할 게 뻔했다. 초코의 노래도 이번만큼은 옛 모습을 잃어버렸다. 마지막 전차로 돌아오며 허리띠 사이로 손을 집어넣고 거듭 궁리했다. 오킨에게 빌린 백 엔도 그대로였다.

무거운 발걸음으로 우메다 신작로 류키치의 본가를 찾아갔다. 데릴사위만이 만나주었다. 많이는 부탁드리지 않습니다만 하고 머리를 바닥에 문질렀지만 대화가 통하지 않았다. 자업자득, 그는 그런 말까지 내뱉었다. "이 집 재산은 제가 맡고 있습니다. 당신 쪽에서는 손가락 하나……." 건드리고 싶지 않은 건 이쪽입니다 하고 엉덩이를 털고 밖으로 뛰쳐나왔지만 이내 발걸음에 기운이 빠졌다. 다네키치에게로 가서 오타쓰의 병상을 문병하자 오타쓰는 "나는 신경 쓰지 말고 어서 고레야스 씨한테 가거나 해." 그리고 아프면 밥 먹기도 불편할 테니 여기서 미음이나 시금치 풀을 익혀서 들고 가라며 오타쓰는 마음도 부처님처럼 변하여 죽을 때가 가까워진 사람처럼 보였다.

오타쓰와 달리 류키치는 초코가 돌아오는 게 늦다며 호되게 잔소리를 하곤 해서 이래서는 아직 곧 죽을 사람으로는 보이지 않았다. 그렇기 때문만도 아니었겠지만 어쨌든 이틀 뒤, 신장 한쪽을 잘라버리는 대수술을 하고 난 뒤에도 팔팔하게 살아서 "무, 무, 물 줘." 하고 소리를 꽥꽥 질렀다. 물을 마시면 안 된다는 주의를 받았기 때문에 초코는 아랫배에 힘을 주고서 류키치의 꽥꽥대는 소리를 들었다.

다음 날 열두셋 정도의 여자아이를 데리고 젊은 여자가 문병을 왔다. 얼굴 생김새를 언뜻 보자마자 류키치의 동생이라는 걸 알 수 있었다. 퍼뜩 긴장하며 "와주셔서 감사합니다." 첫 대면 인사 대신 그렇게 말했다. 데리고 온 여자아이는 류키치의 딸이었다. 올해 4월부터 여학교로 올라가 세일러복을 입고 있었다. 머리를 쓰다듬자 얼굴을 찌푸렸다.

한 시간 정도가 지나 돌아갔다. 남편 몰래 왔다고 하였다. "데릴사위 주제에 그렇게 까, 까, 까탈스러운 놈이 어딨어." 여동생의 등 뒤로 류키치는 그런 말을 던졌다. 배웅하러 복도로 나오자 여동생은 "언니 고생은 아버지도 요새 잘 알고 계셔요. 아주 성심성의껏 잘해주라고 얼마 전 말씀하셨어요." 하고 말하며 살짝 돈을 쥐어 줬다. 초코는 화장기도 없이 머리도 부스스하고 기모노는 허름했다. 그런 모습을 동정해서 한 말이었을지도 모르지만 초코는 진짜라고 여기고 싶었다. 류키치의 부친에게 인정받기까지 십 년이 걸렸던 것이다. 언니란 소리를 들은 것도 기뻤다. 그래서 돈은 우선 돌려주고 싶었다. 하지만 억지로 쥐어 주어 나중에 확인해보자 백 엔이었다. 감사했다. 기분이 들떠 진정할 수 없었다.

저녁에 전화가 걸려왔다. 동생의 목소리라 순간 철렁했다. 위독하다고 듣고서 서둘러 달려가겠다 전하고 전화실에서 병실로 얘기하러 돌아오자 류키치는 "물 줘." 하고 소리를 지르고 있었다. 그러더니 "부, 부, 부, 부모가 중요해, 내가 중요해." 자신도 언제 죽을지 모른다는 식으로 으르렁거렸다. 초코는 의자에 걸터앉아 가만히 팔짱을 꼈다. 바닥으로 눈물이 떨어지기까지 상당한 시간이 흘렀다. 가을이라 병원 뜰에서 벌레 소리마저 들려왔다.

얼마나 시간이 흐른 건지, 외풍이 쌀쌀해지고 완전히 밤이 되었다. 갑자기 "고레야스 씨, 전화 왔어요." 가슴 떨려 하며 전화를 받자 이번엔 누군지 모르는 여자 목소리가 "숨을 거두셨습니다." 하고 말했다. 그대로 병원을 나와 달려갔다. "초코 씨 당신에 대해 걱정하면서 초코는 불쌍한 녀석이라고 말하며 숨을 거두셨어요." 이웃집 여자들이 보란 듯이 눈시울을 붉히고 있었다. 서른 살 초코도 모친의 눈에는 아이라며 좀처럼 울지 않는 다네치키도 통곡했다. 불효자라는 사람들의 시선을 등 뒤로 느끼며 하얀 천을 걷고 새삼스럽게 마지막 물을 입술에 축여주는 등 초코는 정성을 다하여 받들었다. "내 남편도 아파." 그렇게 자신의 마음속으로 변명하며 경야[26]도 서둘러 일단락지었다. 밤늦게 거리를 걸으며 병원으로 돌아가는 도중, 그럼에도 역시나 울고 또 울었다. 병실로 들어가자마자 류키치는 무서운 눈으로 "어디 갔다 오는 거야." 초코는 그저 한마디 "죽었어." 그리고 둘이서 아무 말도 하지 않고 잠시 서로 노려보았다. 류키치의 차가운 시선이 어쩐지 초코를 압박했다. 초코는 이에 질세라 타고나기를 오기로 가득 찬 기질이 뱀처럼 머리를 치켜들었다. 류키치의 여동생이 준 백 엔 돈을 전부는 아니더라도, 가령 절반만이라도 모친의 장례식 비용으로 충당하기로 거의 마음을 굳혔다. 그래 까짓 것, 이게 그나마 마지막 효도야 하고 류키치에게 그렇게 말하려 했지만 야윈 그 얼굴을 보자 말이 나오지 않았다.

---

26 經夜: 임종 후 가까운 사람들끼리 관 옆에서 밤을 지새우는 일.

하지만 그런 걱정은 필요하지 않았다. 다네키치를 전부터 가마꾼 인부로 고용하던 장의사가 자기 쪽 사람이라며 갖가지 장례 절차를 무료로 맡아주어 꽤 성대하게 장례를 치를 수 있었다. 게다가 오타쓰가 어느 틈에 든 건지, 몰래 우체국 간이 양로보험을 1엔 부금으로 들어놓았기 때문에 보험료 오백 엔이 한꺼번에 들어왔던 것이다. 가미시오마치에서 삼십 년을 살면서 안면이 넓어졌기 때문에 상당히 많은 조문객에게 시영전차 패스와 야마카시(山菓子)[27]를 건네며 부의 답례 절차까지 전부 마치고서도 아직 이백 엔 정도가 남아 있었다. 그래서 다네키치는 병원을 방문하여 위로금이라며 백 엔 정도를 초코에게 건넸다. 부모의 고마움이 온몸으로 사무쳤다. 류키치의 아버지가 초코의 노고를 칭찬하고 있다며 여동생에게 들었다고 말하자 다네키치는 "거 참 잘됐네." 하고 오타쓰가 죽은 뒤 처음으로 싱글벙글한 표정을 지었다.

이윽고 류키치는 퇴원한 뒤 유자키(湯崎) 온천으로 전지 요양을 갔다. 비용은 초코가 야토나로 벌어서 보내주었다. 이층을 빌리는 것도 비경제적이라 초코는 다네키치 집에서 지냈다. 다네키치에게 밥값을 건네려 했지만 다네키치는 정 없

27 장례 참석 답례로 건네는 다과. 장례나 혼례 때는 참석한 사람들에게 교통비와 다과, 기념품 등을 꼭 답례하곤 함.

이 군다며 받지 않았다. 요양비를 보내는 데 쫓기고 있다는 것을 알고 있었던 것이다.

초코가 부모 집으로 돌아왔다는 걸 알게 되자 근처 부자들이 첩으로 들어오라고 노골적으로 말해왔다. 일전의 목재상 주인은 이미 죽었지만 그 아들이 류키치와 동갑인 마흔하나로 그쪽에서도 이야기가 들어왔다. 초코는 삼가 들어 두겠다는 표정을 지었다. 딱 잘라 거절하지 않았던 것은 이웃 간에 서로 서먹해지지 않기 위해서였지만 한편으로는 게이샤 시절 흥정을 하던 잔영이었다. 아직 젊다는 이야기를 들을 때마다 다시 한번 자신을 돌아보았다. 하지만 마음은 좀처럼 움직이지 않았다. 유자키에 있는 류키치 꿈을 매일 밤 꾸었다. 어느 날 꿈자리가 사나워 결국 유자키까지 가게 되었다. '매일 낚시를 하며 적적하게 살' 류키치가 하필이면 게이샤를 불러 돈을 펑펑 쓰고 있었다. 물론 술도 마시고 있었다. 식모를 붙잡고 꼬치꼬치 캐묻자 최근 일주일 남짓 매일 그랬다고 한다. 그럴 돈이 어디서 난 건지, 자신이 보내주는 돈은 숙박비를 내기에도 빠듯하고 담뱃값도 어려울 것 같아 미안해하고 있었는데 하고 의아한 기분이 들었다. 식모의 입을 통해 류키치가 몇 번이고 누이에게 돈을 타냈다는 사실을 알게 되자 눈앞이 새카매졌다. 자신의 실력 하나로 류키치를 출세

시킬 수만 있다면 고생도 보람차다고, 류키치 부친의 평가도 계산에 넣어 예전부터 생각해오곤 했다. 여동생에게 돈을 타 내거나 했다니, 자신의 고생도 물거품이라며 눈물이 터졌다. 하지만 무슨 일이 있을 때마다 초코는 자신의 수완 위에 차 분하게 앉아 일을 헤쳐나갔고, 류키치는 자신에겐 그런 수완 이 없는 만큼 그 점이 이유 없이 아주 얄미웠던 것이다. 그러 나 그 수완을 실컷 이용해 온 체면상, 류키치는 얼굴을 마주 하고서 대꾸할 말이 없었다. 흥이 깨진 표정으로 초코의 힐 문을 얌전히 들었다. 또한 식모의 말에 따르면 류키치는 몰 래 유자키 온천으로 딸을 불러와서 센조지키(千畳敷)와 산단 베키(三段壁) 등등 명소를 구경했다고 한다. 그런 부성애도 류 키치 정도 나이라면 당연하겠지만 배신당한 기분이 들었다. 이전부터 딸을 데리고 와서 셋이서 살자고 류키치에게 재촉 했지만 류키치는 대꾸도 하지 않았던 것이다. 딸에 대해서 등은 어찌 돼도 상관없다는 표정이라 내심 자신에게 우쭐해 하고 있었다. 이래저래 초코는 화가 치밀었다. 방 유리창에 잔을 집어 던졌다. 게이샤들은 살금살금 도망치며 돌아갔다. 하지만 얼마 안 있어 초코는 아까 있던 게이샤들을 지명하여 불렀다. 자신도 원래 게이샤였던 만큼 사람을 상대하는 게이 샤에게 멋없는 일로 트집을 잡고 싶지 않다며, 그러한 배려

심과 함께 허영심과 정체를 알 수 없는 마음이 가까스로 우러났다. 자신을 향한 잔혹한 쾌감도 있었다.

류키치와 함께 오사카로 돌아와 니혼바시의 미쿠라아토(御蔵跡) 공원 뒤에 이층을 빌렸다. 여전히 야토나로 나갔다. 이번이야말로 이층살이를 끝내고 한 채를 장만해 제대로 된 장사를 하게 되면 류키치의 부친도 훌륭한 여자라고 칭찬해주고 떳떳한 부부가 될 수 있을 거라며 힘을 냈다. 그 아버지는 벌써 십 년 이상이나 중풍으로 누워 있어 보통이라면 진작 죽었겠지만 버티고 있는 것인 만큼 언제까지 죽지 않을 거라고 장담할 수도 없으므로 살아 있는 동안에는 하고 초코는 애가 탔다. 하지만 류키치는 아직 병을 앓고 난 몸이라 계속 자양제를 먹거나 주사를 맞거나 하며 그로 인한 지출이 상당했기 때문에 반년이 지나도록 30엔 목돈은 모이지 않았다.

어느 날 저녁, 샤미센 트렁크를 들고 니혼바시 1가 교차로에서 환승 전차를 기다리는데 "초코 씨 아니야?" 하고 누군가 말을 걸었다. 기타신지의 같은 포주 아래에서 한솥밥을 먹었던 긴파치라는 게이샤였다. 출세한 듯함은 숄 하나에도 드러나 있었다. 긴파치가 권유하여 에비스바시 마루만에서 스키야끼를 먹었다. 그날 벌이를 날려야 함이 마음에 걸렸지만 출세한 동료 앞에서 그렇게 말하며 거절하고 싶지 않았다. 포주가 구두쇠라 식사도 소금 친 정어리 한 마리라는 식으로 박정했기 때문에 출세하여 포주에게 갚아주자며 그 무렵 서로 다짐했던 옛이야기가 나오자 초코는 지금의 처지가 부끄러웠다. 긴파치는 초코의 도피 이후 얼마 안 있어 포주에게서 빠져나와 광산업자의 첩이 되었는데 바로 얼마 전 본처가 죽고 후처가 되어 지금은 광산을 사고파는 일에 말참견을 두며, "말한들 먹히겠냐만⋯⋯." 이 이상의 출세는 바라지도 않을 정도의 생활을 하고 있다. 이와 관련해서 떠오르는 건 "역시나 초코 씨, 당신이더라고." 포주에게 갚아주자고 맹세한 이전의 꿈을 이루기 위해선 초코 또한 꼭 출세해야 한다고 긴파치는 말했다. 천 엔이든 이천 엔이든 당신이 필요한 만큼 무이자로 기한 없이 빌려줄 테니 뭔가 장사해볼 생각은 없어? 하고 사정을 묻자 바로 이야기를 털어놓았다. 지옥에서 부처님을 만난다더니 딱 이런 건가 봐, 초코는 눈물을 계속 흘리며 긴파치가 몸에 두른 것들을 닥치는 대로 칭송했다. "무슨 장사가 괜찮을까요?" 말투도 공손했다. "그러게." 마루만을 나와 가부키 극장 옆에서 점을 봤다. 물장사가 좋겠다는 말을 듣게 되었다. "당신이 물장사고 나는 광산 장사니 물하고 산하고, 이거야 무슨 도도이쓰[28] 아니겠어?" 그렇게 이야기는 깔끔하게 결정되었다.

돌아와서 류키치에게 이야기하자 "당신도 좋은 친구가 다 있네." 하고 다소 빈정거리는 말투였지만 속으론 꼭 내키지 않는 것도 아닌 듯했다.

카페를 운영하기로 결정하고 다음 날 서둘러 중개소를 돌아다니며 카페 매물을 찾아보았다. 좀처럼 찾기 힘들 거라고 예상했는데 매물도 얼마든지 있고 성업 중인 곳도 마구마구 팔려고 할 정도라 이래서는 카페 장사 실정도 꽤 녹록지 않을 것 같아 망설여졌지만 초코의 자신감이 대단했다. 마담의 수완 하나면 여급 면면이 다소 떨어져도 충분히 유행시킬 수 있다며 투지를 불태웠다. 매물로 나온 가게를 한 채 한 채 둘러보다 결국 시타데라마치 정거장 앞 가게가 후타쓰이도에서 도톤보리와 센니치마에로 펼쳐진 번화가에서 멀지 않고, 비교적 가격도 적당하고, 가게 구조도 아담하니 취향에 들어맞아 그곳으로 결정하게 되었다. 건축비는 800엔으로 매듭지었는데 도비타의 오뎅탕집 같은 낡아빠진 가게와는 차원이 다르기 때문에 싼 편이었다. 혹시 몰라 긴파치에게도 보

---

28 都々逸; 에도 시대 말기에 완성되어 유행한 속요로 가인들의 호칭에 강이나 산을 자주 붙임.

여주자 "여기라면 나도 한번 놀아보고 싶네." 하고 불만은 없었다. 그리고 주인이 바뀌었으니 과감하게 가게 안팎도 다시 꾸미고, 네온사인도 켜고, 화려하게 개점하도록 해, 돈은 얼마든지 내줄 테니까, 하고 무척이나 북돋아 주었다.

이름은 변함없이 초류 앞에 살롱을 붙여 '살롱 초류'로 하고, 축음기는 신나이(新內節), 하우타(端唄) 등등 운치 있는 것들로 틀어두고, 여급은 전부 일본식 머리 스타일이나 수수한 하이칼라 아가씨들로만, 어설프게 양장을 한 여자나 머리카락이 곱슬곱슬한 여자 등은 두지 않았다. 바 테이블보다는 음식점 같은 곳이 더 어울릴 것 같아 류키치는 해삼 초무침 등등 소소한 반찬거리를 만들고 초코는 줄곧 다방풍으로 애교를 부렸다. 이같이 전부 일본풍이라 그 점이 도리어 흥미롭다며 고객층도 양호하고 커피만 마시는 손님은 머무르기 힘들었다.

반년이 지나기도 전에 모두가 인정하는 가게가 되었다. 초코의 마담 행세도 물이 올랐다. 고용해 달라고 새 여급이 '첫선'을 보이러 오면 머리끝부터 발끝까지 재빠르게 관찰하여 한눈에 여자의 천성과 솜씨를 알아볼 수 있게 되었다. 한 사람, 아무래도 뒤가 구린 듯한 여급이 찾아왔다. 몸매, 몸동작 등등이 외설스럽게 남심을 건드리는 듯하고 눈빛도 풀려있어 내키지 않았지만 레테르(얼굴)가 좋아 고용하게 되었다. 손님들이 치근덕치근덕 달라붙어 수군거리는 말들도 초코는 어쩐지 마음에 들지 않았지만 좋은 손님들이 모두 그 여자를 쫓아다녔기 때문에 쫓아낼 수도 없었다. 가끔 두세 시간씩 쉬게 해달라고 하더니 손님과 밖으로 나가곤 했다. 그런 일이 계속되자 손님의 발걸음이 뜸해졌다. 틀림없이 어딘가로 손님을 물어가는 듯, 손님도 친해지면 굳이 가게로 올 필요가 없는 것이었다. 이를 위해 집까지 빌려 놓았다는 것도 알게 되었다. 이른바 카페를 이용해 그런 요망한 일을 벌인 것이다. 쫓아내자 다른 여급들이 동요했다. 한 사람 한 사람 조사해보자 어느 여급이나 그 여자를 본받아 그런 쪽으로 여러 번 발을 들인 듯했다. 그렇게 하지 않으면 그 여자에게 자신들의 손님을 빼앗겨버릴 것 같아 그럴 수밖에 없었을지도 모르지만 어쨌든 초코는 오싹하니 지긋지긋했다. 그런 쪽으로 알려지면 큰일이라며 여급들을 전부 내보내고 온순한 여자들만 새로 고용했다. 그렇게 겨우 위기를 타개했다. 가게에서 승낙하여 보내준다면 몰라도 여급들이 멋대로 그런 짓을 하게 놔두면 그 카페는 아주 엉망이 된다고 나중에 전례를 듣게 되었다.

여급이 바뀌자 고객층도 바뀌어 신문사 관계자들이 자주

왔다. 신문기자는 눈빛이 무서울 거라고 예상했던 것과 달리 쾌활하고 어린아이들 같아 초코를 부를 때도 마담이 아니라 '아주머니.' 초코의 기분도 매우 좋았다. 마스터인 '아저씨' 류키치도 자리로 끌려 나와 함께 놀기도 하고 대단히 가정적인 분위기의 가게가 되었다. 취하면 류키치는 "어이, 이봐, 락교." 등등으로 기자의 별명을 부르곤 하더니 결국 2차 모임 무리에 끼어 이마자도(今里) 신개척지로 차를 몰았다. 초코도 손님 앞에서는 멋을 부리며 웃고 있었지만 외박하고 돌아오거나 하면 역시나 응징하는 손은 느슨하게 하지 않았다. 근처에선 초코를 마귀할멈이라며 험담했다. 여급들에게는 재밌는 구경거리로 마스터가 나쁘다며 겉으론 여자끼리 편을 들어주기도 했지만 속으론 어떻게 생각할지 알 수 없었다.

초코는 "따님을 데려와야지." 하고 슬슬 류키치에게 말을 꺼냈다. 류키치는 "아직, 조금만 기다려." 하고 말을 피하려는 것처럼 보였다. "아이가 귀엽지 않은 건가?" 않을 리가 없었는데 딸 쪽에서 오고 싶어 하지 않은 것이었다. 여학생으로서 카페 장사를 부끄러워하는 것도 무리는 아니었지만 이유는 그렇게 간단하기만 한 것이 아니었다. 아버지를 나쁜 여자한테 빼앗겼다며 죽은 어머니는 틈만 나면 딸에게 이야기해줬던 것이다. 초코가 억지로 졸라대서 한두 번 '살롱 초류'에 세일러복 차림으로 모습을 비쳤지만 조금도 웃지 않았다. 초코는 어이가 없을 정도로 비위를 맞추며 "영어로 해서 어려우려나?" 여학생은 코웃음을 쳤다.

다음 날 이쪽에서 부탁하지도 않았는데 불쑥 창백해진 얼굴을 내비쳤다. 초코는 얼굴 한가득 주름지게 웃으며 "어서 오세요." 달려온 초코에게 삐죽 고개를 숙이자마자 여학생은 류키치에게 다가가 낮은 목소리로 "할아버지 상태가 안 좋으니 빨리 와주세요."

류키치와 함께 급히 달려가려 했다. 하지만 류키치는 "당신은 집에 있어. 지금 같이 가기엔 상황이 안 좋아." 초코는 얼이 나간 듯 잠시 멍하니 있다가 이것만은 류키치에게 빌고 빌어 부탁했다. ― 아버지가 숨이 붙어 있는 동안 머리맡에서 정식으로 부부가 될 수 있도록 부탁해 달라. 아버지가 알겠다고 하면 바로 알려달라. 서둘러 달려갈 테니.

초코는 포목전으로 뛰어가 류키치와 자신 두 명의 몬쓰키 예복을 서둘러 마련하도록 부탁했다. 희소식을 기다렸지만 좀처럼 오지 않았다. 류키치는 얼굴도 보이지 않았다. 이틀이 지나 몬쓰키도 마련되었다. 나흘째 저녁, 호출 전화가 걸려왔다. 얘기했구나, 바로 오라는 전화구나, 하고 얼굴에 화색을 띠고 "여보세요, 저 고레야스예요."[29] 하고 말하자 류키치의 목소리는 "아, 아, 아, 아, 아줌마야? 아버지는 방금 죽었어." "아, 혹시, 혹시나." 초코의 목소리가 까랑까랑하게 떨렸다. "그럼 제가 바로 그쪽으로 갈게요, 몬쓰키도 둘 꺼 만들어 놨어요." 발 언저리가 흔들거렸지만 그 말만은 분명히 전했다. 하지만 류키치의 목소리는 "당신은 오지 않는 게 좋겠어. 오기엔 상황이 안 좋아. 데, 데, 데, 데릴사위가……." 뒤는 묻지 않았다. 장례식에도 가면 안 된다니 그런 말이 어딨나 하고 머릿속에 불길이 번졌다. 병원 복도에서 류키치의 여동생이 했던 말은 거짓말이었던 건지, 아니면 완고한 데릴사위가 류키치를 구워삶은 건지, 이를 생각할 여유도 없었다. 몬쓰키가 머리에서 떠나지 않았다. 가게로 돌아와 이층에 틀어박혔다. 이윽고 문을 꼭 잠그고서 가스 고무관을 잡아 들었다. "마담, 오늘 저녁은 스키야끼예요?" 아래층에서 여급이 말했다. 마개를 돌렸다.

밤에 류키치가 몬쓰키를 가지러 돌아오자 가스미터가 땡땡 하고 높은 소리를 내고 있었다. 이상한 냄새가 났다. 깜짝 놀라 이층으로 올라가 문을 열었다. 부채로 그곳을 파닥파

---

[29] 일본은 결혼하여 정식 부부가 되면 성이 바뀜.

닥 부쳤다. 의사를 불렀다. 그렇게 초코는 구조되었다. 신문에 나왔다. 신문기자는 태평성대에도 난세를 잊지 않고 있었던 것이다.[30] 음지에서 자살을 꾀했다는 등의 동정 어린 글이었다. 류키치는 장례식이 있다며 도망쳤고 그 뒤로 돌아오지 않았다. 다네키치가 우메다로 물어보러 갔지만 그곳에도 없는 듯했다. 일어날 수 있게 되어 가게로 나가보자 손님들이 위로해주며 가게가 아주 붐볐다. 첩이 되라며 손님들은 역시나 기회를 놓치지 않았다. 매일 아침 아주 두꺼운 화장을 하고 어디론가 외출했기 때문에 결국엔 첩이 되었다며 안 좋은 소문이 돌았다. 그러나 사실은 류키치가 빨리 돌아오도록 금광교 도장에 참배하러 갔던 것이었다.

이십 일 남짓이 지나 다네키치에게 류키치의 편지가 왔다. 저도 이제 마흔셋이다, 한 번 큰 병에 걸린 몸이라 그렇게 오래 살 수도 없을 것이다. 딸에 대한 사랑도 묶여 있다. 규슈(九州) 지방에서 가령 직공 생활이라도 해서 자활하며 딸을 데려와 여생을 살고 싶다. 초코에겐 거듭 미안하지만 잘 전해달라. 초코도 아직 젊으니 앞으로…… 등등 적혀 있었다. 보여주면 큰일이라며 다네키치는 태워버렸다.

---

30 늘 비상시에 대비하고 있다는 의미의 속담.

열흘이 지나 류키치는 느닷없이 '살롱 초류'로 돌아왔다. 행방을 감췄던 건 작전이야, 데릴사위한테 초코와 헤어졌다고 그럴싸하게 보여준 다음에 돈을 탈 속셈이었어, 아버지가 죽고 유산 몫에 참여하지 않으면 당연히 손해니까, 그런 생각에 일부러 장례식에도 부르지 않았던 거라고 말했다. 초코는 진짜라고 생각했다. 류키치는 "어때, 뭔가, 마, 마, 맛있는 거 먹으러 가지 않을래?" 하고 초코를 꼬셨다. 호젠사 경내 '부부단팥죽31'에 갔다. 도톤보리 도로와 센니치마에 도로의 모퉁이가 닿는 곳에 낡은 오타후쿠 인형32이 놓여 있고 그 앞쪽에 '부부단팥죽'이라 쓰인 붉고 커다란 제등이 매달려 있는 모습을 보자 진짜 부부로서 들어가는 가게처럼 느껴졌다. 게다가 단팥죽을 주문하자 부부라는 의미에서 한 사람에게 두 그릇씩 가져다주었다. 바둑판 같은 다다미 바닥에 걸터앉아 후룩후룩 높은 소리를 내며 홀짝대면서 류키치가 말했다. "여, 여, 여기 단팥죽이 왜 두, 두, 두 그릇씩 가져오는 건지 알아? 모를 거야. 여긴 옛날에 무슨 다유33 조루리 선생께서

---

31 夫婦善哉; 일본어 발음은 메오토젠자이. 실제로 오사카 호젠사 골목에 있는 유서 깊은 단팥죽 가게. 젠자이善哉는 오사카 사투리로 '단팥죽'이라는 뜻이지만 한자 뜻 그대로 풀면 '좋구나'라는 뜻.

32 お多福; 오카메라고도 불리는 추녀 인형으로 액을 막고 복을 부른다는 미신이 있음.

연 가게야, 한 그릇 가득 따라주는 것보다 조금씩 두 그릇으로 나누는 쪽이 더 많이 든 것처럼 보이잖아, 그런 기발한 생각을 해낸 거야." 초코는 "혼자보다 부부인 쪽이 낫다는 거겠지." 척하고 옷깃을 들어 올리더니 어깨를 크게 들썩였다. 초코는 부쩍 살이 쪄서 그곳 방석이 꽁무니를 내뺄 정도였다.

초코와 류키치는 이윽고 조루리에 몰두하기 시작했다. 후타쓰이도 덴규 서점 이층 큰 방에서 열린 기다유[34] 대회에서 류키치는 초코의 샤미센 연주로 '다이슈'를 읊어 이등상을 받았다. 경품인 커다란 방석은 초코가 매일 사용했다.

---

33 大夫: 가부키나 조루리 등의 악극에서 격이 높은 예인을 일컫는 칭호.
34 義太夫: 조루리의 한 종파.

부부단팥죽 속편

류키치가 '초류'로 돌아오고서 일 년이 지나 여름이 왔다.

칠석이 끝나면 바로 이쿠타마(生国魂) 신사 여름 축제로, 7월 8일은 전야, 9일에는 행차가 있다. 6월 초부터 이미 동네 안 헌옷 가게, 수레 대여점, 그 외 가게 앞에 '축제 핫피[1] 빌려드립니다' 하고 나붙었고, 이윽고 7월이 되자 매일 밤 경내에서 사자무와 마쿠라다이코[2] 연습이 이어졌다.

마쿠라다이코 북소리는 여름밤의 여운을 끌며 어두운 언

---

1 法被; 직공이나 머슴이 입던 통소매 옷으로 여름 축제 때 많이 입음.
2 枕太鼓; 축제 등에서 연주되곤 하는 전통 북 공연.

덕을 내려와 시모데라마치의 '초류'에도 들려왔다. 이를 듣자 초코는 어린 시절이 떠올랐다. 하얀 분을 바르고, 연지를 찍고, 나들이옷 소맷자락을 펄럭거리며 인력거에 올라타, 올려다보이는 마을 안을 아는 얼굴 몇몇과 함께 대열을 지어 천천히 행진하는 오치고상[3]이 될 뻔했지만 되지 못하고, 그 대신 아버지 다네키치는 갑옷을 입거나 스이칸[4]을 입는 축제 인부였다.

그 다네키치의 얼굴도 최근 전혀 보지 못했다. 다네키치 쪽에서도 조심스러워하며 거리를 두고 있었는데 축제도 다가오던 어느 날 밤, 오랜만에 얼굴을 비쳤다. 여느 때는 부엌문을 통해 살짝 들어와 초코와 류키치 둘이 있는 모습을 보는 것만으로 족하다며 술을 내와도 마시지 않고 돌아갔지만 오늘 밤은 여태와 달리 앞문으로 들어왔다. 어서 오세요 하고 여급뿐만 아니라 초코도 활기차게 목소리를 냈지만 그러고서 쳐다보자 이런 곳에 올 사람의 차림으로는 전혀 보이지 않는, 세상에 다네키치였다. 하지만 초코는 류키치 앞이라 조금은 조심스러워하면서도 제대로 대접했다. 다네키치

---

3 お稚子さん; 축제 때 마스코트로 뽑히는 어린아이.
4 水干; 중세시대인 헤이안 시대 귀족의 평상복.

는 구태여 사양하지 않고 싱글벙글한 얼굴로 자리를 잡아 술을 마시고 취해서는 야리사비(槍錆) 등을 불렀다. 노령으로도 초심자로도 생각되지 않을 훌륭한 목소리에 가락도 구성져서 먼저 있던 손님들은 전부 추임새를 넣기도 하고 또 웃기도 했다. 류키치도 시종 떨떠름한 표정으로 있던 것은 아니었다. 다네키치는 비틀거리는 발걸음으로 돌아갔다.

평소와 다른 그런 부친의 모습에 초코는 깜짝 놀랐는데 역시 그것이 불길한 예견이었던 건지, 이틀이 지나 다네키치는 뇌졸중으로 죽었다. 죽기 전날 교토에 가서 시모가모의 전당포에서 고용살이하는 아들 신이치를 만나 마루야마(円山)의 이모보에도 끌고 갔다고 하니 '초류'에 오셨던 것도 은연중에 이 세계와 작별을 고했던 거라며 서둘러 달려온 초코는 울음을 터뜨리며 "운도 없으시지. 그런 거였다면 좀 더 맛있는 것도 잡수시게 하고, 이번에 생긴 가부키 극장도 보여드리는 거였는데……. 좋은 꼴도 못 보고." 그러나 초코는 알지 못했지만 죽어가던 다네키치의 불행은 죽기 바로 직전까지 오직 하나, 초코의 장래를 걱정하고 있었다는 바로 그 점이었다.

전야제와 겹쳤지만 물론 장례식 날에는 장사할 수 없어 '초류'는 휴업을 했다. 하지만 날이 밝고서 9일은 축제 당일로 일 년 중 가장 대목이라 더 이상 쉴 수 없었다. 15일은 난바 신사, 19일은 고즈 신사 축제가 있어 분주한 나날이 계속 이어졌는데 덴진 축제인 25일, 류키치는 훌쩍 나가버린 채 그날 밤 돌아오지 않았다. 축제와 월급일이 겹쳐 테이블 하나 마를 틈도 없을 정도로 바빠서 "잘도 이런 정신없는 축젯날에 얼렁뚱땅 나가버렸네. 이런 개 같은 영감탱이." 초코는 숨 가빠하며 손님을 배웅하고 맞이하는 구호도 터무니없이 까랑까랑했지만, 문득 류키치가 덴만구(天満宮)의 씨족[5]임을 알아차렸다. 씨족 신 축제에 옛날 생각도 나고 천성이 워낙 좋아하기 때문에 어찌할 바를 모르고 행렬 사이로 보이는 수레 지붕에 올라 흥청망청하고 있는 게 틀림없다. 아니, 그 정도면 차라리 다행이지. 어슬렁어슬렁 우메다 신작로로 가서 딸을 데리고 나와 축제 구경을 시키고 있을 게 분명하다. 그런 생각이 들자 안절부절못하며 초코는 더는 뭔가를 말할 기운도 없을 정도로 풀이 죽어 계산서 위에 이상한 글씨로 숫자를 적으며, 지금쯤 한시치 씨가, 어디에서 뭘 하고 있으려나……. 콧등의 하얀 분이 땀에 녹고, 무심코 튀어나온 조루리 구절 또한 스스로 생각해도 처량했다. 계산서를 쓰는 건

---

5 덴진 축제는 일본 각지의 덴만구 신사에서 주최하는 축제임.

언제나 류키치 담당으로 류키치는 계산을 잘하고 대필을 해도 될 정도의 달필이기도 해서 이전부터 초코는 그 점이 믿음직스러웠다.

밤이 깊어 가게가 한가해지자 초코는 계속 가게 앞에 서서 눈을 두리번거렸다. 하지만 남쪽에서도 북쪽에서도 그렇다 할 모습은 나타나지 않았다. 잠자리에 들어가도 잠이 오지 않았다. 떠맡아 키우자고 초코 쪽에서 말을 꺼냈을 정도이기 때문에 류키치가 딸을 만나러 가는 건 아무런 이상함도 없는 셈이고, 게다가 우메다 신작로 집에는 본처도 아버지도 진작 죽었다. 그런데도 류키치가 우메다 신작로에 가면 초코는 여전히 진정할 수 없었다. 잠옷 차림으로 여기저기를 기어 다니며 탁 탁 모기를 잡는 소리가 밤늦게까지 이어져 다다미 석 장 옆방에서 자고 있던 기식하는 여급은 몇 번이나 눈을 뜨고 "마담, 아직도 안 자고 있어요?" "응." 하고 대답하는 숨 가쁜 초코의 목소리는 비만 때문만이 아니었다.

다음 날도 류키치는 돌아오지 않았고 초코는 두통약 고약을 관자놀이에 붙인 뒤 근처로 류키치를 찾으러 나갔다. 눈에 띄지 않아 체념한 초코는 여기저기 가게에 들어가 배불리 먹었지만 혼자서는 땀만 날 뿐 조금도 맛있다는 기분이 들지 않아 이럴 거면 누구든지 마음에 드는 여급이라도 데리고 올 걸

하고 쓸쓸해했다. 신사이바시에서 필요도 없는 나막신과 장식용 깃 따위를 전부 사고 나자 더 이상 할 게 아무것도 없어 발길은 터벅터벅 시타데라마치로 돌아가려 했지만 문득 정신이 들자 센니치마에 오사카 극장 지하실을 향하고 있었다.

그곳은 스포츠 야드, 여성 재즈밴드가 연주되고, 소형 자동차, 사격 과녁, 목마, 장기 마작 클럽, 탁구장 등등 외에 진기한 레코드 녹음소도 있었다. "여러분의 목소리가 바로 저곳에서 레코드에 녹음됩니다. 10인치 녹음료가 레코드 한 장 포함 겨우 1엔……." 반주도 준비되어 있어 녹음실 흑막 뒤에서 바람잡이가 유행가를 부르자 기타 반주가 들어가고, 노래가 끝나자 "아이고 피곤해." 실황공연처럼 실감 나게 마이크를 통해 전해진다. 이런 날에는 목소리도 잘 나온다. 초코는 실례합니다 하고 녹음실의 막을 뚫고 들어갔다.

"빨리해줘요, 사람이 서 있잖아요." 초코가 말하자 원래 영화관에서 샤미센을 연주하던 노파가 간주를 연주하기 시작하고 맘껏 소리를 내지르며 음을 한 음 높여 신나이부시를 불렀다. 깜짝 놀랄 정도로 높은 가락의 목소리였기 때문에 기사는 "아니, 그렇게 무턱대고 목소리를 내면 기계가 고장 나 버리는데." 하고 당황해했다.

마이크를 통해 퍼진 미성에 아니나 다를까 사람들이 녹음실을 엿보러 모여들었다. 마침 그때 '초류'로 돌아갈 기회를 놓친 류키치가 그곳 장기 클럽에 와 있다가 그 목소리를 듣게 되었다. 들어본 기억이 있는 목소리에 류키치는 깜짝 놀라 유리했던 장기판에 갑자기 악수를 두더니, 더는 못 두겠습니다 하고 말을 던지며 슬금슬금 밖으로 나갔다.

"좋은 목소리를 내는구먼." 하고 류키치는 길을 걸으며 중얼거리다가 고즈의 조루리 스승에게 얼굴을 비치고 '누마즈'를 복습하는데 "안녕하세요, 저희 집 양반이 폐를 끼치고 있지 않나 해서." 하고 현관에서 초코의 목소리가 들려와 순간 도망쳐 숨는 것도 불가능하여 새파랗게 질려 떨고 있었다. 그 얼굴을 보자마자 초코는 "안녕하십니까, 정말 오랜만이네요." 조금도 웃지 않고 말했다. "아, 아, 아줌마, 와, 와 왔어?" 하고 류키치는 평소보다도 말을 더듬으며 그 순간 응징을 각오했다. 초코는 집요하게 추궁하며 "정말이야? 지난밤은 이마자토 다방에 있었던 거야?" 우메다 신작로에 가지 않았다는 걸 알게 되자 "진짜지? 거짓말 아니지?" 하고 류키치의 목을 조르는 손에 힘을 주었다. 스승 앞이기도 하고 류키치는 그곳에서 싸울 수도 없어 맥없이 가만히 있었지만 물론 체면을 대단히 상했기 때문에 돌아와서 류키치는 평소와 달리 위협적인 표정으로 그런 말을 꺼내며 기분 나빠했다. "뭐라고 중얼거리는 거야. 뭐가 체면이야." 하고 초코는 지지 않았지만 역시나 부끄러운 기분이 들어 홱 나가 버렸다. "아, 아줌마, 어, 어디가." 류키치가 묻자 "야시장 간다." "그러면 시치미(고춧가루)하고 도, 도, 돈돈야끼 사다 줘. 생강 들어간 거로." 변함없이 추잡스러운 식탐이었다. 한 시간이 지나 초코는 돌아왔지만 돈돈야끼 같은 애들이나 먹는 건 꺼림칙해서 못 샀다며 빈손으로 돌아왔다. 그래서 류키치는 한층 더 기분이 상했고 초코가 벤차라(겉발린 소리) 어린 말투로 말을 걸어도 더는 입도 벙긋하지 않았다. 초코는 몰래 여급에게 시켜 뛰어가서 돈돈야끼를 사 오게 했다. "아이들 무리가 교산(엄청) 많아서 너무 쑥스러웠어요." 하고 숨을 헐떡이며 가지고 온 것을 류키치는 묵묵히 받아들고 눌어붙은 신문지를 열심히 벗겨 입을 삐죽거리며 먹고 나서야 간신히 기분이 나아진 듯했다.

하지만 류키치는 다음 날부터 조루리 연습을 쉬었다. 그런 일이 있었으니 스승의 얼굴을 볼 낯이 없다고 입 밖으로 꺼내지는 않았지만 그런 만큼 한층 더 심술궂게 속으로 삐진 듯, "괴상한 사람 같으니." 하고 말하며 초코가 외출한 뒤에 주방에 틀어박혀 자질구레한 것들을 행구고 있었다. 연습하고 돌아온 초코는 류키치의 우울한 얼굴을 보고서 "도대체

뭔 표정이야. 포렴에 기대서 밀개떡 씹어먹는 표정을 하고 있네."[6] 하는 식으로 말을 걸었지만 류키치는 대답하지 않았고 그 쌀쌀맞음이 역시나 쓸쓸하게 초코의 가슴에 사무쳤다.

류키치는 눈에 띄게 과묵해졌는데 말을 더듬기 때문만은 아니었다. 좀처럼 밖으로 나가지도 않고 여자 노름도 끊겼다. "전 요즘 진지해요." 하고 초코는 늘 스승에게 말했지만 진지하다면 진지하게 다른 걱정도 있었다. 가끔 류키치가 입을 열어 반찬 투정 따위를 하면 초코는 전전긍긍하면서도 "사치스러운 소리 하지 마." 하고 고압적으로 나갔다. 그러자 류키치는 더욱 말이 없어지더니 허둥지둥 식사를 마치고서 천장을 향해 입을 크게 벌리고 위장약 정제를 털어 넣는 것이었다. 류키치는 변함없이 몸이 약해 밤늦게까지 하는 물장사의 영향을 받는 듯했다. 초코는 매일 센니치마에의 지안사(自安寺)에 가서 부동명왕 불상의 배를 수세미로 비비적대며 "사십오 세, 말띠 해 남자, 위장이 좋아지게 해주소서……." 하고 중얼거렸다.[7]

6 기댈 수 없는 포렴에 기대고 있고, 씹는 보람도 없는 밀개떡을 씹으며 쓸데없이 열불을 올리고 있음을 나타내는 표현.

7 지안사 부동명왕 불상에 물을 뿌리며 소원을 빌면 이루어진다는 전승이 있음.

그리고 여름이 지나자 류키치는 손님의 권유를 시작으로 경마에 빠져들어 갔다. 매일 허둥지둥 외출하는 모습을 보며 여자에게 빠지는 것보다는 낫다며 안심했지만 돈을 번 것은 첫날뿐, 류키치가 눈에 띄게 비위를 맞추기 시작하는 게 이상했는데 아니나 다를까 크게 잃고 있었다. 매일 마권인지 뭔지 하는 것을 몇 장씩 들고 와서 "이런 종이쪼가리지만 이래 봬도 백 엔하고 바꿀 수 있어. 빠, 빠, 빨리 돈하고 바꿔버리면 효험이 없다고 하니까 바, 바, 바꾸지 않고 가지고 있는 거야. 마지막 날에 바꾸면 돼." 하고 보여주는 걸 진짜라고 받아들였기 때문에 손해는 없다고 생각하여 "뭐라도 해봐, 남자한테 도락이 없으면 안 되지." 하고 웃어넘겼지만 나루오(鳴尾) 경마장 마지막 날, 류키치는 돈지갑 안에 4전을 남겨 돌아왔고 "그 마권은……?" 전부 찌꺼기 마권인 듯했다. 단승으로 사면 2위, 복승으로 사서 코끝 정도 차이로 순위에서 밀려나면 그나마 다행이지, 노리는 말들마다 공교롭게도 낙마하거나 출발이 늦어 결국 통산하자 얼이 빠질 정도가 아니라 어쩐지 두려워지는 액수의 손해를 봤지만 류키치는 지치지 않고 "이렇게 된 이상 자포자기해서 불에 탄 가지야."[8] 요도(淀) 경마장도 가보겠다고 말을 꺼냈다. 초코는 화투 경험도 있어서 끈질기게 구는 류키치의 기분을 이해하지 못하는 것도 아니었지만 더는 류키치의 기분전환을 바람직하게 바라볼 수 없어 "조금은 나에 대해 생각해줘." 하고 말하는 대신 돈을 숨겨버렸다. 하지만 류키치는 "보러 갈 뿐이야, 마권은 못 사."라는 구실로 매일 돈도 없이 외출했다.

요도 경마장에 다닌 지 열흘 정도가 지나, 결국 다시 마권을 사고 있으며 그 자금은 먹고사는 게 힘들다며 눈물로 호소하여 우메다 신작로에서 빌려오고 있다는 것을 알게 되었다. "잘도 내 얼굴에 먹칠을 하는 그런 부끄러운 짓을 해줬네." 초코는 그 한마디를 한 뒤 아무 말도 하지 않았고 그만큼 어쩐지 응징은 무섭도록 괴로웠다. 류키치는 히-히- 우는 소리를 내며 버선을 벗은 채로 도망갔다. 기모노 앞이 벌어진 채 칠칠치 못한 꼴로 전찻길을 가로질러 가는 류키치의 모습을 이층 창을 통해 잠시 바라보다가 초코는 울며 쓰러졌다.

그 이후 류키치는 돌아오지 않았다. 사흘이 지나고 열흘이 지나자 초코는 초췌해졌다. 이럴 때 역시 의지가 되던 아버지가 죽어버린 것도 쓸쓸했다. 초코는 하루종일 가만히 있지 못하고 혼자서 이곳저곳 예상이 가는 곳을 찾아 돌아다니

---

8 유명한 영화 대사로 '자포자기하여 불에 탄 가지, 색이 검어 먹고 싶어도, 나는 틀니라서 먹을 수가 없네'가 원문. 장사꾼이 사람들에게 구매를 부추기는 대사.

며 우메다 신작로 근처까지 서성거리던 끝에 어느 날 류키치의 딸이 다니고 있는 여학교 앞으로 찾아갔다. 교문을 나오는 것을 곧장 발견해 초코는 얼굴 가득 애정 어린 웃음을 띠며 다가가 "안녕하세요. 아가씨 아버지 어딨는지 모르시나요?" 키도 자라 완전히 어른스러워진 딸은 이 사람이 아버지를 훔쳐간 여자인가 하고 오랜만에 만난 초코의 얼굴을 잠시 노려보며 "몰라요." 얼굴을 붉혔다. 그리고 모자 위치를 고치며 떠나가 버렸다. 초코는 고즈의 오킨에게 달려가 "아니 좀 들어봐요. 아주 훌륭한 아가씨가 되셨다니깐." 하고 막 보고 온 딸의 가방 메는 방법까지 흉내 내서 보여주며 "아무리 나라도 그 따님한테는 못 이기겠어요." 하고 숙연해졌다. 죽은 류키치의 아버지는 "딸하고 살고 싶으면 초코인지 뭔지 하는 여자와는 헤어져라." 하고 유언을 남겼고 대를 이은 매제의 생각이 어떻든 딸 본인이 이를 지키며 초코가 있는 한은 류키치에게 오고 싶어 하지 않았다. 입 밖으로 꺼내진 않지만 류키치 역시 딸이 귀엽고, 그래서 그러한 사정으로 보아도 초코와 헤어지는 게 당연하다며 초코는 이를 두려워했다. 오킨은 초코의 말을 가만히 듣고서, "당신도 보통이 아니지만 그런 따님하고 헤어져 살아야 한다니, 초코 씨, 당신 앞이긴 하지만 고레야스 씨도 힘들겠어." 하는 식으로 위로하였다. "그럼요, 그럼요" 하고 초코는 눈시울을 적시며 류키치의 쓸쓸함 또한 별안간 가슴에 와닿아 우메다 신작로에 있는 게 아니라면 지금쯤 어디에 있는 걸까 하고 흐느껴 울며 "저도 아이가 있었다면." 일찍이 없던 말을 하여 오킨도 덩달아 눈물지었는데 오킨 또한 마찬가지로 아이가 생기지 않던 것이었다.

전례도 있기 때문에 초코는 금광교 도장으로 가서 류키치가 돌아오도록 기원을 올렸다. 매일 아침 일찍 화려하게 꾸미고 나가는 초코의 두꺼운 화장을 여급들은 동정했다. 초코의 화장은 입술 한가운데에만 연지를 바르는 구식 화장법이었다. 매일 아침 오가며 드린 기원이 효과가 있었는지 만원(滿願)이 되지 않은 실종된 지 이십 일째, 류키치가 불쑥 돌아왔다.

느릿느릿 부엌 입구로 들어오는 얼굴을 보고 초코는 놀라서 숨을 죽였지만 곧장 "아이고 깜짝이야. 뭐야, 당신이야?" 하고 복받치는 기쁨과 쑥스러움을 얼버무렸다. "다녀왔어, 아줌마." 하고 류키치는 전에 없이 겁먹은 기색도 없었다. 바로 초코가 앞장서서 이층으로 올라갔다.

들어보자 고쿠라(小倉)에 경마를 하러 다녀왔다고 한다. "그렇겠지 싶었어. 돈은 어디서 마련해 간 거야?" 하고 묻자

"그게 말이야. 그러려고 그런 건 아니고, 아, 아줌마 화나겠지만."'초류'의 권리를 몰래 천 엔에 팔아서 그걸로 고쿠라에 갔다는 것이었다. "당신이라는 사람은⋯⋯." "⋯⋯하고 말하겠지 싶었지만 잠깐만 기다려봐." 류키치는 그렇게 말하더니 품속에서 지폐 꾸러미를 꺼냈다. 대강 계산해보자 천이백 엔은 될 법하여 어처구니없어 하자, 실은 벌고 또 벌어서 삼천 엔 정도 있었는데 일단 팔아버린 이상 '초류'도 다른 사람에게 넘어가고 이쯤 하여 가망 없는 물장사를 정리할 기회인 것 같아 고쿠라에서 돌아오는 길에 벳푸(別府)에 들러 유서 깊은 적당한 가게 하나를 운 좋게 발견해 벳푸 지역에서 이발소용 화장품, 날붙이 장사를 하려고 천오백 엔에 가게를 사고 보증금으로 다섯 달 치와 한 달 치 집세까지 내고 왔다고 말했다. 초코는 앉은 채로 발을 동동 구르며 분해했지만 이미 그렇게 매매 이야기를 마쳤다면 되돌릴 수도 없었다. 아래층에서 축음기 소리가 떠들썩하게 들려와 '초류'와도 안녕인가 하고 숙연해졌지만 "벳푸는 정말 좋은 곳이니까, 뭣보다 오, 오, 온천이 있어서 내 위장에도 좋을 거야." 하고 류키치가 힘차게 말하자 초코는 그만 체념했다.

집세도 지불했고 계속 비워 둔 채로 놀리고 있을수록 손해라며 바로 벳푸로 옮기기로 하고 류키치가 돌아온 지 삼 일째에는 이미 덴포잔(天保山) 항구에서 배에 오르게 되었다. 배로 떠나기 한 시간 전까지 류키치는 이발 도구와 화장품 도매상을 여기저기 뛰어 돌아다니고, 초코는 류키치가 배 안에서 먹고 싶어 할 만한 이즈모야의 장어덮밥 도시락을 사러 달려가느라 눈코 뜰 새 없이 분주했다. 가재도구는 다른 배편으로 보냈지만 깨지기 쉬운 물건이나 자잘한 물건 등등, 부담스러울 정도로 많은 수화물을 들고 배에 올랐기 때문에 이를 감독하는 데 정신이 팔려 느긋하게 작별을 아쉬워할 틈도 없어 배웅하러 온 여급과 친한 손님 등은 결국 고베(神戶)까지 동선하게 되었다. 배가 움직이기 시작하자 바로 술잔치를 벌여 아주 야단법석을 떨며 여자들이 울어대고 승객들은 어안이 벙벙했다. '초류'에서 '락교 씨'로 통하던 신문기자는 이미 머리숱도 옅어졌지만 초코하고 류키치와 헤어지는 게 괴롭다며 남자답지 않게 엉엉 울음을 터뜨렸고 원래 술에 취하면 곧잘 울어대던 남자였지만 그렇게 우는 모습을 보자 초코는 가슴속 깊이 '초류'에서의 나날이 떠올랐다.

사람들이 모두 고베에서 내리자 갑자기 고요해지더니 곧 밤이 되었다. 스마(須磨), 아카시(明石) 해안의 불빛이 반짝반짝하게 보였다. 류키치는 장어덮밥 도시락을 열며 "이, 이, 이것도 당분간 못 먹겠네." 하고 말했다.

다음 날 아침 벳푸에 도착할 즈음엔 초코는 배의 승무원 대부분과 친해져서 다들 수화물을 내리는 데 손을 빌려주었다. "당신들 면도날이나 나이프 사면 우리 가게에서 사줘야 해." 하고 초코는 한 사람 한 사람에게 당부하며 배에서 내렸다. 벌써 장사꾼 기질이 발동했다기보다 초코의 쓸쓸함 때문이었다.

부두에서 곧장 벳푸 중심가인 나가레카와 거리였다. 그 변두리 가까이서 왼쪽으로 꺾으면 북적거리는 나카마치(中町)에 류키치가 빌린 집이 있었다. 바로 앞에 이발소 두 채가 거의 나란히 서 있고 부두에서 오는 중에도 여섯 채는 눈에 띄어 이곳에서 이발소를 상대로 장사를 하겠다고 생각해 낸 류키치의 안목에 감탄하자 류키치는 언제 알아본 건지, 좁은 동네지만 역시 일본 제일의 온천지인 만큼 이발소가 무려 160채나 있다, 또 마을 전체가 마치 목욕탕이나 마찬가지이기 때문에 면도날 도구 등등 얼마든지 팔린다, "담뱃가게처럼 말이야. 앉아만 있어도 얼마든지 사러 올 거야." 하고 말했다.

삼 일 뒤 오사카에서 짐이 오고 가게 개축도 완료되어 마침 날짜 또한 대길에 올라탄 것을 기뻐하며 개점했다. 세보자 면도날 가게, 과일 가게, 오뎅탕집, 카페까지 네 번 장사를 바꿔오며 다섯 번째는 가장 처음으로 되돌아왔고 지역이 바뀐 탓도 있어, 처음 살림을 차리고 삼 년째가 되어 비로소 고즈 고개 아래에 면도날 가게를 열었던 즈음이 가장 먼저 떠올랐다. 그즈음엔 손님이 조금도 발을 들이지 않아 질레트 안전면도날 하나라도 나가면 다행인 편, 대개는 귀이개나 교체용 칼날뿐인 시시한 나날이 계속되었고, 잊을 수 없는 개점 첫날 매상은 2엔에도 미치지 못했다. 이번엔 집세도 그때의 세 배, 규모부터 다르므로 그때와 똑같아선 절대 안 된다며 아침 일찍 앞문을 연 순간부터 초코는 목덜미가 아플 정도로 온몸에 힘을 주고 눈에 핏발을 세우고서 가게 앞을 지나는 사람들을 노려보았다. 가게 이름은 '오사카야(大阪屋)', 입욕객의 절반 이상은 오사카 손님이기 때문에, 어이 보게 오사카야라는 가게구먼 하고 간판을 쳐다보며 지나갔지만 그럴 때 기념품 가게와 달리, 구경하고 가세요 하고 안에서 말을 걸 수 없어 초코는 속이 탔다. 그래도 그날 밤 가게 문을 닫고 계산해보자 30엔 매상을 올렸다. 이런 정도라면야 하고 밤늦게 나가레카와 거리를 나란히 걸으며 부두 근처 가게에서 나가사키 짬뽕을 먹었다.

다음 날도 매상은 거의 비슷했지만 그다음 날부터 뚝뚝 떨어지고 또 떨어졌다. 서로의 우울한 얼굴을 무정하게 노려보며 이상하다고 소곤거리다가 이윽고 알게 되었다. 가장 첫 이틀은 토요일, 일요일에 해당하여 입욕객이 가장 많은 날이었던 것이다. 류키치는 샴푸, 포마드, 크림 등의 견본을 들고 동네 이발소에 한 채 한 채 주문을 받으러 돌아다녔다. 여덟 채에 한 채는 한번 써보겠다며 샴푸 등을 주문했고 물품은 나중에 초코가 가서 전달했다. 들어가자마자 "매번 감사합니다, 나카마치 오사카야입니다." 하고 까랑까랑하게 맑은 목소리로 외쳐 30전, 40전 물품을 전달하러 온 목소리로는 생각되지 않았고 그런 초코는 단골손님에게 평판이 좋았다. 오사카 사투리가 재밌다는 소리를 듣기도 했다. "다음부터는 아주머니, 항상 아주머님이 와주셔요. 아저씨는 아무래도 별난 사람이라 우리처럼 무슨 말을 꼭 끝까지 하질 않아요." 류키치는 말을 더듬어서 뭔가를 말하려 할 때 화난 듯한 표정으로 보여 신경질적으로 느껴졌다. 때에 따라서는 정말로 상대에게 화를 내는 것처럼 보이기도 했다.

가게 매상 외에 그렇게 주문을 받으며 그럭저럭 헤쳐나갔지만 오사카보다는 물가가 높아 매월 조금씩 적자가 났다. 류키치는 우메다 신작로 본가 시절 경험을 살려 뒤뜰에 알코올을 담은 항아리 한 되를 몇 개씩 늘어세우고서 한가한 시간에 소규모 향수 제조를 시작했다. 그리고 가게에서 계량하여 판매하자 가격이 싸서 아주 잘 팔려 의외의 벌이가 되었다. 초코도 질 수 없어 벳푸 이발소만 도는 것은 너무 뻔하다며 근처 시골에 있는 이발소를 돌아다녀 보겠다고 말을 꺼냈다.

우선 맨 처음 오이타(大分) 시내를 돌아다녔는데 비교적 성적이 좋았다. 날을 두고 점점 더 먼 동네, 먼 촌으로 발을 뻗었다. 당일치기로 가능한 곳은 벳푸에서 전차로 갈 수 있는 오이타 시내 정도뿐이라 대개는 숙박을 해야 했다. 좋은 숙소에 묵으면 도리어 비용이 더 들기 때문에 초코는 누추한 행상인 여인숙에서 행상처럼 묵었다. 촌에서 촌으로 산길 3리[9]를 넘어야 하는 곳까지 갔다. 그런 촌 이발소는 샴푸, 크림류를 수고스럽게 도매로 주문하던 모양이라 초코의 출장을 귀히 여겨 주문을 받지 못하는 경우가 없었다. 견본 뿐만 아니라 그 자리에서 거래할 수 있는 물품을 잔뜩 채워 담은 아주 커다란 보자기 짐을 등에 이고 산길을 넘자 비만인 초코는 녹초가 되었다. 아직 이 뒤로 1리 반이나 남았다고 듣고서 불쑥 발이 나아가지 않아 돌아가고 싶을 때도 자주 있었지만 그때마다 이만큼 주문을 받아왔다고 류키치에게 알릴 때의 "으랏챠" 하는 구호를 중얼거리며 걸어나갔다. 그럴 때면 종종 회전의자 등 거액의 주문을 받을 수 있었다. 순식간에 피곤

---

9 里; 길이 단위로 한국의 리의 10배임. 1리에 약 3.9km.

함이 사라져버렸다. 하지만 가는 곳마다 이발소가 혹 장례식으로 어수선하거나, 또는 주인이 부재중이라 이야기를 나눌 수 없는 등 운이 나쁜 경우가 계속되던 끝에 오이타현과 미야자키(宮崎)현 경계의 고개에서 비를 맞게 될 때도 있었다. 막과자 가게까지 3정[10] 거리를 등에 짊어진 짐 때문에 휘청거리며 가볍게 뛰어가 비를 긋고 난 뒤, 소매를 걷어 올리고 다시 길을 걸으며 자전거 연습을 해야겠다고 생각했다.

매달 한 번 그런 식으로 출장을 가고 류키치도 류키치 나름대로 꽤 열심히 장사에 헌신한 덕분에 일 년이 지나자 식모 한 명, 견습 점원 한 명을 고용하게 되었다. 그로써 조금은 손을 덜 수 있었기 때문에 초코와 류키치는 조루리 연습을 하러 다니기 시작했다. 분라쿠(文樂) 도요자와 히로스케의 문하로 원래 오사카 요코보리(橫堀)에 연습소를 열었던 도요자와 하쓰스케가 삼 년 전 벳푸로 흘러와서 대폿집과 초라한 셋방 여관이 북적북적 늘어선 거리의 조그만 여염집에 연습소 간판을 세워두고 있었다. 피차 오사카 사람이라는 인연이 아니더라도 좁은 지역인 탓에 바로 친해져서 조루리 이야

---

10 町; 길이 단위로 한 정에 약 109미터.

기나 오사카 소문 등등을 얘기하곤 했는데 하쓰스케가 "그렇게 연습해놓고서 그만두면 아깝지 않겠어요? 일단 연습해두세요." 하고 권유하자 좋아하는 분야라서 초코는 단호하게 거절하지 못했다. 한편으론 먹는 것 말곤 그다지 낙도 없는 듯한 우울한 얼굴로 일하는 류키치의 기분전환도 고려사항에 넣었던 것이었다.

견습 점원이나 식모에게 가게를 아예 맡길 수도 없었기 때문에 초코가 연습하러 간 사이에는 류키치가 가게를 지키고, 류키치가 간 사이에는 초코가 가게를 지키는 식으로 매일 교대하여 외출했다. 중년 게이샤는 물론, '교쿠초'라고 하는 대석업[11] 마담이 조루리광이라 그 감화를 받아서 어린 기녀도 종종 얼굴을 비쳐 류키치는 생각외로 표정이 떨떠름했지만 초코는 그 화려한 분위기가 흐뭇했다. 벳푸에서 가장 잘 팔리는 기녀로 이 지역에서 분라쿠 순회공연을 할 때면 꼭 표를 백 장씩 맡아둘 정도로 인형사 젊은이에게 푹 빠져 있는 고유키가 서양식 머리 위에 가즈라[12]를 쓰고서 이층 계단을 삐걱삐걱 오르며 요란스러운 모습으로 연습소에 나타

---

11 貸席; 돈을 받고 연회나 공연 좌석을 빌려주는 업종.
12 鬘; 일본식 전통 가발.

나면 초코는 조루리 대목을 길게 읊으면서 힐끗 곁눈질하며 "오늘 비가 오나? 예쁘게 틀어 올리고 계시네." 하고 가즈라를 눈치채고서 놀려대고 "빨리 그 모자 벗어." "들켜버렸나. 아아 무겁다." 하고 고유키는 웃으면서 가즈라를 벗었고, 초코는 게이샤나 마담들 그 누구와도 친구처럼 대화를 나눴다. 초코의 세련된 모습과 담백한 성격은 게이샤들도 좋아했고 하쓰스케도 가령 아마추어 대회를 여는 것도 먼저 초코와 의논하고 나서라는 식이라 무엇보다도 초코의 비위를 맞추는 게 중요하다고 진심으로 생각할 정도였다.

　일 년에 세 번 오사카 도매상 세 곳에서 이것저것 주문을 받을 겸 수금하러 왔다. 세 명 모두 류키치의 옛 친구로 벳푸에 오는 건 업무 절반에 보양 절반이었는데 입을 맞춘 듯이 류키치 집에서 합류했지만 물론 여기서 묵는 건 부담스럽다는 구실로 초코가 소개한 대석 자리인 '교쿠초'에 눌러앉아 그곳에서 숙박까지 했다. 류키치는 시치미를 뗄 수도 없고 좋아하는 분야라서 세 번에 한 번은 함께 어울렸다. 초코는 멋없는 소리도 하지 않고 '교쿠초'만은 그 류키치를 허락했다. '교쿠초' 마담은 초코와 친구였기 때문에 류키치가 엉망으로 놀거나 하는 건 초코의 체면상 불가능해 초코도 안심했다. 하지만 초코는 마담을 만나러 간다는 구실로 류키치와 함께 외출했다. 노는 것도 아내분과 함께라며 사이가 좋다고 게이샤들이 놀려서 류키치는 불만 어린 표정을 내비쳤지만 가끔 초코의 샤미센과 노래를 듣는 것도 그다지 나쁘지 않았다. 나중에 초코에게 혼나지 않을 돈 낭비라는 생각만으로도 즐거웠다. 오사카 북쪽에 이름을 날렸던 만큼 "오사카 게이샤들한테는 못 당해." 하고 예전에 아타미 게이샤들이 이야기했을 정도라 이곳에서도 초코의 기예에 살짝이라도 맞서 겨룰 수 있는 기생이 없었다. 얼마 안 있어 초코의 얼굴은 온 권번[13]으로 퍼져나갔다. 게이샤를 지명하는 것도 초코가 좋다 나쁘다를 결정하여 초코의 마음에 든 기생을 불러 배치했기 때문에 길에서 마주쳐 인사를 하지 않는 기생이 한 명도 없을 정도였다. 세 도매상은 놀러 다닐 정도로 형편이 좋은 건 아니라서 늘 약속어음 기간이면 조마조마했고 '교쿠초'에도 초코가 도와줘서 돈을 빌리고 있었기 때문에 초코가 중간에 끼어들어 참견을 해도 싫은 표정은 지을 수 없었다. 한편으론 좌중을 끌고 가는 데 물 샐 틈이 없었기 때문에 초코를 불러 노는 남자들의 기분이 이해되지 않는 것도 아니었다.

이발소를 상대로 수수한 장사를 하면서 초코의 신변은 그

---

13 券番; 기생들을 감독하고 화대를 받아 관리하던 사무소.

렇게 점점 번지르르해져 갔다. 오사카야 앞을 그냥 멍하니 지나가는 젊은 기녀가 있으면 "잠깐, 잠깐. 어디 가서? 들렀다 가." 오사카 사투리와 오이타 말이 섞인 초코의 아름다운 목소리가 안에서 불러세우곤 했다. 중년 게이샤는 용건도 없이 일부러 찾아왔다. 자연스럽게 교제가 화려해져 갔지만 겉으로는 그렇게 보이게 해두고 초코는 속으로 매우 졸라매고 있었다. 시골 마을에 출장을 가도 점심은 꾀죄죄한 우동 가게에서 맨우동 한 그릇, 데리고 간 견습 점원에게 싸리떡을 먹일 때도 우선 그날 받은 주문액을 계산을 해봐야 한다는 식으로 무엇 하나 쓸데없는 비용은 없는지 눈을 두리번거려, 돌아와서 입이 가벼운 점원이 정말 사모님은 너무하다고 류키치에게 농담 섞어 말하는 것을 오히려 자랑스럽게 들었다. 언제까지고 나카마치의 조그만 가게에서 깨작거릴 게 아니라 적어도 큰길인 나가레카와로 나가서 열 간 정도의 폭이 넓은 가게에서 장사해보고 싶다는 염원이 머리에서 한시도 떠나지 않았던 것이다. 나가레카와는 벳푸의 번화가로 연극 극장이 없긴 하나 오사카의 도톤보리와 닮아 낮 동안은 가메노이 버스가 다니고 밤에는 여관, 요정, 카페, 기념품 가게 등등이 거의 나란히 줄지어 휘황찬란하게 빛났다. 가끔 몇 번인가 지나가며 초코는 종종 양측 가게의 내부 곳곳을 둘러보며 진열대 배열이나 진열장 장식 방식 등을 자세히 관찰했다.

류키치도 어느덧 마흔여섯, 백발도 드문드문 보이고 "일단 살고 보면 고향이지."라는 식으로 벳푸를 안주할 땅으로 결정한 듯, 나가레카와 거리에 가게를 내자는 것에 물론 이의는 없었다. 그래서 가장 우선은 역시 돈이기 때문에 류키치는 놀 땐 놀아도 졸라맬 땐 졸라맸다. 벳푸에선 가격만 비싸고 변변한 장어도 먹을 수 없기에 이즈모야의 장어덮밥을 먹으러 오사카에 한번 가고 싶어 해마다 두 차례 분라쿠를 보러 갈 겸 오사카에 가는 도요자와 하쓰스케를 계속 부러워했지만 류키치는 그저 침만 삼킬 뿐이었다. 배에서 내리자마자 곧장 이즈모야로 달려가서 배터지게 먹고 난 뒤 바로 다시 돌아오는 배는 삼등석을 타고 오는 무박의 간단한 여행만 해도 비용은 대략 20엔, 하지만 그것만으론 성에 차지 않을 거란 생각에 류키치는 역시나 참았다.

그렇게 부부 둘이서 부지런히 돈을 모으고 절약한 덕분에 벳푸에 온 지 삼 년째엔 이천 엔 가까이 저금할 수 있었다. 그 사이 류키치가 신경통에 걸려 온천이 있는 고장에 살면서도 굳이 야마구치(山口)현의 다와라야마(俵山) 온천에 두 달이나 전지 요양을 가는 등 생각지 못한 지출이 생기곤 해서 그 정도로 모으기가 보통 고생이 아니었다. 류키치가 부재중인 동안 초코는 익숙하지 않은 펜을 들고 오자(誤字)와 차자[14] 등이 예삿일인 장부를 썼고 연말 청구서 작성은 밤새도록 걸렸다. 그리고 다음 날 오이타 방면으로 수금을 하러 갈 때 전차 안에서 꾸벅꾸벅 쪽잠을 자다가 퍼뜩 눈이 뜨이면 이번에는 지친 몸에 기운을 불어넣기 위해 조루리 구절을 작은 목소리로 길게 읊었다. 또 류키치는 요양을 간 곳에서 흔치 않게 게이샤를 한 명도 부르지 않았다며 거짓말이 아니었다. 그런 식으로 노력한 만큼 마침내 나가레카와 거리로 나갈 수 있다는 생각에 얼굴이 일그러질 정도로 가슴 떨리게 기뻤지만 마침내 한창 집을 빌리려 하는 단계에서 오사카의 긴파치로부터 의외의 손편지가 왔다.

긴파치는 기타신지 시절 초코와 같은 포주 아래에서 한솥밥을 먹던 사이로 초코가 미쿠라아토 공원 뒤쪽에서 이층살이를 하던 당시에 우연히 만나 몇 년 만에 이야기를 나누고 함께 밥을 먹은 것을 인연으로 살롱 '초류'를 열 돈을 내주었는데 그 시절 긴파치는 광산업자의 처로 자리 잡아 깜짝 놀랄 정도로 위세 등등했다. 그런데 긴파치의 편지에 따

---

14 借字: 음이 같은 다른 한자를 빌려 쓰는 방식으로 좀 더 쉬운 한자로 바꿔쓸 때 주로 사용.

르면 긴파치의 남편 광산업자는 '바보 같은 농간에 당해' 나쁜 브로커에게 한 방 먹는 줄도 모르고 유령광산에 가진 돈을 전부 쏟아부어 무일푼이 됐으면 차라리 다행이지, 빚까지 생겨나 "지금은 애(외)로히(이) 이층 살이를 하고 있어요." 초코는 도무지 믿을 수 없었지만 봉투 겉면에 쓰인 △△ 방면……은 역시나 이층 셋방인 듯한 주소라 정말 여자의 일생이란 알 수 없는 거구나 하고 숙연히 읽어나가자 "야토나를 해야 할지, 샤미센이라도 가르치러 나가야 할지 고민 중이에요. 여섯 살 난 양자 아이도 친부모에게 돌려보냈습니다. 오사카는 오늘도 변함없이 날씨가 후(흐)립니다." 하고 슬픈 문장밖에 쓰여 있지 않았다. 시치미를 떼고 있을 수 없었다. 이자를 붙여서 돌려달라고 당연하게 요구해도 괜찮을 텐데, 그런데 그렇게까지 영락했으면서 그에 대해선 언급도 하지 않다니 이 얼마나 된 사람인가, 지금까지 갚지 않았던 게 도리어 부끄러워 설령 다른 곳에서 빌려서라도 돈을 보내줘야 한다는 생각이 들었다.

이걸로 전부는 아니지만 하고 천 엔 정도를 보내자 수중에는 더 이상 칠팔백 엔밖에 남아 있지 않아 나가레카와 거리로 나가는 꿈도 느닷없이 무너지고 말았다. 류키치는 우메다 신작로를 떠올리며 설령 호적이 파여도 장자는 장자라고 쓰고 싶었지만 구태여 쓰지 않고, 이것이 마지막 부탁이니 이해해줬으면 한다며 서툴게 쓴 편지를 매제에게 보냈지만 보람이 없었다. 또 그 편지에는 딸에 관한 내용도 언급하며 아마 머지않아 여학교를 졸업할 텐데 가능하면 벳푸로 불러서 이쪽에서 좋은 신랑을 찾아주고 싶다고 눈을 붉히며 썼지만 그에 대한 답장도 예상과 달랐다. 실망한 류키치는 온종일 기분이 좋지 않아 법률책 따위를 들여다보나 싶더니 초코가 연습소로 외출한 틈을 타 안절부절 밖으로 나가서 밤이 늦도록 돌아오지 않았다. 초코는 우선 '교쿠초'를 엿보러 갔다. 한 시간 정도 놀고서 바로 차를 분부해 돌아갔다고 한다. 초코는 직접 차고로 가서 행선지를 확인한 뒤 힘차게 쿵쿵거리며 걸어가 현관으로 들어가자마자 "나카마치의 고레야스입니다만 남편이 폐를 끼치고 있진 않나요?" 하고 말하면서 어느새 안으로 들어가 류키치를 데리고 돌아왔다. 그리고 류키치의 취기가 깨기를 기다리며 "계를 깨볼까?" 궁지에 몰렸을 때를 대비하여 이전부터 들고 있던 계의 추첨을 깨고 돈을 빌리자는 논의를 하기 시작했다. 나중에 내는 게 힘들겠지만 그렇게 하는 것 말고는 나가레카와 거리에 가게를 낼 방법이 없으니, 이른바 최후의 수단이었다.

한 달이 지나 나가레카와 거리에 오사카야 날붙이 가게 간판이 세워졌다. '나가레카와 거리의 장관'이란 제목으로 벳푸 신문에 사진이 실렸다며 초코는 이를 오려내 교토에 있는 동생 신이치에게 보냈다. "일곱 칸 넓이 신축으로 옥내 욕탕도 있습니다. 저는 하루에 열 번 탕에 들어갑니다. 변소는 수세식입니다……." 집세는 85엔이었다. 또 전기세, 자치회비, 기타 등등 자잘한 비용이 나카마치에 있었을 때의 네 배, 각오하고 빌린 것이긴 하지만 등이 불타는 듯한 어마어마한 대금을 내야 해서 날이 밝으면 이미 20엔의 돈이 날아가는 셈이라 나가레카와에서 손해를 보는 가게도 몇 채나 있다고 들은 만큼 손쉬운 장사로는 손해만 볼 뿐이라며 초코는 옛날에 도비타에서 수박 가게를 했을 때 사용했던 커다란 물림쇠 지갑을 목에 걸고 하루에 몇 번씩 그 안을 들여다보았다.

아침엔 아직 어두울 때 일어났다. 류키치는 깨끗한 걸 좋아하여 아침 청소는 점원이나 식모에게 맡긴 채 소매를 걷어붙이고 물을 끼얹거나 걸레질을 하곤 했고 "청소는 우리 집 아저씨가 해줘요." 하고 초코는 그렇게 말하는 게 즐거워 남들에게 떠들고 다닐 정도라 온 집안에서 가장 늦게 일어나도 괜찮은 셈이었지만 물론 가만히 자고 있을 수만은 없었다.

어슴푸레한 시간에 허리끈을 꽉 매다 보면 그 시각에 흔치 않게 수많은 사람들이 줄줄이 느릿느릿 가게 앞을 지나가는 소리가 들리곤 했다. 출정가는 이들을 배웅하기 위하여 정거장을 향해 서두르는 사람들로 어느새 사변이 시작된 것이었다. 창으로 엿보자 아는 얼굴의 게이샤가 잠에서 막 깨어난 피부 상태로 작은 깃발을 흔들어대며 지나갔다. 띠를 묶은 방식이나 옷매무새 탓인지 평소보다 키가 작아 보이는 그 뒷모습을 향해 초코는 소리 질러 부르며 "나도 갈게." 얼마 안 있어 국방부인회 지부가 만들어져 초코는 간사가 되었다. 여자들의 선두에 서서 연대 깃발 같은 커다란 깃발을 드는 것이 초코의 역할이라고 듣자 류키치는, 얼마 안 있어 역 앞에서 연설 따위를 하게 될 텐데 생뚱맞은 말을 안 하면 다행이지 하고 조마조마했지만 그 방면으로는 따로 적임자가 있었다. 초코는 단지 출정 병사에게 "전장으로 가시면 수염 깎기도 힘드시겠지만 가끔은 나가레카와 오사카야의 면도날도 생각해주세요." 하고 말할 뿐이었다. 나가레카와와 오사카야라고 말할 때 초코의 목소리가 특히 더욱 커졌다. 또 초코는 "제 동생도 이제 슬슬 검사를 받을 테니." 이런 말도 자랑처럼 했다.

동생 신이치는 정말로 소집되었다. 고용살이하던 전당포에서 입영하기로 하여 딱 하나 있는 육친인 내가 가지 않으면 떳떳하지 못하겠지 라며 마침 꽃구경 시기로 일 년 중 가장 대목이었지만 그렇다 해도 어쩔 수 없이 초코는 기차로 출발하게 되었다. 배를 타면 승무원들과도 전부 스스럼없는 사이라서 이등 표로 일등석에 탈 수 있을 정도로 좋은 대우를 받았겠지만 바쁜 가운데 틈을 내서 만들던 센닌바리[15]가 기차 시간에 맞춰 아슬아슬하게 완성될 것 같아 경황이 없었고, 하루 밤낮이나 걸리는 배로는 도저히 제때 올 수 없을 것 같았다며 초코는 주인에게 인사를 마치며 어느덧 자랑하는 듯한 말투가 되었다. 곁에서 듣고 있던 신이치는 겸연쩍게 쓴웃음을 지었지만 초코의 지금까지 수고를 별거 아닌 것으로 취급할 나이도 아니었고 그렇기 때문에 누이를 위하여 자랑거리라고 기뻐하며 결코 주인 앞에서 부끄러워하지 않았다. "아 정말 벳푸는 좋은 곳이야. 어쨌든 벳푸는……." 동양 제일의 온천이라며 초코는 열심히 벳푸에 관해 얘기하며 벳푸에 사는 건 마치 천하를 가진 것이라는 듯이 말해 신이치는 우스꽝스럽게 느껴졌다. 벳푸, 하고 발음하자 초코의 둥글게 오므린 입술이 갑자기 포동포동한 살을 내밀어 신이치는 이를 정신없이 바라보았다.

---

15 千人針; 출정 병사의 무사귀환을 위해 여자 천 명이 한 땀씩 붉은 실로 짜서 보내는 모직물.

신이치의 입영을 배웅한 뒤 초코는 오사카에 들르지 않고 서둘러 벳푸로 돌아와 욕조 한 번 들어갈 틈도 없이 예의 물림쇠 지갑을 목에 걸고 가게로 나갔다. 밤에는 이불 속에서 반쯤 쪽잠을 자며 신이치에게 보낼 편지를 썼다. 수신인 이름의 한자 철자부터 틀린 부분이 너무 많아 판독하는 데 애를 먹었지만 그만큼 천천히 읽어볼 수 있어 기뻤다며, 기특한 건지 건방진 건지 알 수 없는 답장이 왔지만 어느 날 흉막이 안 좋아져 귀향을 명받았다고 알려왔다. 여기저기 떠들고 다닌 만큼 초코는 실망을 했다. 그날 밤 자지 않고, 귀향을 명받아 부끄러운 데다 어린 몸에 병까지 들다니 "불쌍하지 불쌍해, 정말로 가타(운)가 나쁜 아이야." 하고 중얼거리며 눈물을 지었다. 류키치는 "아줌마 시끄러워. 적당히 하고 자." 하고 투덜거렸다. 그 순간 초코는 속으로 결심하고서 벳푸로 와서 보양하는 건 어떠냐며 신이치에게 편지를 썼다.

조금도 부담스러워 할 것 없습니다, 하고 쓴 초코의 편지를 받자마자 신이치는 주인에게 잠시 휴가를 받아 벳푸로 찾아와서 "신세 지겠습니다." 하고 고개를 꾸벅 숙이며 특산품 등을 꺼냈지만 류키치는 그저 한마디 "그래, 어서 오게나." 그렇게 내뱉듯이 말한 채 쓰윽 연습하러 가버리고 그날 온종일 초코에게도 신이치에게도 제대로 된 말을 걸지 않았다.

다음 날도 같은 식이었는데 류키치는 초코가 남편인 자신과 한마디 상의도 없이 갑자기 신이치를 부른 것에 화가 난 것이었다. 초코는 그럴 거라곤 생각지도 못하고 최근 류키치의 딸에게서 온 편지가 류키치의 기분을 상하게 한 원인일 것으로 짐작했다. 류키치의 딸은 올봄 여학교를 졸업하고 바로 타자수로 출근하게 되었다. 류키치는 곰곰이 생각해보자 부친인 자신이 곁에 있었다면 분명 일하러 가지 않아도 됐을 텐데, 역시 아버지와 떨어져 숙부 숙모 집에 사느라 빈둥거리기가 조심스럽고 신경 쓰이겠지 하고 가슴 아파했다.

신이치는 소학교를 졸업한 나이부터 지금까지 오랜 세월 동안 고용살이를 하며 남의 밥을 먹어와 다른 이의 기분을 읽어내는 데 민감했기 때문에 류키치의 기분이 언짢다는 것이 직접 피부로 와닿아서 안절부절 몸 둘 바를 몰라 하며 머물고 있었다. 그런 신이치를 보자 초코는 가엾어 견디지 못하고, 또 비로소 짐작이 가서 내 동생을 불러서 오게 한 게 왜 나쁘냐는 표정으로, 하지만 최대한 류키치가 연습하러 나가 부재중일 때를 골라 신이치를 복어 요리집에 데리고 가거나, 최근에 생긴 니시키 거리의 커피집에서 후르츠 펀치나 후루츠 선데이 등등 신이치가 이름도 들어보지 못했을 비싼 것들을 먹이거나, 또 "어디든지 재밌어 보이거나 구경하고 싶으면 다녀와." 하고 돈을 주곤 했다. 가난한 집에서 태어나 어린 시절부터 석간 팔이 등을 하며 계속 고생해 온 신이치는 그런 누이의 정성에 가슴속으로 눈물이 흘리며 기뻐했지만, 한편으로 고레야스 씨가 이를 알게 되면 누이의 입장이 한층 더 힘들어질 거라며 음식 맛도 느끼지 못할 정도로 걱정을 했다.

아니나 다를까 류키치는 점심 준비가 늦다며 투덜투덜 불평하는 입술을 한층 더 삐죽거리며 휙 나가버리더니, 지금 어디 어디 다방에 있다며 흉허물없는 게이샤가 초코에게 급히 보고했다. 하지만 초코는 평소와 다르게 뛰어가거나 하지 않고 "그래? 우리 신이치, 따라오렴." 그 게이샤도 함께 끌고 여기저기 먹으러 돌아다니거나, 신이치에게 홀치기 염색을 한 유카타나 오비를 사줬다. 신이치는 조마조마하여 새파래진 얼굴로 우울해했는데 역시나 그날 밤늦게 맹장지 하나를 사이에 둔 옆방에서 쿵쿵 퍽퍽 초코와 류키치의 화려한 부부싸움 소리가 들려왔다. 신이치는 더는 견디지 못하고 몰래 계단을 내려와 욕실로 들어가서 뜨거운 물을 퍼서 머리에 붓고 또 부으며 이층의 소동을 귓가에서 지웠다. 그리고 다음 날 배로 돌아가기로 조용히 결심했다.

초코는 부두까지 배웅하러 왔다. 길을 가면서 "네가 안 좋을 때 왔어. 우리 집 아저씨가 저렇게 별난 사람에다가 아주 못 돼먹어서 말이야." 하고 구구절절 이야기했다. 원망하기는커녕 신이치는 류키치의 쓸쓸한 기분도 이해할 수 있을 것 같아 "저 사람도 가여운 사람이야. 암만 누나가 대단하다 해도 아무럼 남편은 남편이니까. 놀고 왔다고 해서 남편의 머리를 때리는 사람이 어딨어." 하고 거의 입 밖으로 꺼낼 뻔했지만 그렇게 말해버리면 너무 노골적이라 역시 초코의 얼굴을 보고선 말할 수 없었다.

징이 울리자 초코는 "아 깜빡했다. 주인 어르신께 드릴 기념품을 사려 했는데, 깜빡했어." 하고 갑자기 부두를 뛰쳐나가더니 곧바로 헉헉거리며 유자 양갱 꾸러미를 들고 분주히 돌아왔다. 비만인 몸을 가로저으며 새빨개진 얼굴로 허둥지둥 뛰어오는 초코의 모습을 보며 신이치는 눈시울이 뜨거워졌다. "맛있는 거 잔뜩 먹고 몸 좋아져야 한다." 배가 움직이기 시작하자 초코가 말했다. 배웅하는 사람들도, 갑판 위의 사람들도 그 말이 재밌다며 웃음 지었다.

초코가 돌아와 보자 류키치는 머리가 아프다며 이불을 뒤집어쓴 채 누워 있었다. 초코는 가게 의자에 걸터앉아 잠시 가만히 있었다. 와서 열흘도 머물지 못하고 돌아간 신이치가 불쌍하여 이는 전부 류키치 탓이라며 류키치의 박정함이 가슴에 외로이 와닿아 초코는 무심코 허리띠 사이로 손을 집어 넣고 고개를 점점 떨구었지만 잠시 후 문득 생각을 고치고서 "자아." 하고 구호를 넣으며 기운을 되찾고 수금 여정에 나설 채비를 했다.

오이타현 아래쪽을 빙글빙글 돌며 닷새가 지나 돌아와 보자 류키치가 다방에 죽치고 앉아 있다는 것을 알게 되었다. 초코는 울거나 하지도 않았다. 다방 값 지불 따위에 있어 초코는 아주 정확하게 처리하고자 하는 편이라 수금해온 돈을 살을 에는 듯한 기분으로 건네자 곧 어마어마한 외상값과 도매상 대금에 시달리게 되었다. 도매에서는 이례적으로 혹독하게 재촉하여 친하게 지낸 보람도 없는 놈들이라며 류키치는 뾰로통해했지만 도매도 최근 눈에 띄게 형편이 안 좋아진 듯했다. 이윽고 이것이 금속류 사용 제한 또는 금지 때문에 마음대로 물품 제조가 불가능하기 때문이라는 걸 알게 되었다. 자연히 소매점에도 영향이 미쳐 도매에서 보내오는 물품도 갑자기 줄어들었다. 부탁하지도 않았는데 위탁하여 척척 보내주던 이전과는 판연히 달랐고 모처럼 주문을 받아 와도 도매상에서 품절인 경우도 많아 점점 장사하기가 어려워졌다. 매상도 눈에 띄게 감소해 이대로는 손해만 날 뿐이었다.

초코는 언젠가 시골 이발소를 돌며 전구하고 코드하고 어댑터 따위도 겸사겸사 들고 와주면 좋겠는데 하는 소리를 들었던 기억이 떠올랐다. 초코는 하카타(博多)로 가서 그곳에 있는 △△램프 기타큐슈 특약점과 교섭을 거듭해 벳푸로 물품을 배급받는 데 성공했다. 그리고 코드와 어댑터 설치법과 전열기 수리법 등을 비전문가의 경험으로 익히고 돌아와서 바로 '△△램프 벳푸 특약점' 간판을 처마 기둥에 못으로 박았다.

부탁해 둔 물건이 오면 초코는 단골 이발소는 나중에 돌기로 하고 우선 지방 여관이나 요리점, 기념품 가게 등 큰 곳으로 주문을 받으러 갔다. 역시 일류 여관 등에선 한 시간 만에 전구 백 개를 사주어 생각보다 성적이 좋았다. 매일 여관 현관에 "안녕하세요. 나가레카와 오사카야입니다. 전구 들고 왔습니다." 하는 초코의 화려하고 커다란 목소리가 들려왔다. 그 맑고 아름다운 목소리가 곧장 평판이 자자해지고, 더욱이 그 시원시원한 성격에 배길 재간이 없다며 여관 여주인들은 이 새로운 전구 가게를 아껴주었다. 정전인 곳으로 가서 고장상태를 조사해달라고 부탁받을 때가 있었다. 장사꾼 기질상 모른다고는 하지 못하고 발판을 딛고 올라가 스위치를 손으로 조심조심 더듬었다. 알아냈다는 표정으로 퓨즈 있습니까? 하고 들고 오게 하여 까다로운 스위치 속을 찾아 퓨

즈를 걸자 갑자기 전류가 모공까지 흘러와서 화들짝 놀라 펄쩍 뛰어올랐다. 그런 식으로 전기가 들어올 때도 있었다. 땀방울마저 새파래진 채 발판에서 내려오며 초코는 "정전되면 또 저를 불러주세요." 그렇게 말하며 돌아갔다.

 "전기가 닿는 그 찌릿찌릿한 느낌만큼은 아무리 생각해도 싫어." 하고 초코는 류키치에게 말하고 또 말했지만 얼마 안 있어 이에도 적응하고, 또한 코드 바꿔 달기나 전열기 니콜선 바꿔 감기 등등도 점점 요령이 좋아졌지만 운이 안 좋을 때는 어찌할 도리가 없기 마련이다. 특약점으로 들어오는 상품이 갑자기 줄어들기 시작했다. 전열기나 선풍기 등은 날붙이류와 마찬가지로 거의 제조 금지라서 긴요한 전구도 충분히 들어오지 않았다. 재고가 있어 어떻게든 팔아치우며 헤쳐나갈 수 있었지만 그 뒤를 생각하면 뒷거리의 조그만 가게도 아니고 나가레카와 거리에서 커다란 가게를 끌고 나가는 건 어림도 없어 보였다.

 류키치는 매일 밤 마시던 술을 끊어버리고, 고용인 수를 줄이자, 아니 그것보다도 이 가게는 팔아버리고 어딘가 조용한 가게로 옮기자며 기운 없는 목소리로 말을 꺼냈다. 그렇게 배포가 없어서 되겠냐고 초코는 언성을 높이며 "난 무슨일이 있어도 나가레카와 말고 다른 곳은 못가." 하고 우겼다.

살림이 어려운 건 나가레카와 그 어느 상점이나 마찬가지라 큰 상점일수록 연이어 계속 무너졌고 이는 남의 일이 아니었다. 하지만 그렇다고 지역 전체가 전부 불이 꺼진 것처럼 적막해지진 않았는데 관광지인 만큼 여관이나 셋방은 여기저기 전부 인플레이션 혜택을 누리며 매일 돌아다니는 초코의 눈에 부럽게 비쳤다. 초코는 이를 눈여겨보고, 지금 하는 가게를 개조해서 밥을 제공하는 값싼 셋방집을 시작하자고 류키치에게 이야기했다. "그, 그럴 돈이 아줌마 어, 어딨어." 류키치는 어처구니없다는 표정을 지었지만 초코는 "나한테 맡겨 둬." 그러더니 '교쿠초'의 마담에게 가서 "도와준다 생각하고 나한테 천 엔만 빌려줘." 하고 부탁했다. 여주인도 역시 게이샤 출신이라 초코의 지금까지 고생도 조금은 알고 있었기 때문에 "고레야스 씨한테 빌려주는 것하곤 달라. 당신한테 빌려주는 거예요." 하고 어거지 부탁을 들어주었다. 나중에 마담의 이 말을 초코에게서 전해 듣고 류키치는 언짢다는 표정을 지었지만 아무튼 이 돈하고 후에 가게 재고를 처분한 돈이면 목공하고 문짝하고 여러 도구 비용이 나올 거라며 초코가 말하자 류키치는 말없이 주판을 꺼내왔다.

이야기가 정해진 뒤 경찰에 개업 허가를 받으러 갔지만 신규는 허가하지 않는 방침이라며 그 자리에서 퇴짜를 맞았다.

초코는 실망하지 않고 매일 화려하게 꾸미고서 분주하게 돌아다녔다. 초코의 지인 게이샤들은 동정하며 제각기 마을의 유력자를 알선해주었다. 초코는 경찰서에도 거듭 찾아가 부탁했다. 그리고 겨우 허가가 내려졌다.

목수가 들어와 개축 윤곽도 거의 결정되자 초코는 뒤를 류키치에게 부탁한 뒤 자잘한 도구들을 사 모으기 위해 오사카에 가기로 했다. 벳푸는 좋은 물건도 갖춰져 있지 않고, 또 여비를 써도 오사카에서 사는 쪽이 훨씬 싸다고 속으로 셈해본 것이었다. 그런데 출발 전날 류키치의 딸이 속달을 보내, 결혼하게 되었으니 둘이서 식에 입회해줬으면 한다며 부탁해왔다. 둘이란 류키치와 자신을 뜻한다는 것을 이해하기까지 초코는 시간이 걸렸다. "어, 어, 어떤 신랑인지는 모르겠지만 이걸로 나도……." 어깨의 짐을 내려놓았다는 뒷말은 표정으로 드러났고 류키치는 그날 밤 오랜만에 밤에 술을 마셨다. 초코도 침착해하지 못하고 목덜미까지 빨개져 "나도 식에 가는 거야?" 하고 말하자 류키치는 "어, 어차피 오사카에 가잖아. 가, 가, 가야지." 초코는 불쑥 고개를 숙이며 눈물을 숨기는 것을 포기했다. 따님이 나라는 사람을 인정해 주기까지 몇 년이 걸린 건가 하고 그날 밤 잠들 수 없었다.

일부러 오 년 전 벳푸에 왔을 때와 똑같은 배를 골라서 올라타자 승무원은 "함께 오사카로 가시는 겁니까? 두 분은 항상 사이가 좋으시네요." 하고 놀려댔다. 초코는 "무슨 말이세요. 늘 싸우기만 하는걸요. 하지만 저기 있잖아, 우리 집은 내가 말띠, 아저씨도 말이거든요. 역시 말을 잘 만난 거죠."[16] 하고 기쁜 듯이 말했다. 류키치는 쉰하나, 초코는 서른아홉, 띠를 돌아 딱 열두 살 차이가 나는 부부였다.

---

[16] 말과 말을 탄 사람의 호흡이 맞듯 '서로 마음이 맞다'라는 속뜻이 있는 표현.

나무의 도시

오사카는 나무가 없는 도시로 알려져 있지만 나의 어린 시절 기억은 이상하리만치 나무와 이어져 있다.

이쿠타마 신사 경내에 뱀 님이 살고 있다 하여 무서워서 가까이 다가갈 수 없었던 녹나무 고목이라든지, 기타무키하치만(北向八幡) 신사 경내 연못에 빠졌을 때 젖은 옷을 말렸던 은행나무라든지, 나카데라마치 절 경내에 매미 색을 감추고 있던 고목이라든지, 겐쇼사(源聖寺) 고개와 구치나와(口繩) 고개를 초록빛으로 뒤덮었던 나무들이라든지 — 나는 결코 나무가 없는 도시에서 자라지 않았다. 오사카는 적어도 나에게는 나무가 없는 도시가 아니었던 것이다.

시험 삼아 센니치마에 일대의 전망이 탁 트인 건물 위에 올라 아득한 동쪽 하늘을 북쪽에서부터 차례차례 고즈 고지대, 이쿠타마 고지대, 석양 언덕 고지대, 하고 짚어 가다 보면 몇백 년 전 옛날부터 바닥에 고요함을 차분히 가득 채워온 울창한 푸른 빛이 연기와 먼지로 탁해진 대기 속에서 여전히 빛을 잃지 않고 그곳에 자리하고 있음에 수긍하게 되리라.

그곳은 흔히 윗동네라고 불리는 한 모퉁이이다. 윗동네에서 자란 우리들은 센바(船場), 시마노우치, 센니치마에 일대에 가는 것을 '아래로 간다'라고 표현하곤 했지만, 흔히 말하는 아랫동네와 반대되는 의미에서 윗동네는 아니었다. 고지대에 있는 동네라서 윗동네라고 불렸을 뿐, 도쿄에서 산의 손[1]이라고 부르는 것 같은 의미도 운치도 없었다. 이들 고지대 동네는 사찰을 중심으로 생겨난 마을이자, "높은 터에 올라가 본다면" 하고 분부받은 고즈궁의 터가 있는 마을이며, 마을의 품격은 옛 전통적 높이에 아주 조용함을 소중하게 여겨온 것이 당연했고, 사실 또 그 흥취도 엿볼 수 있긴 하지만, 그러나 예를 들어 고즈 대문 일대나 이쿠타마 경마장 앞이나 나카데라마치의 고물장수 골목 등등으로 불리는 동네는 이

---

1 山の手; 고지대와 고지대 부근 주택지를 이르는 표현으로 도쿄에서 많이 쓰임. 도쿄 철도 노선명이기도 함.

미 옛날 겐로쿠(元禄) 시대부터 오사카 아랫동네 사람들의 자유로운 냄새가 후끈후끈 맴돌고 있었다. 윗동네의 우리들은 아랫동네 아이들로 자라온 것이었다.

골목이 많다 - 라는 것은 즉 가난한 사람이 많은 동네였다는 것이다. 동시에 고개가 많은 동네였다. 고지대 동네인 만큼 당연한 점이다. '아래로 간다'라고 함은 고개를 서쪽으로 내려가는 것을 말한다. 수많은 고개 중에 지장 고개, 겐쇼사 고개, 아이젠(愛染) 고개, 구치나와 고개…… 하고 고개 이름을 기록하는 것만으로도 내 마음은 그리움으로 저려 오지만, 그중에서도 특히 그리운 건 구치나와 고개이다.

구치나와란 오사카에서 뱀을 뜻한다. 그렇다면 바로 눈치 챌 수 있듯, 구치나와 고개는 낡은 돌층계가 그야말로 뱀처럼 나무와 나무 사이를 구불구불 누비며 올라가는 고개이다. 뱀 고개라고 불러버리면 전부 망쳐버리겠지만 구치나와 고개라고 부르자 정취도 있고 재밌는 멋도 엿볼 수 있어 이 이름 탓에 오사카하면 가장 먼저 머리에 떠오르는 고개이긴 하지만, 어린 시절 나는 구치나와 고개라는 명칭이 가진 운치에는 주의를 기울이지 않았고, 그 고개 꼭대기에 있는 고지대를 석양 언덕이라고 불렀는데 오히려 그 부근 동네가 석양 언덕이라는 쪽에 아련한 청춘의 추억이 기울었다. 석양 언덕이란 옛날부터 있던 이름일 것이다. 옛날에 이 고지대에서 아득히 서쪽을 내려다보면 나니와(浪華) 바다에 석양이 지는 모습을 바라볼 수 있었기 때문이리라. 후지와라 이에타카(藤原家隆) 경이었나가 "연이 있다면 난바 마을에 와서 머무르며 파도로 떨어지는 해를 배견하리라." 하고 이 고지대에서 노래했던 즈음에는 이미 석양 언덕이라는 이름이 약속되어 있었으리라 생각한다. 그러나 다시 한번 말하길, 어린 시절의 나는 그러한 고사 내력에는 아랑곳하지 않고 그저 구치나와 언덕 중턱에 석양 언덕 여학교가 있다는 사실에 감수성 풍부한 어린 가슴을 남몰래 불태우고 있었을 뿐이다. 해질녘에 까닭도 없이 고개 위를 서성거리던 나의 얼굴이 고개를 올라오는 교복 입은 사람을 보고서 석양을 뒤집어쓰듯 확 붉어지던 것도 이제는 그리운 추억이다.

그즈음 나는 고즈궁 터에 있는 중학교 학생이었다. 하지만 중학교를 졸업하고 교토의 고등학교에 들어가자 나의 청춘은 곧바로 이 마을에서 요시다(吉田)로 옮겨가고 말았다. 소년 시절의 나를 즐겁게 해 주었던 고마케이케(駒ヶ池)의 야시장이나 에노키(榎)의 야시장 등도 종종 귀성하던 고등학생의 눈에는 마치 십 년이 하루인 양 변하지 않는 옛 장지문처럼 보잘것없는 풍경일 뿐이었다. 얼마 안 있어 나는 고등학

교 재학 중에 부모님을 여의고, 더 나아가 아무도 없는 집을 처리해버리자 더 이상 이 마을과는 교류가 거의 없어지고 말았다. 천애고독의 처지는 이곳저곳 전전하는 방랑 생활에 익숙해지기 쉬워 고향 마을은 내 머릿속에서 사라지고 말았다. 그 후 나는 몇몇 작품으로 이 동네를 그리긴 했지만 그것은 현저하게 가공의 냄새를 띠고 있어 현실의 동네를 그렸다고는 할 수 없었다. 그 동네를 가공으로 그리면서 현실의 동네를 방문해 보자는 생각도 나태한 나에게는 들지 않았다.

그런데 작년 초봄, 본적지 구청에 가야 할 용건이 생겼다. 구청에 가려면 그 동네를 지나야 한다. 십 년 만에 그 동네를 방문할 기회가 생겨 나는 감회가 다소 새로웠다. 그래서 어느 고개를 올라 그 마을로 가볼까 하고 잠시 고민해보았지만 발길은 자연스럽게 구치나와 고개로 향했다. 그러나 석양 언덕 여학교는 어디론가 이전해버렸는지, 교문엔 '청년 숙사'라는 간판이 걸려있었다. 예전에 중학생인 나는 이 금단의 교문을 딱 한 번 넘어 본 적이 있었다. 당시 석양 언덕 여학교는 농구부를 창설하여 우리 중학교에 지도선수 파견을 의뢰했다. 옛날다운 평화로운 이야기이다. 우리 중학교는 농구에 있어 그즈음 중등 야구계의 와카야마 중학교와 비슷한 위치를 차지하고 있었다. 나는 마침 농구부에 적을 둔 지 딱 나흘

째였지만 지도선수 뒤를 따라 어슬렁어슬렁 석양 언덕 교문을 넘었던 것이다. 그런데 지도를 받는 학생 중 우연히 미즈하라라고 하는, 나는 알지만 상대는 나를 알지 못하는 아름다운 소녀가 있어서 나는 당황했다. 지도선수라 칭하는 내가 지도를 받는 소녀들보다도 어설프게 공을 던지는 모습을 보며 미즈하라가 무슨 생각을 했을지 나는 알지 못한다. 그 뒤로 나는 농구부를 그만뒀고 다시 그 교문을 넘는 일도 없었다. 그때를 떠올리며 나는 고개를 올랐다.

꼭대기에 오르면 골목이 나온다. 골목을 빠져나와 남쪽으로 꺾으면 시텐노사(四天王寺), 북으로 꺾으면 이쿠타마 신사, 신사와 불각을 잇는 이 도로에는 역시나 전통의 냄새가 곰팡이처럼 맴돌며 불사(佛師) 가게 앞 '작가'라고만 쓰인 양각 간판의 고집스러운 부분마저도 이곳과 잘 어울려 이상하리만치 변화가 적은 동네란 사실이 십 년 만에 온 나의 눈에도 수긍되었다. 북쪽으로 꺾어 고물장수 골목 쪽으로 들어가는 길가의 한쪽 풍경은 사찰도, 집도, 나무도 그대로 그곳에 서 있고, 동네 모습도 옛날과 조금도 변하지 않아 기뻤지만 집집마다 처마가 일제히 낮아진 듯한 기분이 들어 문득 가공의 동네를 걷는 듯한 기분도 들었다. 하지만 이는 더 이상 내 키가 옛날 그대로가 아니기 때문이리라.

나막신 가게 옆에는 약방이 있었다. 약방 옆에는 목욕탕이 있었다. 목욕탕 옆에는 이발소가 있었다. 이발소 옆에는 불단 장수가 있었다. 불단 장수 옆에는 통메장이가 있었다. 통메장이 옆에는 문패장수가 있었다. 문패장수 옆에는……(하고 바라보며 걷다가 나는 흠칫 놀랐다) 서점이 더 이상 없었던 것이다.

젠쇼도라고 하는 서점이었다. 『소년구락부』와 『개미의 탑』의 애독자이자 열성적인 투고자였던 나는 그 잡지들의 발매일이 가까워지면 내가 응모한 콩트가 활자가 되었는지 어쩐지 확인하기 위해 하루에 두세 번이나 그 서점으로 발을 옮기곤 했다. 젠쇼도는 헌책이나 책대여도 취급했고 다치카와 문고본도 있었다. 소학교 6학년이던 내가 구니키다 돗포의 「정직자」나 모리타 소헤이의 「매연」이나 아리시마 다케오의 「카인의 후예」 등을 탐독하다 하마터면 중학교에 들어가지 못할 뻔했던 것도 이곳 책장을 찾아 헤매던 탓이었다.

그 젠쇼도가 이젠 이미 사라진 것이다. 주인은 코가 큰 사람이었다. 헌책을 팔 때 그 코의 크기가 굉장히 신경 쓰였다는 것을 떠올리며 지금은 '야노 명곡당'이라는 간판이 걸려 있는 예전 젠쇼도의 처마 끝을 서성거리자 이웃집 문패장수 노인이 삼십 년을 하루처럼 문패를 쓰던 손을 멈추고 이쪽을 힐끗 바라보았다. 그 사마귀가 많은 얼굴은 본 기억이 있었다. 나는 인사를 하려고 가까이 다가갔지만 노인은 나를 알아보지 못하고서 무슨 생각인지 안경을 벗고 안으로 쓱 들어가 버렸다. 나는 활짝 젖혀진 추억을 주체하지 못하고 잠시 야노 명곡당에 들어가 보기로 했다. 구청에 가야 할 시각까진 아직 조금 여유가 있었다.

가게 안은 어두컴컴했다. 대낮의 밝은 거리가 갑자기 어둡게 변해 당황한 나는 불안한 시선을 이리저리 던졌는데 벽에 걸린 베토벤 데스마스크와 선박 튜브만큼은 양쪽 모두 흰색이라 바로 알아볼 수 있었다. 낡은 명곡 레코드의 판매와 교환을 전문으로 하는 듯한 가게 벽에 선박 튜브는 이상하게 느껴졌지만 그보다도 나는 이윽고 밖으로 나온 주인의 얼굴에 주의를 기울였다. 처음에는 확실히 보이지 않았지만 점점 시력이 회복되기 시작하자, 어라 어디선가 본 적이 있는 얼굴인 것 같았다. 하지만 어디서 봤는지는 떠오르지 않았다. 코는 그렇게 크지 않아 당연히 이전 젠쇼도의 주인은 아니었다. 그 대신 입술이 두껍고 크며 그 입술을 금붕어처럼 뻐끔거리며 뭔가를 말하는 버릇을 보자 도쿠가와 무세이(德川夢声)와 닮았다는 생각이 문득 들었지만 어딘가 목욕탕 카운터에서 만났던 것도 같았다. 나이는 오십을 넘긴 듯, 어느 쪽이든 명곡당 등등 하이칼라한 장사와 어울리는 주인으로는 보이지 않았다. 그러고 보자 우선 가게 자체도 이 동네와 어울리지 않는다. 하긴 구청에 가던 도중 고향 마을에서 대낮부터 꽁하니 음악을 듣는다는 것도 뭔가 생뚱맞을 것이다. 하지만 그렇다고 그 주인에게 느닷없이 젠쇼도나 동네 등에 대해 말을 걸고 싶지도 않았기 때문에 묵묵히 레코드 몇 장을 집어 들었다. 옛날에 소년구락부에서 콩트 경품으로 24구 하모니카를 받아 그것을 계기로 중학교에 들어가서 라무네클럽이라고 하는 하모니카 연구회에 적을 두고 음악에 대단히 심취했던 일 등을 떠올리며 음악을 다 들은 뒤 목이 간지러워 내가 물을 요구하자, 네 알겠습니다 하고 주인이 들어간 틈을 타 품속에서 지갑을 꺼내 살짝 안을 들여다보았다. 주인은 곧바로 밖으로 나와 컵을 내려놓기 전 재빠르게 받침대 위를 닦았다.

레코드 몇 장을 구매하여 밖으로 나가려 하자 비가 내리고 있었다. 여우비라 금방 그치겠지 하고 잠시 기다렸지만 좀처럼 그칠 것 같지 않더니 본격적으로 내리기 시작했다. 주인은 내가 손목시계를 들여다보는 걸 보더니, 급하시다면 하고 말하며 우산을 빌려주었다. 구청에서 돌아오는 길에 시영전차를 타려던 순간 접이식 우산의 야노(矢野)라는 이름표가 눈에 띄자, 아아 그 야노였구나 하고 나는 비로소 떠올랐다.

교토의 대학가인 요시다에 야노 세이요켄이라는 양식집이 있었다. 예전에 그곳 주인이 막 내가 우산을 빌려온 명곡당 주인과 같은 사람이라는 것을 깨달은 것이다. 벌써 십 년도 전의 일이라 어디서 본 얼굴인 것 같으면서도 불쑥 떠오르지 않았던 것이겠지만 떠오르고 보자 이런저런 자잘한 일까지도 기억에 남아 있었다. 예전부터 나는 지갑 속에 얼마가 있는지 모르는 채 식사를 하거나 물건을 사곤 해서 계산할 돈이 모자라 얼굴이 새빨개지는 경우가 종종 있었는데 야노 세이요켄의 주인은 그럴 때 흔쾌히 언제든 괜찮다며 돈을 빌려주곤 했다. 포크소테가 가게의 자랑거리였지만 다른 요리도 전부 맛있었는데 특히 야채는 전부 식초에 절이고 샐러리는 항상 공짜로 먹게 해주며 또한 매월 최신 레코드를 구입해 들려주었다. 그것들이 전부 학생들 취향의 서양음악 명곡 레코드였다는 점도 지금 와서 생각해보니 기이한 운명이네요 하고 열흘 정도가 지나 우산을 돌려줄 겸 가서 주인에게 이야기하자, 아아 당신이었습니까, 어쩐지 본 적이 있는 분이라고 생각하고 있었는데, 그런데 많이 바뀌셨네요 하고 주인은 빈말이 아니라 정말로 떠오른 듯, 그리고 기이한 운명이라기엔 아주 우스운 이야기라서요 하고 이런 이야기를 시작했다.

주인은 원래 뱃사람으로 어린 시절부터 유럽 항로를 다니는 배에 고용되어 증기 기관에 불을 때거나, 식당에서 설거지를 하거나, 요리를 하기도 했는데 마흔 나이에 뭍으로 올라와 교토 요시다에서 양식집을 시작했다. 하지만 요리 솜씨에 너무 자신감이 넘쳐 좋은 재료를 써서 맛있는 음식을 학생들에게 싸게 먹이겠다는 마음가짐이 장삿속을 내팽개친 취미 같은 꼴이 되어버려 돈을 버는 것에는 무관심했고 결국 다달이 손해를 거듭하던 끝에 가게가 망하고 말았다. 전부 정리한 뒤에 남은 건 학생들에게 들려주기 위해 매월 비용을 아끼지 않고 구매해 온 채 쌓아두던 막대한 양의 명곡 레코드라 이것만은 품에서 떠나보내는 것이 아까워 오사카로 이사할 때 가지고 오게 되었고 그것이 결국 지금의 명곡당을 시작하게 된 계기가 되었다고 한다. 그리고 하필 이런 외진 동네에서 장사를 시작한 것은 장사가 되고 안 되고보다도 그저 권리금이나 집값이 쌌다는 그 이유뿐, 사람도 집값이 싸고 비싸고를 따지면 이제 끝장인 건데 말이죠 하고 주인은 문득 자조적인 말투로, 저도 양식집을 하거나 레코드점을 하거나 하면서 상당히 오랫동안 세상에 아무 도움도 되지 않는 쓸모없는 고생을 해왔습니다, 마흔 나이에 뭍으로 올라온 게 잘못이었을지도 모르죠. 저런 걸 장식해 두어도 오히려 후회만 싹틀 뿐이죠 하고 벽에 걸린 선박 튜브를 가리키며, 하지만 저도 아직 쉰셋입니다…… 아직 아직 하고 말하는데, 다녀왔습니다 하고 란도셀 책가방을 등에 멘 소년이 들어와서, 신 인사 안 하니 하고 주인이 말했을 때는 이미 안으로 살금살금 모습을 감추어버린 뒤였다. 아주 과묵한 놈이라면서도 주인은 기쁘다는 듯한 말투로, 이번에 중학교 시험을 보는데 아비와 닮지 않아 말이 없어서 구두시험이 걱정이라며 갑자기 목소리를 낮췄다. 분명 자녀가 두 분이었는데 하고 말하자, 아아 누나 쪽 말입니까, 그때 당시는 아직 신 정도였지만 이미 훨씬 전에 여학교를 나와 지금은 기타하마의 회사에서 일하고 있습니다 하고 주인의 목소리는 다시 커졌다.

돌아가려 하자 다시 비가 왔다. 왠지 비를 모는 남자가 된 것 같네요 하고 쓴웃음을 지으며 나는 돌려주려고 들고 간 우산을 그대로 다시 빌려왔지만 그 우산을 다시 돌려주러 가야 함은 말하자면 그 동네를 다시 방문할 수 있다는 뜻이므로 우산이 주선한 인연이라는 생각에 나는 혼자 웃음을 지었다. 그리고 굳이 인연을 말하자면 때마침 명곡당이 내 고향 동네에 있었다는 건 요컨대 내 제2의 청춘의 동네였던 교토 요시다가 제1의 청춘의 동네로 옮겨 와 포개어지게 된 셈이라며 이 이중으로 겹쳐진 갖가지 머나먼 청춘에 막 젖고 있다고 생각하면서 구치나와 고개를 내려갔다.

보름 남짓이 지나 그 우산을 돌려주러 가자, 신 낙제했습니다 하고 주인은 얼굴을 보자마자 말했다. 그 중학교가 그렇게 경쟁이 심했나, 하지만 내년에 다시 한번 보는 방법도 있으니까요 하고 위로하자 주인은, 아뇨 이제 학문은 그만두게 하고 신문 배달을 보냈어요 하고 아무렇지 않게 말해 나를 놀라게 했다. 여자아이는 여학교 정도는 나오지 않으면 시집갈 때 주눅이 들 것 같아서 여학교에 보냈지만 남자아이는 학문을 배우지 않아도 일할 줄만 알면 세상으로 나가 훌륭히 다른 사람에게 도움이 될 수 있다, 그래서 어설픈 학문은 그만두고 일하는 걸 배우게 하려고 신문 배달을 보냈다, 어린 시절부터 몸 고생을 해가며 일하는 버릇을 들이면 분명 좀 더 나은 인간이 될 거라는 것이었다.

돌아오는 길, 조용히 땅거미가 지는 구치나와 고개의 돌계단을 내려가는데 아래에서 올라오던 소년이 꾸벅 고개를 숙이더니 그대로 깡충깡충 지나가 버렸다. 신문을 움켜 안은 신이었다. 그 후 나는 신이 신문 배달을 마치고 지친 발걸음으로 명곡당에 돌아오는 것을 몇 번인가 목격했지만 언제 보아도 신은 말 없이 유리문을 밀고 들어와 그대로 아버지에게도 말을 걸지 않고 안으로 살금살금 모습을 감추어버렸다. 레코드를 듣고 있는 내가 신경 쓰여 소리를 내지 않는 건지,

한편으론 원래부터 말수가 없는 듯했다. 눈썹은 연하지만 생김새는 오밀조밀하니 말끔하게 생겼고 반바지 아래로 드러난 다리는 여자아이처럼 새하였다. 신이 돌아오면 나는 언제나 레코드를 멈추고서 주인이 안방에 있는 신에게 목욕하고 오라든가, 과자가 배급되었으니 먹으라든가 하고 말을 걸 틈을 만들어주곤 했다. 안에서는 응 하는 한마디 대답뿐이었지만 부자의 애정이 오가는 그 따뜻함에 나는 달콤하게 취했고 그것은 음악 이상이었다.

여름이 다가오자 간열 점호 예습을 겸한 재향군인회 훈련이 시작되었고 내 일에도 쫓겨서 나는 한동안 명곡당에 얼굴을 비치지 않았다. 7월 1일은 석양 언덕 아이젠도의 축젯날로 이날은 오사카의 아가씨들이 그해 처음으로 유카타를 입고 애염명왕께 보여드리러 가는 날이라고 명곡당 따님에게 들었지만 나는 갈 수 없었다. 7월 9일은 이쿠타마의 여름 축제였다. 훈련은 끝나있었다. 나는 십 년 만의 참배 상대로 신을 고르려 했다. 그래서 축제 야시장에서 뭔가를 사줘야지 하고 몰래 즐거워하며 일부러 밤을 골라 명곡당에 갔더니 신은 바로 얼마 전에 나고야 공장으로 징용되어 지금은 그곳 기숙사에 있다고 했다. 나는 명곡당으로 오는 도중 약국에서 발견한 메타볼린을 신에게 보내달라고 건네고서 레코드 듣는 걸 잊고 혼자 축제 구경을 갔다.

그날 이후 다시 일에 쫓겨 명곡당과 멀어져 있던 사이 여름이 지났다. 방안으로 헤매어 들어온 벌레를 여름벌레인가 하고 부채로 내려치자 움찔움찔 처량한 울음소리를 내며 숨이 끊어져 벌써 가을벌레였다. 어느 날 명곡당에서 엽서가 왔다. 찾으시는 레코드를 입수했으니 한가하실 때 방문해 달라는 따님의 글인 듯했다. 보들레르의 「여행으로의 초대」를 뒤파르크 작곡에 팡제라가 노래한 낡은 레코드였다. 교토에 있던 시절 나는 이 레코드를 소장하고 있었지만 그즈음 내 하숙으로 공연히 놀러 오던 여자가 실수로 깨뜨렸고, 그 사람은 그것이 미안했는지 그 뒤로 얼굴을 비치지 않게 되었다. 어깨가 통통하고 심한 근시였는데 이 년 전 그 여동생이 나를 어떻게 알게 되었는지, 그 사람이 죽었다는 사실을 알려주자 나는 돌이킬 수 없는 애상을 느꼈다. 그런 이유로 그리운 레코드이다. 애초에 청춘과 절대 무관할 수 없는 문학 일을 하면서 일에 쫓기느라 도리어 나의 옛 청춘을 한동안 잊고 있던 나는 명곡당에서 온 엽서를 보고 갑자기 그리워져 오랜만에 구치나와 고개를 올랐다.

그런데 명곡당에 가보자 주인은 없고 따님이 혼자서 가게를 지키고 있었는데 아버지는 어젯밤부터 나고야에 가 있어

마침 다행히 회사가 일요일에 쉬어서 이렇게 가게를 보고 있다고 했다. 들어보자 신이 어젯밤 공장에서 무단으로 돌아왔다는 것이었다. 그저께 밤 기숙사에서 빗소리를 듣고 있는데 문득 집이 그리워져 아버지와 누나 옆에서 자고 싶다는 생각이 들자 여태껏 없었던 일인데도 더는 참을 수 없어 낮 기차에 비틀비틀 올라타 버렸다는 등의 변명을 했지만 아버지는 용서하지 않고 그날 밤 재우지도 않은 채 야행 기차에 태워 나고야까지 보내러 갔다는 것이었다. 하룻밤도 재우지 않고 돌려보냈다고 생각하니 딱하지만요 하고 말하는 따님의 말투 속에서 나는 스물다섯이라는 나이를 보았다. 스물다섯이라 하면 약간 혼기가 늦은 편이지만 그러나 청결하고 맑은 눈동자에는 낙천적인 젊음이 가득 담겨있고, 교토에서 봤던 즈음 아직 막 여학교에 들어갔을 때의 모습도 사라지지 않고 양볼에 남아 있고, 씩씩한 말투 속에 흐르고 있는 동생에 대한 애정에 대해서도 솔직한 감상을 엿볼 수 있었다. 하지만 애정은 오히려 오십이 넘은 아버지 쪽이 더 강했던 게 아닐까. 데리고 가는 기차 안에서 먹일 거라며 주인은 예전의 요리 솜씨를 발휘해 열심히 직접 도시락을 만들었다고 한다.

이 아버지의 애정은 내 가슴을 따뜻하게 했지만 그 뒤 열흘 정도가 지나서 다시 가보자 주인은 내 얼굴을 보자마자,

신은 안 되겠어요 하고 갑작스레 자식 험담을 시작했다. 혼이 나서 돌아가긴 했지만 역시나 집이 그립다며 사흘이 멀다 하고 편지를 보내는 듯했다. 일하러 가서 집을 그리워하거나 하면 어떡하나, 나는 어린 시절부터 마흔 나이까지 배에 올랐지만 어느 바다 위에서도 그런 계집애 같은 생각을 한 적은 한 번도 없었다. 바보 같은 놈이라며 주인은 나에게 덤벼들듯 말했는데, 이 주인의 매질이 심하다는 건 의외였다. 돌아오는 길은 어두웠고 절 앞을 지날 때는 문득 물푸레나무 향이 희미하게 스쳐갔다.

겨울이 왔다. 신이 또 비틀비틀 돌아와 야단을 맞고 돌아갔다는 이야기를 듣고서 재차 가슴이 아팠을 뿐, 나는 다시 명곡당과 멀어져 있었다. 주인이나 따님은 어떻게 지내고 있으려나, 신은 열심히 일하고 있을까 하고 가끔 생각이 들곤 했지만, 그리고 또 항상 오던 손님이 갑자기 오지 않게 되면 명곡당 사람들도 쓸쓸하겠지 싶어 신경이 쓰이지 않았던 건 아니지만 외출을 좋아하지 않는 데다가 내 건강은 내 일만으로도 벅찬 상황이었다. 빠질 수 없는 회합에도 의리 없이 굴기 십상이라 구치나와 고개는 어쩐지 너무나 멀었다. 그렇게 명곡당에 대한 것들도 어느새 아득한 추억이 되어버리며 연말이 왔다.

연말에는 어쩐지 사람이 그리워진다. 올해 안에는 이제 명곡당 사람들과 만날 수 없는 건가 하는 생각이 들자 갑자기 얼굴을 비쳐야 할 것 같은 기분이 들고 또 그립기도 해서 살짝 감기 기운이 있었지만 나는 구치나와 고개를 올랐다. 고개를 오르던 도중 마스크를 벗고서 숨을 한 차례 돌리고, 그리고서 명곡당 앞까지 갔지만 대문은 닫혀 있고 '시국에 비추어 폐업하였사옵니다' 하는 종이가 붙어 있었다. 안에 있겠지 하고 문을 두들겼지만 반응은 없다. 자물쇠가 앞쪽에 걸려있다. 어디로 집을 옮긴 겁니까? 하고 놀라서 이웃집 문패장수 노인에게 물어보자 나고야로 갔다고 한다. 나고야라고 한다면 신의…… 하고 거듭 묻자 그렇지 하고 노인은 고개를 끄덕이며, 신이 집을 그리워하여 아무리 타일러도 돌아오려 해서 주인은 아주 고민하고 고민한 끝에 차라리 가족 전부 신이 있는 나고야로 가서 같은 집에서 생활하며 함께 일하면 신도 더 이상 집을 그리워하지 않아도 될 것이다, 그것 말고는 돌아오고 싶어하는 신을 만류할 방법도 달리 없고 우물쭈물하다가는 자신도 징용될지 모른다는 생각에 이십일 정도 전에 가게를 접고 따님과 함께 출발해 버렸다. 따님도 회사를 그만두고 신과 함께 일하려는 듯하다, 뭐니 뭐니 해도 자식이나 동생이란 사랑스러운 법이니까 하고 이미 칠

십을 넘은 듯한 문패장수 노인은 두런두런 이야기하며 안경을 벗고 눈곱을 뗐다. 내가 원래 이 동네 소년이었다는 사실은 눈치채지 못한 듯했지만 나도 더 이상 그에 대해 언급하고 싶지 않았다.

구치나와 고개는 스산하게 나무가 말라 있고 하얀 바람이 달리고 있었다. 나는 돌계단을 내려가며 이제 이 언덕을 오르내릴 일도 당분간은 없을 거란 생각이 들었다. 달콤한 청춘 회상은 끝이 나고 새로운 현실이 나를 향해 방향을 바꾸어 다가온 것처럼 느껴졌다. 바람이 나무 우듬지에 격렬하게 부딪히고 있었다.

육백금성 六白金星

나라오는 타고나기가 머리가 나쁘고 근시에다가 무슨 일을 시켜도 덜떨어진 아이였지만 단 한 가지, 파리 잡기만큼은 능숙해서 외로울 때면 파리를 잡았다. 파리란 놈은 옆쪽과 위쪽은 보여도 정면은 보이지 않기 때문에 손으로 곧게 잡으면 된다며 순식간에 손바닥 안에 한 마리를 가둬 넣으면 그걸로 마음이 풀리는 듯, 또 그 깔끔한 솜씨를 남몰래 자랑스러워하는 듯하여 그것이 나라오를 한층 더 머리가 나쁘고 기운 없는 아이로 보이게 했다. 문득 안쓰러운 기분이 들어 결국 사람들이 명인이라고 치켜세워주자 아주 몰두해서 해가 저물어도 파리 잡기를 그만두려 하지 않고 땅거미가 지는 중에 안경 위치를 계속 바꿔가며 온 사방을 노려보며 돌아다녔는데 그 훌륭한 끈기는 언뜻 광기를 띠고 있었다.

그런 나라오의 부친인 게이스케는 애처롭다는 생각이 들기 전에 혐오스럽다는 생각이 어금니까지 부글부글 치밀어 올라 으득으득 화를 냈다. 게이스케는 늘 토요일 밤에 집으로 돌아와 일요일 아침엔 이미 보이지 않는, 말하자면 아주 가끔씩만 얼굴을 비치는 대신 올 때마다 잔소리를 했다.

"바보 같은 짓 좀 그만하고 슈이치를 보고 배워."

그 당시 형인 슈이치는 꾸며낸 듯한 독본 낭독으로 학교에서 반장을 하고 있었다. 보면 형은 머리가 크다는 점, 눈썹이 송충이처럼 두꺼운 점, 입을 삐죽거리며 뭔가를 말하는 점 등이 부친을 똑 닮아 그런 면에서도 부친의 마음에 든 듯했다.

하지만 이에 비교하면 나라오는 우선 눈썹부터 붕 떠서 옅고 얼굴 전체가 밋밋하여 그래서 자기가 아버지에게 미움받고 있는 거라며 삐뚤어진 근성이 점점 자라났다. 그리고 이 근성으로 맞서자 더욱 미움받는 듯한 느낌이 들어 도리어 후련했지만 그래도 어린아이의 마음에는 역시나 슬펐기에 미움받는 건 머리가 나빠 학교에서 잘하지 못하는 탓이라며 열심히 공부해 보았지만 형을 따라잡을 순 없었고, 형의 뒤짱

구가 이상하리만치 튀어나온 것을 보고 어쩐지 한숨이 나와 한숨을 쉬면서 잠들면 꼭 공중을 나는 꿈, 그리고 동틀 녘에는 소에게 머리를 베어 물리는 꿈을 꾸던 사이 이윽고 열셋이 되었다.

어느 날 밤, 무엇에 가위가 눌린 건지 기억이 나지는 않지만 퍼뜩 눈을 뜨자 이불도 바닥도 사라지고 널판 위에 누워 있다는 생각이 들어 갑자기 벌떡 일어나,

"도둑이야, 도둑이야. 바닥이 없어졌다."

메마른 목소리로 소리를 지르며 허겁지겁 아래층 부모의 침실로 들어가자 스탠드가 아직 켜져 있어,

"뭐, 도둑……?"

하고 부친의 놀란 손이 어머니의 목에서 떨어졌다.

어머니도 부친의 가슴에서 자신의 가슴을 떨어뜨리며,

"바닥이 어떻다는 거예요. 나라오, 정신 차려요."

도코노마[1] 쪽을 향해 빙글 돌아 달마 그림을 가리키며 도둑이야, 도둑이야 하고 외치며 히ㅡ히ㅡ히 핼쑥한 소리를 짜내는 나라오의 이상한 거동을 보고서 모친인 히사에는 역시나 이상하다는 생각이 들었다.

---

1 床の間; 움푹 파인 벽 한쪽에 불단과 그림, 화병을 장식해두는 일본 전통 건축양식.

"이층 바닥이 하나도 없어. 안경도 도둑맞았다."

그러더니 나라오는 불쑥 밖으로 나가 변소로 들어가서,

"쓰나미가 왔다. 커다란 쓰나미가 와서 이불도 바닥도 떠밀려갔다. 속바지 끈이 떠밀려온다."

말도 안 되는 소리를 해대며 마루판 위에 주룩주룩 방뇨한 뒤 비틀비틀 이층으로 올라가 천연덕스러운 얼굴로 다시 이불 속으로 숨어 들어가 드르렁드르렁 코를 골았다. 옆 이불에는 중학교 2학년 슈이치가 거북이같이 목을 움츠리고 몰래 담배를 피우면서 수상한 등사판 책을 탐독하며 나라오 쪽은 거들떠보지도 않았다.

그리고서 한 달 정도가 지나 눈이 내리던 아침, 아직 날이 밝기도 전부터 갑자기 현관 벨이 난폭하게 울려 깜짝 놀란 히사에가 밖으로 나가보자 나라오가 새파래진 얼굴로 우두커니 서 있었다. 이층에서 자고 있었을 텐데 어느 틈에 옷을 갈아입은 건지, 검은 바지에 메리야스 셔츠 차림으로 눈을 뒤집어쓴 채 흠뻑 젖어 있었다. 눈길을 떠돌며 돌아다니다 왔음을 한눈에 알아보고 어떻게 된 거냐며 어깨를 붙잡아도 대답하지 않고 표주박 병따개 인형처럼 붕붕 뜬 걸음으로 이층으로 올라가 버렸다. 곧장 따라 올라가 보자 머리맡에는 책장에서 뽑아낸 책이 산더미처럼 겹겹이 쌓여 있고, 게다가 그 꼭대기엔 깔끔히 접힌 잠옷이 올려져 있고, 그 잠옷 위에는 도코노마에 있던 국화꽃과 연필과 귤이 놓여 있었다.

"나라오, 이게 도대체 무슨 꼴이죠?"

하지만 나라오는 대답하지 않았다. 자고 있다가 갑자기 정체를 알 수 없는 힘이 자신에게 들이닥쳤지만 이를 막는 자신의 힘이 닥쳐오는 힘에 비해 턱없이 약해 균형이 깨지는 그 느낌이 견딜 수 없을 정도로 두려워 어떻게든 균형을 유지하기 위해 책을 겹겹이 쌓아보거나 그 위에 뭔가를 어수선하게 올려둬 보았지만 그럼에도 막을 수 없어서 참지 못하고 뛰쳐나갔다는 사정은 자신도 제대로 설명할 수 없었고, 말한다 해도 이해해주지 않을 거라고 생각했던 것이다.

그날 밤 게이스케는 히사에의 이야기를 듣고 조발성 치매라며 우거지상을 지었다.

중학교에 입학한 해 여름, 형인 슈이치가 무슨 생각인지 나라오를 집 근처 고로엔(香櫨園) 해안으로 끌고 나가, 너도 이제 중학생이니 가르쳐 주겠지만 하고 말하며 나라오의 얼굴을 힐끗 들여다보다가 갑자기,

"우리들은 첩의 자식이다."

하고 말했다. 목소리가 살짝 긁혀 그 때문에 도리어 무시무

시하게 들렸겠지 하고 슈이치는 생각했지만 나라오는 나직이,

"첩이 뭐야?"

효과를 노리고 일부러 황혼 무렵의 해안을 택했던 슈이치는 완전히 맥이 빠져버렸다.

슈이치는 철이 들면서 점점 깨달았던 것이다. 판에 박은 듯한 아버지의 주말 귀가는 아시야(蘆屋)에서 병원을 경영하는 한편 오사카 대학 병원에도 나가느라 바쁘기 때문이라는 모친의 설명은 그럴듯했지만 슈이치는 속지 않았다. 고로엔의 자택에서 아시야까지 걸어서 한 시간도 걸리지 않는데 여태 한 번도 아버지 병원 등을 보여준 적도 없었고, 게다가 온 아시야를 찾아봐도 자신과 같은 무라세라는 성의 병원은 없다. 더군다나 아버지가 귀가 중일 때면 사정이 있는 듯이 소곤거리는 이야기 소리, 때로는 어머니의 울음소리, 아버지의 성난 소리가 들려오는 등 아울러 생각해보면 아시야 쪽이 본처고 고로엔 우리집은 첩이란 사실을 확실히 깨달은 순간 우선 생리적으로 불쾌해지면서 앞날이 새카매지는 듯한 기분에 시달렸는데, 결국에는 동생 나라오를 붙잡고 아닌 밤중에 홍두깨 같은 얘기를 들려주자는 잔혹한 기대로 마음이 누그러졌던 것이었다.

그래서 그러한 나라오의 태도는 슈이치를 실망시켰다. 그

때문에 슈이치는 이야기를 한층 더 과장했다. 아니나 다를까 나라오도 갑자기 안색이 창백해지기 시작했다. 고개를 숙인 나라오의 얼굴을 쓱 들여다보자 안경 안쪽이 반짝거리며 역시 효과는 즉각적이었다. 이윽고 안경을 벗어 상의 주머니에 넣고 또르륵 떨어지는 눈물을 짧은 손가락 끝으로 문지르고 또 문질렀다. 슈이치는 문득 안쓰럽다는 생각이 들어,

"울지마. 첩의 자식답게 살아가는 거야."

절반은 자신에게 타이르는 셈으로 나라오의 어깨에 손을 얹자 나라오는 땀이 밴 형의 체취에 문득 여자처럼 믿음직스러움을 느끼며 형을 쳐다보았는데 형의 눈썹은 풍성하여 믿음직스러워 보였지만 어쩐지 굉장히 아버지와 닮았다는 생각이 들었다.

그해 여름 방학이 끝나고 2학기 개학식 날, 오사카 시내에 있는 중학교에 가보자 두 형제 모두 무라세라는 성이 갑자기 오나로 바뀌어 있었다. 나라오는 영문도 모르는 채 괴상한 이름이 되어버렸다며 킥킥 웃었지만, 슈이치는 결국 호적에 들어간 건가 하고 쓴웃음을 지으며 친구들 앞에선 양자로 간 거라고 둘러대자며 순간 지혜를 짜냈다. 그러나 두 형제가 같이 양자로 가게 되었다는 것도 이상한 소리라며 역시 허둥대기도 했다. 집으로 돌아오자 팥밥과 도미구이가 나오고 어

머니는 울고 있었다.[2]

히사에는 오카야마(岡山) 병원에서 간호사로 일하던 즈음, 같은 병원에 의사로 있던 게이스케 때문에 여의사가 되고자 하던 일생의 희망이 느닷없이 무너지고 말았다. 임신하게 된 것이다. 게이스케에게는 평범한 처자식이 있었다. 태어난 아이는 수학제일(修学第一)이라는 의미에서 게이스케가 슈이치(修一)라고 이름을 붙였다. 게이스케는 그렇게 부모의 마음을 표하긴 했지만 좁은 지역에 곧장 소문이 퍼졌고 마침 오사카 병원에서 초빙을 받은 것은 히사에를 두고 떠날 좋은 기회였다. 그렇게 했다. 히사에가 슈이치를 등에 업고 뒤쫓아가 따지자 게이스케도 싫다고는 못하고 고로엔에 한 채를 마련해주었다. 그리고 십여 년 동안 그사이 나라오도 태어나고 오늘날까지 이어져 왔지만 게이스케는 어째선지 두 아이를 입적시키지 않았다. 본처가 승낙하지 않아서 라는 반쪽짜리 진실을 말하며 히사에의 요구를 뿌리쳐 온 것이다. 하지만 히사에는 포기하지 않으며 끝까지 게이스케를 책망했고 그것이 바로 오늘 이 경사였던 것이다.

라는 사정은 물론 얘기해줄 수 없었기 때문에 자신은 장

---

2 경사스러운 날에 팥밥을 먹는 풍습이 있음.

녀, 아버지는 장남, 그래서 오늘까지 호적에 관한 게 잘 풀리지 않았다는 거짓말을 히사에는 생각해냈다.

"오? 그런 거였나요?"

이야기 절반까지 듣고 슈이치는 커다란 머리를 두세 번 좌우로 흔들더니 이층으로 올라가 버렸다. 그 뒤엔 나라오가 남아 있었는데 전부터 넌 식사 시간이 너무 길다는 아버지의 잔소리처럼 우물우물 입을 움직이는 중이라 어머니의 기쁨을 한몸에 떠맡았다. 하지만 그것도 마땅하다며 히사에는,

"형님은 그렇다 쳐도 정말 너는 아버지께 아주 감사해야 해요."

그 증거로 맨 처음 게이스케가 나라오의 입적에는 반대했다는 사실을 무심코 털어놓고 말았다.

"잘 먹었습니다."

그렇게만 말하고 나라오는 쿵쾅쿵쾅 이층으로 올라가 파리를 잡으며 온 사방을 두들기며 돌아다녔다. 다음 날 1학년 F반 교실에선 나라오가 교과서 뒷면으로 그야말로 어마어마한 수의 파리를 가지고 장난을 쳤다는 이유로 복도로 쫓겨나서 있었다. 3학년 B반 교실에선 슈이치가 교과서 뒷면으로 하부토 에이지의 『성 연구』를 읽고 있었다.

슈이치가 하부토 에이지의 책이나 구니키타 돗포의 「정직

자」, 모파상의 『여자의 일생』, 모리타 소헤이의 『윤회』 등을 나라오에게 읽어보라고 빌려준 것은 3학년경이었다. 복자(伏字) 표기가 많던 그 책들이 나라오에게 성숙함을 일깨워 갑작스레 여자의 몸에 대한 호기심이 부풀어 오르던 어느 날 밤 슈이치가,

"야, 너한테도 메트헨을 소개해줄까?"

그렇게 말하더니 나라오를 고로엔 해안으로 데리고 나가는 길에 하는 이야기로는, 실은 내가 어떤 여학생과 알고 지내게 되었는데 거기에 항상 하녀가 붙어 있어, 오늘 밤도 해안에서 만나기로 약속했지만 하녀가 따라와 방해가 돼, 그러니까 너는 그 하녀 쪽을 잘 처리해 줘, 그사이에 나는 메트헨 쪽을 운운.

"잘 좀 해봐. 아니 상대는 고작 하녀야. 기꺼이 네가 말하는 대로 하자고 하겠지. 데카당스로 가는 거야."

데카당스가 무슨 뜻인지는 알지 못했지만 그 단어의 강렬한 울림이 어쩐지 마음에 들어 나라오는 예전부터 나는 데카당스다 하고 떠들고 다녔던 것이었다.

"좋아. 데카당스로 할 거야."

"담배 피워!"

담배 한 대를 다 피우기도 전에 서지 옷감 기모노를 입은

열일곱, 여덟 정도의 여자가 헤코오비³ 매듭이 신경 쓰이는 건지, 연신 엉덩이에 손을 가져다 대며 하녀와 함께 이야기도 나누지 않고 쓱 가까이로 다가왔다. 어딘지 틈이 많아 보이는 못생긴 여자가 아닐까 하고 살짝 사시인 그 여자의 눈을 쳐다보았지만, 하녀 쪽은 뻐드렁니에 코끝이 둥글고 게다가 피부가 까맸다. 나라오는 실망했지만 이윽고 키가 껑충한 슈이치가 몸을 구부리듯 여자에게 기대어 걷기 시작하자 나라오도 당황하여 하녀와 나란히 서서, 넌 몇 살이지? 스스로도 질릴 정도로 부드러운 목소리를 냈지만 마음속에선 어쩐지 그 뻐드렁니 하녀가 불쌍했던 것이었다. 솔밭 근처에서 슈이치는 힐끗 뒤를 돌아보았다. 바로 그때 나라오는 하녀의 까슬까슬한 손을 붙잡았다. 손을 순간 뒤로 내뺐지만 곧바로 마주 잡는 것이 형이 말한 그대로였다. 얼굴을 엿보자 하녀는 어리둥절한 눈빛으로 하늘을 올려다보고 있었다.

"이쪽으로 가자."

슈이치와 반대 방향으로 꺾어 반 정 정도 묵묵히 가다가 이윽고 가벼운 목소리로,

"야!"

---

3 兵児帯; 주로 아이들이 매는 기모노 허리띠 묶는 스타일.

힘껏 손을 잡아당겨 기대게 하고서 불쑥 끌어당겨 껴안자 입술이 닿았다.

이빨을 딱딱 울리며 하녀는 와들와들 추악하게 떨고 있었다. 비린내 나는 입 냄새를 맡으며 자리에 털썩 앉히고서,

"너 춥냐?"

그렇게 말했던 것까지는 기억이 나지만 그 뒤론 무아도취가 되어 호기심과 동물적 감각으로 온몸이 마비되었지만 하녀는 다리를 단단히 오므리고,

"그것만은 참아줘 제발, 도련님, 그것만은 참아줘. 아앗."

몸부림을 치며 꽥꽥거리는 목소리로 소리를 지르자 불쑥 휘둥그레 떠진 눈앞이 새하얘졌다. 나라오는 퍼뜩 정신을 차리고서 풀 위에 놓인 손에 힘을 주고 벌떡 일어나 아무 말 없이 뒤도 돌아보지 않고, 위험할 뻔했어, 난 하마터면 죄를 저지를 뻔했다 하고 마음속으로 절규하며 창백해진 채로 도망쳐버렸다. 그것만은 참아줘, 앗 도련님, 그것만은 참아줘. 아앗. 아앗 하는 그 목소리는 도망가는 나라오의 귓가에 언제까지고 맴돌았고 몸부림치던 여자의 군은 몸이 눈동자에 강렬하게 새겨져 이에 쫓기듯 달려갔지만, 솔밭을 빠져나와 해안 모래사장으로 나온 순간 첩이 된다는 것은 그러한 괴로움을 참아야 하는 것이었던 건가 하는 생각이 본래 극단으로

빠지기 쉬운 나라오의 달려가는 머릿속을 불쑥 스쳐 지나갔
다. 나라오는 집으로 뛰어 돌아가,

"엄마, 어째서 첩 같은 게 되었던 거예요?"

"……."

우두커니 서 있는 히사에의 얼굴을 가만히 쏘아보다가,

"저한테 20엔만 주세요."

그렇게 어머니 손에서 억지로 받아든 뒤 안경 틈으로 눈물
을 뚝뚝 떨구면서 집을 뛰쳐나왔지만 어디로 가야 할 목적지
가 없다는 걸 알게 되자 갑자기 걸음걸이에 맥이 빠지며 가
출 결심이 언뜻 무뎌졌다.

그런데 한신 전차 고로엔역까지 왔다가 해안 쪽에서 가면
처럼 표정이 굳은 채 걸어오는 슈이치와 딱 마주쳤다. 나라
오는 얼굴을 홱 돌리고 마침 운 좋게 역으로 오사카행 전차
가 들어와, 이봐 나라오 하고 황급히 소리치는 슈이치의 목
소리를 뒤로하고 느닷없이 그 전차에 올라타 버렸다. 슈이치
는 얼빠진 얼굴로 멍하니 배웅을 했다. 나라오는 그런 형을
더욱 놀라게 하기 위해서도 가출할 필요가 있다는 생각이 들
었다. 그리고 가출한 이상 자신은 이제 아주 타락하든지 객
사하든지 둘 중 하나라고 생각하며, 이러한 소년스러운 두
가지 극단적 생각 사이에서 안절부절 흔들리던 사이 전차는

우메다에 도착했다.

시영전차로 신사이바시까지 가서 아오키 양복점에서 점 퍼를 산 뒤 입고 있던 교복과 교모를 벗어 맡겨두었다. 타락 하는 것도 중학생 교복으로는 재미가 없다고 생각했던 것이 다. 갈색 점퍼에 검은색 바지, 바지 주머니에 양손을 찔러넣 고 제법 불량해 보인다고 생각하며 에비스바시 근처까지 오 자 아오키에서부터 미행해온 헛바람 들어 보이는 대학생 남 자가, 이봐 도련님 잠시 와 봐 하고 호젠사 경내로 끌고 가 서, 내가 보는 앞에서 교복 교모를 벗거나 하면서 너무 멋진 흉내를 내면 안 되지 하고 10엔을 빼앗아, 명백한 삥뜯기였 다. 자존심에 쉽사리 상처를 입었지만, 불만이 있으면 언제 든지 아오키에서 기다리겠다며 물러나는 그 헛바람 든 뒷모 습을 배웅하며 가출 가장 첫걸음부터 이런 꼴을 당하다니 나 는 이제 끝장이다. 타락하는 것도 객사하는 것도 우선 저 남 자를 때려눕히고 나서다 라며 눈을 험악하게 떴다. 호젠사를 나와 사카마치 모퉁이의 생강꿀물 가게에서 생강꿀물을 난 폭하게 마신 뒤, 그래도 아직 갈증이 가라앉지 않아 쇼린사 (松林寺) 앞 공동변소 옆에서 무네스카시를 마셨지만 이딴 싸 구려를 마시고 있으니 안 되는 거라며 센니치마에 정류장 앞 호프로 들어갔다. 커다란 맥주 한 잔과 콩 튀김을 주문해 숨통이 멎는 듯한 고통을 참아가며 삼 분의 일 정도 마신 뒤 꺼억 하고 트림을 하고서 후—후— 붉은 얼굴로 신음하는데 갑자기 누군가가 귀를 잡아당겼다. 돌아보자 앗 도둑고양이다. 미야기라고 하는 담임 교사였는데 순간 그 이름이 떠오르지 않아 무심코 별명을 입 밖에 내고 말았다. 도둑고양이도 그 호프에서 한잔하고 있었던 듯 얼굴은 새빨갛고 숨결에서 술 냄새가 났다. 귀를 잡아당겨진 채 밖으로 끌려 나와 학생 신분으로 이런 곳에 출입하는 놈이 어딨냐며 얻어맞았다. 즉각 교사 신분으로 이런 곳에 출입하는 놈이 어딨냐며 대꾸하면 재밌겠다는 생각이 들었지만, 아아 이걸로 가출도 실패로 끝났구나 하는 비참한 기분이 앞서 들어 입을 열 수 없었다.

다음 날 모친과 함께 교장실로 불려갔다. 도둑고양이는 교장 앞에서 에비스바시 근처부터 미행하여 호프로 들어가는 걸 붙잡았다며 자신이 먼저 호프에서 한잔하고 있었다는 사실은 숨기려 했다. 나라오는 순간 도둑고양이가 경멸스러웠다. 거짓말을 하면 용서치 않는다고 말했기 때문에 지금까지 했던 일, 있던 일 없던 일 모두 줄줄 털어놓았다. 이과 교실 현미경에 후추를 발랐던 일, 수업 중에 이마가와야끼를 얼마나 먹을 수 있는지 시험해보자 교사가 누구냐에 따라 다르지만 우선 여덟 개까지는 괜찮았다 운운하며, 버스표를 일부러 건네주지 않았더니 여차장이 쇳소리를 내며 반 정이나 쫓아 달려왔던 일, 느낀 바가 있어 점심 빵을 닷새간 먹지 않고 교장 관사의 개가 야위어서 영양불량인 듯하여 그 개에게 주었던 일, 그 개 꼬리에 지금도 쥐약이 발라져 있기 때문이라는 등 거침없이 재잘거렸지만 고로엔에서 하녀와 있었던 일은 역시나 말할 수 없었다.

히사에의 차례가 오자 히사에는 어째서인지 갑자기 허둥지둥하며, 우선 나라오의 야뇨증을 고치기 위해 고심했던 이야기를 하고서, 그리고 지금은 나았지만 자꾸 손톱을 물거나 손가락 마디를 우둑우둑 꺾는 버릇이 있어서 아이 아빠도 얼마나 꼴사나워하며 애태웠는지 몰라요 선생님. 그리고 지금도 틈만 나면 파리만 잡아대거나 중얼중얼 혼잣말하는 버릇이 있어서, 요즘은 역(易)에 관한 책을 탐독하고 있는 것 같아요……라며 히사에는 여기서 그만 울음을 터뜨렸고 방안은 이미 어두웠다.

"혼잣말을 하는 건 마음에 불만이 있다는 증거이긴 하지만, 역이라니 자네 무슨 의미인가?"

하고 교장은 도둑고양이 쪽을 바라보았다. 도둑고양이는,

"예, 모두 제 불찰입니다."

하고 손수건으로 안경을 치켜들더니 갑자기 나라오의 팔

을 붙잡고서,

"자네는, 자네는, 도대체 무슨 일을……."

눈물을 흘리기 시작했기 때문에 나라오 역시도 진지해져 창밖으로 날이 저무는 광경을 무정하게 바라보았지만 도둑고양이가 왜 우는지는 알 수 없었다.

설교가 끝난 뒤 교문을 나오는데 그곳에서 계속 기다리고 있었던 듯 슈이치가 창백한 얼굴로 다가와서, 뭔가 내 얘기가 나오지 않았어? 하고 목소리를 낮췄다. 괜찮다고 말해주자 슈이치는 한시름 놓은 표정으로, 너도 요령껏 해. 그 순간 슈이치는 나라오의 경멸을 샀다. 돌아오는 한신 전차는 붐비고 있었다. 히사에는 흰 버선을 밟혀 더러워지는 바람에 아시야의 본처 얼굴이 떠올랐다. 그러자 고로엔역에서 집까지 세 정 거리는 자연히 슈이치와 나란히 걸어가게 되었다. 그리고 뒤에서 탁탁 따라오는 나라오의 발소리를 들으며 내일은 게이스케의 지인인 정신과 의사에게 나라오를 데려가야겠다고 생각했다.

와카모리라고 하는 그 의사는 정신과 의사면서도 성질이 급하여 지레짐작이 심하고 게다가 말이 빨랐다. 와카모리는 히사에의 이야기를 듣자마자, 아 그거야 오, 오, 오이디푸스 콤플렉스 경향이지, 어머니를 너무나 사랑한 나머지 부친을 증오하는 거야 하고 말하자 히사에는 영문도 모르는 채 싱글 벙글 고개를 끄덕였다. 나라오가 발끈하자 와카모리가,

"자네 한번 이 종이에 자네 머릿속에 떠다니는 단어를 스무 개만 솔직하게 적어 보게나."

하고 말하자 순식간에 그 종이를 찢어버리며,

"당신에겐 내 마음을 조사할 권리가 없어. 인간이 인간을 실험하는 건 모욕이야."

"아니 나라오, 무슨 말을 하는 거예요."

"엄마도 엄마입니다. 자신의 아이가 개구리처럼 실험당하고 있는 걸 보는 게 그렇게 즐겁습니까? 우선 이런 곳에 데리고 온 것부터가 잘못된 겁니다."

험악하게 히사에를 노려보는 허연 눈을 보고 와카모리는 어머니를 너무나 사랑한 나머지 운운한 자신의 말에 문득 신뢰가 가지 않기 시작했다.

나라오는 그 후 무슨 말을 해도 와카모리한테 가지 않았는데 히사에는 몰래 그곳에서 이런저런 지도를 받아오는 듯, 나무 베개나 도자기 베개를 가져다 대거나 냉수마찰을 권하곤 했다. 또 부지불식간에 이불 솜이 뭔가 딱딱한 것으로 변해있었다. 일기나 노트, 교과서 등도 몰래 펼쳐진 흔적이 있고, 사정이 있어 보이는 어머니의 불안한 눈빛이 자신의 주

위를 둘러싸고 있는 듯한 기분이 들어 나라오는 그런 어머니
가 점점 지겨워지기 시작했다.

이듬해 나라오는 진급시험에서 낙제했다. 히사에의 분주
함도 보람이 없었던 것이다. 그 대신 슈이치는 교토 고등학
교 입학시험에 합격했다. 게이스케는 슈이치의 입학선서식
을 위해 교토까지 나갔다가 기분 좋게 돌아왔지만 특산물인
쇼고인의 야쓰하시를 우적우적 먹고 있는 나라오를 보자 갑
자기 떨떠름한 표정을 지으며 나라오의 낙제에 관해 다시 잔
소리를 했다. 나라오는 마침 입이 가득 차 있었기 때문에 잠
시 우물대며 아무 말도 하지 않았지만 곧이어 전부 삼킨 뒤,
머리가 나쁜 건 말씀하지 않아도 알고 있습니다, 스스로 알
고 있기 때문에 노력할 만큼 노력하고 있어요, 하지만 머리
에 관한 점은 선천적인 거라 어쩔 수가 없어요, 생각해보면
같은 부모에게서 태어나 형님은 머리가 좋고 저는 나쁘다
니 유전의 법칙으로 따지자면 도대체 뭐가 어떻게 된 겁니
까, 역시 저를 머리 나쁜 아이로 태어나게 한 원인은 달리 무
언가가 끼어 있는 게 아닙니까, 그러고 보니 제 눈썹은 나병
에 걸린 것처럼 옅다는 사실도 어쩐지 이상하네요. 술술 지
껄여대자 게이스케는, 바보 같은 놈이, 건방진 소리 하지 마,

유전이 뭐, 원인이 뭐, 이상한 게 뭐 하고 갑자기 나라오의 멱살을 붙잡고 뜰로 질질 끌고 나가 소나무 가지를 뚝 하고 꺾어 게이스케의 손바닥과 나라오의 얼굴 양쪽 모두 피가 뚝뚝 떨어질 때까지 때리고 때리고 때리고 또 때리며 말리려 하는 히사에까지 날려 보내는 게이스케의 체벌은 언뜻 광기를 띠고 있었다. 나라오는 콧구멍을 종이로 틀어막고 바로 가출하려 했지만 이는 히사에가 말렸기 때문에 이층으로 올라가 몰래 숨겨두었던 『운세조견서』를 펼쳐 자신의 별인 육백금성과 아버지의 구자화성의 상성이 대흉임을 확인하자 어쩐지 수긍이 갔다. 그 김에 확인해보니 엄마의 사록목성과 육백금성은 어울리지 않음을 알게 되었다. 육백금성 평생의 운세는 "이 해 태어난 이는 겉으로는 느긋해 보여도 실은 대단히 성미가 급하고 사소한 일에도 화를 내기 쉬우며 여러 가지로 잔소리를 많이 듣기 때문에 교제가 원만하지 못한 경우가 있다. 부모 형제와 연이 희박하고 보다 빨리 남들 사이에서 고생하는 자가 많다. 또 우유부단하여 일이 척척 진행되지 않는 면이 있지만 본래 인내력이 풍부하고 참을성이 강하며 일단 이렇게 결심한 것은 어떻게 해서든 해내며 대기만성하는 자이니……."

한 자 한 자, 한 구 한 구가 전부 와닿아 이 문장들이 나라오를 간신히 위로했다. 그렇게 하룻밤이 걸려 이 문구를 암기함으로써 아버지에게 얻어맞은 분함을 잊을 수 있었다.

다음 날부터 나라오는 무슨 생각인지 『장기의 정석』이라는 책을 탐독했다. 저자인 팔단은 『운세조견서』에 따르면 육백금성으로 중년이 지나고 나서 삼단이 된 대기만성 기사라고 한다. 나라오는 그 책을 학교에서 읽고, 전차 안에서 읽고, 집에서 읽고, 기억하기 힘든 정석은 카드로 만들어 외웠다. 삼 개월이 걸려 겨우 다 외운 즈음, 여름 방학이 되어 슈이치가 머리를 기르고 돌아오자 나라오는 서둘러 장기판을 들고 왔지만 장군도 외치지 못한 채 간단하게 지고 말아, 아아 역시 나는 안 되는구나 하고 얼굴이 핼쑥해졌다.

슈이치는 매일 해안으로 나가 여전히 여자를 물색하는 듯했지만 나라오는 수영복을 입은 여자는 외설적이라서 보는 것도 싫다며 하루종일 방에 틀어박혀 드디어 인간을 혐오하게 된 건가 하고 히사에를 애태웠다. 방 안에 틀어박혀 무엇을 하고 있는지 조용히 물어보자 슈이치가 가져온 『카라마조프가의 형제들』을 탐독하고 있는 듯했다. 나라오에게 그 책은 엄청나게 난해했지만 나라오는 미챠와 이반의 아버지를 향한 마음을 이해한다고 굳게 믿으며 밤늦게 거울을 들여다보자 어딘가 표정이 무시무시해 보였다. 눈썹이 연한 탓일지도 몰랐다. 그래서 더욱 심각한 표정을 지어 보이려고 눈을 부릅뜨고 아랫입술을 삐죽 내밀자 이번엔 정말 기묘한 얼굴이 되었다. 하지만 그다지 이상하다고는 생각되지 않았다. 이반을 흉내 내는 과묵한 태도가 이윽고 겉으로 드러나기 시작해 그렇게 어느 날 밤 나라오는 비소를 마셨다.

신음 소리에 눈을 뜬 히사에가 이층으로 올라가 보자 나라오는 흙빛 얼굴로 거품을 물며 몸부림을 쳐대고 있었다. 슈이치는 저녁에 집 밖으로 나간 뒤 아직 돌아오지 않았다. 히사에는 나라오의 입에 손을 집어넣어 토를 하게 한 뒤 황급히 뛰쳐나가 근처 의사에게로 달려갔지만 도중에 문득 마음이 바뀌어, 다른 의사에게 부탁하면 소문이 안 좋게 나고 말거라며 공중전화로 달려가 아시야의 게이스케 병원으로 전화를 걸었다. 아시야와 고로엔은 바로 가까이 붙어 있지만 시외통화로 연결되어 좀처럼 전화가 걸리지 않아 애가 탔다. 게이스케는 닷선 자동차를 직접 운전해 왔다. 그렇게 살아났다. 토를 하게 하려고 끌어안자 암내 같은 냄새가 물씬 풍겼는데 이는 오랜 세월 잊고 있던 자기 자식의 냄새였다. 주사를 다 놓고 히사에가 반창고를 붙였다. 게이스케는 문득 히사에의 얼굴을 바라보았다. 히사에도 바라보았다. 서로 문득 오카야마 병원에서 일들이 머리를 스쳐, 기억으로 떠오를 만한 시절이 있었다. 게이스케는 손을 씻고서 나라오의 잠든 얼굴을 차분히 들여다보았다. 안경을 쓰지 않은 옅은 눈썹의 얼굴이 마치 데스마스크 같지만 목숨은 건졌다며 가만히 생각했다. 하지만 책상 위에 여봐라 하고 놓인 유서를 펼쳐 다 읽은 순간, 게이스케는 무심코 바보 같은 놈 하고 호통을 쳤다.

그 유서는 삐뚤빼뚤하고 서툰 글씨에 연필로 가타가나[4]를 사용하여 적혀 있어 그 점이 문면의 효과를 한층 더 강렬하게 만들었다.

"연애란 신성한 것이도다. 신은 실재하는가 실재하지 않는가. 나는 결핵균 소유자이나 현재 아버지에게도 어머니에게도 결핵균은 없다. 그렇다면 나는 현재 부모의 아이가 아니라는 논리가 성립한다. 또한 나의 눈썹이나 나의 피부는 나병에 걸렸을 가능성이 있다. 그런데 현재 부모는 나병균이 없다. 나는 누구의 자식인지 알려달라. 나는 이 의문을 껴안고 죽을 것이다!!

나는 기타바타케의 염매 연구소에 가서 10엔을 내고 염매술을 해 보았다. 그 결과 나는 쌍둥이의 반쪽짜리라는 사실이 판명되었다. 다른 반쪽은 지금 사할린 탄광에 있다고 한다.

---

4 주로 외래어나 비일상적 표현을 쓸 때 사용하는 문자 표기 방식.

이 거짓된 세상은 아주 지긋지긋하다. 나는 이반처럼 영원한 수수께끼를 껴안고 죽는다. 누구도 내가 죽어도 울지 않겠지. 나는 순진한 여자를 능욕하려 했다!!"

게이스케는 최근 흥분하면 어질어질 현기증이 나고 머릿속이 찌—잉 울려서 가능한 한 매사에 임할 때 냉정하게 대할 필요가 있었다. 그래서 이런 바보 같은 망상을 하는 놈을 상대로 흥분하면 안 된다며 담배를 피우려 했지만 손이 부들부들 떨렸다. 히사에는 허둥대며 성냥을 그었다. 그 순간 두 사람은 문뜩 고개를 돌렸다. 히사에의 미간에는 깊은 주름이 생기고 모성을 의심받은 불쾌함이 짙게 드러났다. 그리고 이렇다 할 이유 없이 믿음직스럽게 슈이치 생각이 떠올랐지만, 그러나 슈이치는 어디를 서성거리고 있는 건지 밤이 깊었는데도 아직 돌아오지 않았다.

이 년이 지났다. 나라오는 포동포동하게 몸집이 커져 자살을 기도한 남자로는 보이지 않았다. 고등학교 입학시험에서 미끄러져 다카쓰키(高槻) 고등의학교에 입학했을 때도 체격 검사는 최우량 성적이었다.

게이스케는 집으로 돌아오면 어슴푸레한 아래층 방에 불도 켜지 않고 벽을 노려보며 털썩 버티고 앉아 몇 시간씩이나 꼼짝도 하지 않았다. 히사에가 불러도 대답하지 않으며 한곳을 응시하는 눈을 움직이지도 않았다. 그 나라오조차도 어안이 벙벙하여 게이스케의 뒤에 우두커니 서 있다 보면,

"뭐 하는 거냐?"

등 돌린 자세로 야단을 맞았다. 히사에는 그런 게이스케의 거동을 보고서 뭔가 마음에 각오를 세운 듯, 한 치의 틈도 없는 매서운 표정을 짓고 있었다.

게이스케는 이윽고 어느새 광기를 보이더니 아시야의 병원에서 죽었다. 위독하다는 연락을 받고 달려간 건 슈이치 한 명뿐, 물론 본처의 조치였다. 임종에 참석하는 것도 허락되지 않은 히사에와 나라오는 고로엔의 집에서 초조해하며 어딘지 살기를 띠고 있었다. 몇 시간 정도 지나 나라오는 갑자기,

"자아 어머니, 이러고 있어봤자 아무 소용 없어요. 영화라도 보러 가지 않을래요?"

하고 말하며 일어났다. 아이고 하고 히사에는 어처구니가 없었지만 순간 모자의 정이 통했다는 생각이 들어 혼내지는 않았다.

슈이치는 장례식을 마치고 돌아와 임종 상황을 이야기했다. 게이스케는 숨을 거두기 전에 기이하게도 한순간 제정신

이 돌아와 머리맡에 모인 사람들 가운데 슈이치만을 일부러 한걸음 나오게 해서 어머니는 네가 돌보아야 한다고 말했는데 그때 창으로 비치던 저녁해가 떨어졌다고 한다.

"그래서 넌 뭐라고 답했어요?" 히사에가 스스로도 머뭇거리며 묻자,

"예 하고 말했어요"

하고 슈이치는 쌀쌀맞게 대답했고 그리고서 히사에의 얼굴을 힐끗 바라보며,

"아시야의 사모님이 유서를 보여주셨어요. 어머니는 받아야 할 건 제대로 받아뒀죠?"

히사에는 퍼뜩 허를 찔린 기분이 들었다. 게이스케의 거동이 이상해졌을 때 히사에는 받아야 할 재산 몫을 챙겨둔 것이었다. 히사에, 슈이치, 나라오 순서로 슈이치, 나라오 몫은 학자금이라 물론 슈이치 쪽이 많았지만 히사에의 금액은 슈이치보다도 훨씬 많았다. 다나베(田辺)로 시집을 간 여동생이 언니는 아이들에게 의지하며 살아가겠다 해도 아이들과는 호적이 다르니까 라면서 꾀를 일러주며, 자식이라 해도 조만간 어머니는 첩이라며 훼방을 놓을지도 모르니까 라고까지 말했기 때문에 히사에는 그 충고에 따라 그렇게 했던 것이었지만 슈이치의 쌀쌀맞은 눈빛을 보자 역시 그렇게 해두기를

잘했다는 기분이 불안하게 샘솟기 시작하며, 최근 슈이치에게 온 어느 여자의 편지가 문득 떠올랐다.

"─이 편지를 읽고서도 아무것도 느끼지 못한다면 당신은 정신 어딘가에 결함이 있는 겁니다."

라는 원한 깃든 편지였다. 다른 댁 따님에게 도대체 무슨 짓을, 하고 그때 슈이치에게서 본 냉혹함이 이젠 내 몸으로 미치는 건가 하고 히사에는 생각했다.

고로엔 집은 경비가 들기 때문에 이윽고 히사에는 오사카 시내 고미야 정에 아담한 셋집을 구해 옮기게 되었는데 아니나 다를까 슈이치는 오사카대학 의학부 졸업시험 공부로 바쁘다는 핑계를 대며 혼자서 슈쿠가와(夙川) 하숙으로 거처를 옮겼다. 히사에는 어쩐지 그를 막을 수 없었다. 나라오는 형이 고로엔 부근을 떠나기 힘든 이유가 있을 거라고 간파하고 있었다. 슈이치가 현재 교제 중인 기타이 이쓰코는 하마코시엔(浜甲子園)의 저택에서 어머니와 둘이 살며 딸린 식구도 없고 그 대신 아버지의 유산은 30만이 넘는다고 슈이치가 예전에 나라오에게 얘기했던 적이 있었던 것이다.

슈이치가 없는 집이 히사에에겐 쓸쓸했다. 그래서 삼 개월 정도가 지나 슈이치가 고미야 정으로 얼굴을 비치자 부리나케 맞이했지만 슈이치는 차도 마시기 전에 불쑥,

"저 양자로 가요. 조만간 저쪽에서 여기로 이야기가 있을 테니 그땐 대답 잘 부탁드려요."

하고 말했다. 저쪽이란 물론 기타이 가를 뜻했다. 기타이 이쓰코는 장녀라 시집은 갈 수 없고 그래서 슈이치가 데릴사 위로 들어가기로 했다며 벌써 이쓰코의 모친과도 만나 이야 기를 매듭지었다는 것이었다.

"학교를 나와도 아버지가 준 돈으론 개업할 수 없으니까 요. 결국 박봉으로 병원 조수가 되는 것 말고 별수 없다면 뭐 우리 신분으론 양자로 가는 게 출세의 지름길이죠. 기야마 씨라는 예도 있으니까요."

기야마 박사는 게이스케의 친구로 대학을 졸업할 때까지 두 번 양자로 가고, 졸업하고 나서 한 번, 박사가 되고 나서도 한 번, 총 네 번 양자로 들어간 집과 아내를 바꿔가며 출세한 남자였다.

"그럼 넌 기야마 씨처럼 되고 싶은 건가요?"

"기야마 씨는 사숙(私淑)하고 있습니다. 가끔 만나서 처세 비결을 경청하고 있어요."

"이 어머니는 어떻게 되든 상관없다는 건가요?"

"아뇨, 만약 원하신다면 어머니도 함께 기타이 가로 오셔 도 상관없어요."

굵은 눈썹은 지금이야말로 형의 얼굴에 절대로 없어선 안 될 부분이라고 나라오는 옆에서 들으며 문득 생각했지만 말 참견을 하려 하진 않고 히사에가 애원의 눈빛을 보내도 시치미를 떼는 표정으로 신문 장기란을 보고 있었다.

보름 정도가 지나 오십 전후의 남자가 간단한 선물 같은 것을 들고 찾아왔다. 하마코시엔 기타이 가의 심부름꾼이라 하여 히사에는 안색이 순간 새파래졌다. 그런데 그 심부름꾼은 뜻밖에 앞으로 기타이 가에서는 슈이치 씨와 교제를 중단하기로 결정했기 때문에 부디 언짢게 생각하지 말아 달라는 혼담 사절을 하러 왔다는 것이었다. 심부름꾼 남자는 히사에의 향응에 황송해하며 돌아갔다.

슈이치는 슈쿠가와의 하숙집을 정리하고 돌아와서 첩의 자식이라는 것이 알려졌기 때문에 파담이라며 히사에에게 무턱대고 분풀이를 했다. 기타이 가에서 평소 품행을 면밀히 조사했다는 것은 모르는 척 했던 것이다. 완전히 자신감을 잃어버린 듯한 슈이치의 모습을 보고 나라오는 장기로 도전했지만 역시나 슈이치에게는 이길 수 없었다.

나라오는 다카쓰키 고등학교 가까이 있는 장기 교습소를 매일 다녔다. 매일 아침 게이한 전차에서 내려 학교로 가는 발걸음을 교습소로 돌려 아침잠이 많은 마쓰이 삼단을 질리게 했다. 나라오는 마쓰이 삼단을 상대로 전문 기사처럼 장고를 했다. 마쓰이 삼단이 맥이 빠져 무슨 생각 중이냐고 묻자 나라오는 웃음기도 없이,

"인간은 한 가지 일에 대해 얼마나 견디며 생각할 수 있는지, 그 실험을 하고 있어."

하고 대답했다. 나라오는 진급시험 날에도 교습소에 나가느라 낙제를 하고 말았다.

"네 돈은 이제 이 년 치밖에 없는데 지금 낙제 당하면 안돼요."

히사에의 잔소리에 돈에 관한 내용이 섞이자 나라오는 발끈했다. 슈이치는 말참견을 하면 자신의 돈이 줄어든다는 표정으로 입을 다물고 있었다. 나라오는 그 얼굴을 보자 그만 제정신을 잃고 고함을 쳤다.

"그럼 제가 하숙할게요. 하숙해서 이 년 치 돈으로 삼 년간 살아가겠습니다. 어머니에게도 형님에게도 폐를 끼치지 않겠습니다."

말을 꺼낸 뒤 한 치도 물러나지 않았다. 그 완고한 천성을 구실로 히사에는 나라오에게 말하는 만큼 돈을 건네주었다.

"하지만 천 엔만은 네 결혼식 비용으로 맡아둘 거예요."

"그런 돈은 형님에게 주세요."

천 엔이 줄어듦으로써 자기 힘으로 살아가겠다는 결심이 한층 더 견고해졌다.

"그럼 엄마가 너한테 다달이 십 엔씩 엄마 돈을 줄게요."

"필요 없습니다. 굶게 되면 가정교사를 하겠습니다."

그렇게 말하자 슈이치는 처음으로 입을 열며,

"너처럼 머리 나쁜 녀석이 가정교사를 해낼 수 있겠냐."

하고 비웃었다. 비웃음당한 것 또한 나라오는 이때 계산에 포함시켰다. 그리고서 학교 가까이 있는 하숙으로 거처를 옮겼다. 히사에는 하숙을 하더라도 세탁물을 들고 주에 한 번만이라도 꼭 돌아오라고 타이르며 자신이 불행하게 느껴졌다.

슈이치는 학교를 나와 부속병원 산부인과의 조수가 되었다. 보수는 한 달에 1엔이 되지 않아 일급을 착각한 게 아닐까 처음에 생각했을 정도였지만 그럼에도 매일 시무룩한 표정으로 출근하고 있었다. 학생복보다는 비싸게 먹혔지만 입어보자 신사복도 싸구려 양복이었다. 환자 중에는 양갓집 자제인 듯한 젊은 여성도 있었지만 처녀가 산부인과에 오는 경우도 드물었다. 때때로 바깥으로 돈벌이를 하러 이곳저곳 병원에 출장을 갔지만 그 보수는 전부 자기가 쓰느라 히사에는 한 푼도 주지 않았고, 게다가 생활비는 전부 히사에가 자신의 돈으로 부담하고 있었다. 그래서 슈이치의 돈은 조금도 줄지 않는다며 히사에는 몰래 다나베의 여동생에게 푸념했지만 그럼에도 슈이치가 집에 없으면 역시나 쓸쓸했다. 슈이치는 숙직과 출장을 핑계 삼아 한 달의 절반은 집을 비우는 게 아무래도 간호사를 가까이하고 있는 듯했다. 히사에는 슈이치가 부재중인 동안 묵고 가라며 나라오에게 편지를 보냈다. 나라오는 집에 오면 히사에의 얼굴에 하얀 분가루가 옅게 뿜어져 나오는 것보다 머리카락이 부스스하게 메마른 쪽을 보고서 센니치마에로 히사에를 데리고 가 영화를 보여주곤 했다. 하숙에서 어지간히 절약하며 생활하는 듯 홀쭉하니 창백하게 야윈 나라오의 옆모습을 보고 히사에는 몰래 눈물을 훔쳤지만 며칠인가를 머물고 하숙으로 돌아가는 날이 다가오자 나라오는 그 며칠 치인가의 밥값을 히사에에게 건넸다. 이 무슨 정 없는 태도인가 하고 히사에는 울지도 못하고, 이런 꼴을 당할 만큼 도대체 자신이 지금껏 무슨 잘못을 했던 건지 돌이켜 보았지만 그다지 짐작 가는 바가 없었다.

나라오는 담배는 썬 담배를 피우고 쓸데없는 돈은 한 푼도 쓰지 않기로 마음먹고 있었지만 다만 고미야 정에 다녀올 때면 항상 덴마(天満)의 게이한 마켓에서 오란다라고 하는 막과자를 한 봉지 사곤 했다. 어린 시절부터 뭔가 입에 넣지 않으면 공부가 되지 않았던 것이다. 게이한 마켓의 막과자는 다른 곳에서 사는 것보다 저렴해서 언제나 그곳으로 정해두고 있었는데 한편으론 그곳의 판매원인 유키에라고 하는 여자에게 마음이 끌리던 것이었다. 영양불량인 듯이 파란 얼굴을 하고 지나치게 굽은 안경을 쓰고서 주뼛거리는 아가씨였지만 나라오가 갈 때마다 목덜미까지 붉히며 싱긋 웃을 때면 보조개가 드러났다. 어느 날 나라오가 가자 유키에는 동료에게 등을 찔리며 새빨개져 있었다. 아니, 나에게 관심이 있나 하는 생각에 슈이치의 얼굴을 언뜻 떠올리며,

"너 이다음 쉬는 날은 언제지?"

그 쉬는 날, 도톤보리에서 보트를 타면서 물어보자 유키에의 아버지는 이마미야에서 양철 직공 일을 하고 있는데, 열여덟 살 나이는 효행을 해야 한다며 도비타 유곽으로 가라고 술 마시며 하는 소리를 듣고 집을 뛰쳐나와 여공을 하거나 카페에서 일하거나 하던 끝에 지금의 마켓에서 일하게 되었다. 하지만 월급의 절반은 도박광인 아버지에게 보내고 있다고 정직하게 대답했다. 아버지 집에서 도망쳐 나왔지만 그럼에도 송금을 하고 있다는 점과 정직한 면이 나라오의 마음에 들었고 또한 다른 점원처럼 요란한 옷차림도 하지 않고 구깃구깃한 인견을 입고 있는 것도 뭔가 안쓰러워 다카쓰키의 하

숙으로 놀러 오게 하던 사이 어느 날 밤, 세상의 흔한 관계로 빠져들었다. 여자의 젖은 몸의 생생한 감각은 나라오로 하여금 앞으로 나는 이 여자와 평생 살아갈 수밖에 없다는 결심을 하게 했다. 하지만 고로엔의 하녀에 대한 생각 또한 잠시 머릿속을 스쳤다.

얼마 안 있어 꼴찌 성적으로 학교를 졸업한 것을 기회로 나라오는 하기노차야(萩ノ茶屋)의 맨션으로 거처를 옮겨 어머니 몰래 유키에와 동거했다. 그리고 학교의 소개로 모모야마(桃山) 전염병원에서 근무했다. 어머니에게 받았던 돈은 물론 졸업 때까지 빠듯하게 쓰고 있었기 때문에 병원에서 주는 50엔 월급이 기뻐 매일 게을리하지 않고 다녔다. 한편으론 다른 사람들도 꺼리는 전염병원이 데카당스인 나와 자못 어울린다며 마음에 들었기 때문이었다. 그렇다곤 해도 병원 측에서는 나라오가 마음에 들거나 할 리는 없었다. 신사복을 마련할 돈이 없었기 때문에 너덜너덜한 학생복 차림으로 통근하자 실습생으로 착각 당한다며 과장에게 빈정거리는 듯한 주의를 받았다. 그럼에도 복장으로 병을 고치는 게 아니니까요 라며 태연한 얼굴로 그 옷 그대로 입고 다녀 편벽한 남자라고 본 건지 그 뒤론 아무 주의도 주지 않았지만 히사에 쪽으로는 어느샌가 슬쩍 주의가 갔다.

히사에는 깜짝 놀라 하기노차야의 맨션으로 갔다. 관리인이 눈치 있게 응접실로 안내하여 동거하고 있다는 사실은 들키지 않을 수 있었다며 나라오는 안심했다. 히사에는 양복값으로 하라며 지폐 몇 장인가를 건넸지만 나라오는 받으려 하지 않았다.

"저에게 주실 돈은 더 이상 없지 않습니까."

"아니, 네 돈은 아직 천 엔 정도 맡아두고 있어요."

"그건 형님에게 주는 돈이에요."

"그럼 이건 엄마가 너한테 줄게요."

그럼 괜찮겠냐며 억지로 쥐어 주자 결국 언뜻 히사에를 보는 눈이 마지못해 기뻐하는 듯했다. 하지만 돌아갈 때 히사에가,

"너도 언제까지 고집스럽게 굴지만 말고 조금은 세상 체면이란 것도 생각해봐요. 엄마도 너한테 신사복도 입히지 못하는 어머니란 소리를 들으면 얼마나 부끄럽겠어요?"

하고 말했기 때문에 나라오의 기쁨은 순식간에 사라졌다. 그럼에도 유키에에게는,

"이것 봐 신사복을 마련할 수 있겠어."

하고 기쁘게 해주고 싶었다. 하지만 유키에는 어째선지 불안해 보였다.

아니나 다를까 관리인에게 물어보자 히사에가 나라오와 유키에의 생활을 꼬치꼬치 캐묻고 갔다는 것이었다. 나라오는 수치스러움과 둘에 대해 들었으면서 시치미 떼는 표정으로 돌아간 모친에 대한 분노로 얼굴이 새빨개졌다. 다음 날 아베노바시(阿倍野橋)의 맨션으로 거처를 옮겼다.

옮긴 주소는 비밀로 해뒀지만 병원에 물어본 건지, 옮긴 뒤 닷새째 되는 날 밤 히사에가 찾아왔다. 나라오는 마침 병원 당직으로 부재중이었는데 일부러 부재중일 때를 골라서 온 듯, 그 증거로 히사에는 유키에를 붙들고 부디 나라오와 헤어져 달라고 부탁하고 또 부탁했다는 것이었다. 히사에도 히사에지만 유키에도 유키에라 히사에의 눈물을 보자 자신도 함께 울며 나라오 씨의 행복을 위해 물러서겠습니다 하고 약속했다고 한다.

"바보 멍청아! 나한테 말도 안 하고 그런 약속을 하는 게 어딨어."

하고 나라오는 호통을 치며 『운세조견서』의 육백금성 대문을 보여주며,

"난 일단 이렇게 결심한 건 어떻게 해서는 해내는 남자야. 헤어지겠냐? 너도 각오해."

다음 날 기시노사토(岸ノ里)의 맨션으로 거처를 옮겼다. 옮

긴 주소는 병원에도 비밀로 해두고 **"나는 생각하는 바에 따라 나 좋을 대로 생활한다. 간섭하지 마라. 거처를 조사하면 용서치 않는 다. 쇼와 12년**(1937년) **9월 10일 오전 2시 씀"**이라는 메모를 어머니와 형 앞으로 보냈다.

그런데 그로부터 삼 일째에 다나베의 숙모가 병원으로 찾아왔다.

"네가 동거하고 있는 여자는 이마미야의 양철 직공 딸로 다방에서 일하던 여자란 것 같던데, 넌 온 친척의 체면을 더럽히는 게야. 그것도 얼굴이 예쁜 여자라면 그나마 다행이지만⋯⋯."

그렇게 말하며 숙모가 한번 이 사진 속 아가씨와 비교해보렴 하고 보여준 건 낯선 아가씨의 맞선용 사진이었다. 나라오는 복도에 사람들이 모여들 정도로 큰 목소리로 숙모를 내쫓았다. 그리고 삼 일째에 병원을 관둬버렸다. 물론 숙모의 재차 방문을 염려했기 때문이었지만 유키에에게는,

"아무리 전염병원이라곤 해도 그렇게 사망률이 높아선 부끄러워 근무할 수 없어."

라고 말했는데 이는 반 진심이었다.

병원을 그만두고 이내 형편이 어려워졌기 때문에 역시나

학교의 소개로 도요나카(豊中)의 동네 의사에게 대리진찰로 고용되었다. 밤 여섯 시부터 아홉 시까지 세 시간 근무하여 월급 16엔이었으므로 대우는 나쁘지 않았지만 그 대신 내과, 소아과, 피부과, 산부인과 네 개나 맡게 하여 경험이 없는 나라오는 오진이 없는 게 신기할 정도였다. 소개한 쪽도 무책임하지만 고용한 쪽도 형편없다고 생각했다. 하지만 그보다 의기양양한 표정으로 환자를 대하는 자신에게 정나미가 떨어졌다. 원장은 돈이 되는 주사만을 고집했고 나라오에게도 그렇게 명령하여 주사만으로 병이 낫는다고 생각하는 듯해 놀랐지만 그런 혐오감은 바로 자신의 몸으로 되돌아와, 훌륭한 비판을 하기 전까진 우선 연구라며 밤 근무라 낮이 비는 덕택에 매일 의학 고교 세균학 연구실에 다녔다.

그곳에도 연구생들의 아는 체하는 낯들이 있었다. 나라오는 나는 아무것도 모르니 아는 것만 하겠다며 매일 시험관 세척만 했다. 시험관 세척은 누구나 꺼리는 일로 보통 사환이 하곤 했다. 그런데 연구비를 내며 매일 시험관을 세척하는 이상한 남자라며 소중하게 여겨지는 동시에 또한 경멸당했다. 그러나 나라오는 마분(磨粉)과 비누로 겉보기에 깨끗하게 세척하는 건 쉽지만 배양시험에 사용할 수 있도록 세척하는 건 상당한 끈기와 기술을 요하는 작업이라며 돌아와서 유키에에게 들려주었다.

어느 여름날, 후타쓰이도에 의학서 헌책을 찾으러 갔다가 돌아오며 도톤보리를 걷고 있는데 다방 계산대에서 돈을 내는 슈이치를 발견했다. 힐끗 이쪽을 바라보는 눈에 가녀린 미소를 띠고 있어 문득 그리운 감정이 복받쳤지만 그 미소는 카페 앞에서 슈이치가 나오기를 기다리던 젊은 여자를 향한 것임을 곧장 깨달았다. 여자는 땅딸막하니 어깨가 치켜 올라가 미인은 아니었지만 양갓집 따님인 듯 양복은 훌륭했다. 여전하구나 하고 쓴웃음을 지으며 아무 말 없이 지나쳤는데 슈이치 역시도 나라오를 알아보고서 집으로 돌아와,

"오늘 나라오를 봤어요. 이 더운 날씨에 춘추복을 입고 다 낡은 신발을 신은 게 실업자처럼 초라한 꼴이었어요."

하고 히사에에게 이야기했다. 춘추복이란 점이 먼저 히사에의 가슴을 따끔하게 찌르며, 어째서 얘기라도 나누며 그 아이의 거처를 물어보지 않은 거냐며 슈이치의 냉담함을 나무랐다.

히사에는 사립탐정을 고용해 게이한 마켓에서 근무하는 유키에를 미행하게 하여 나라오의 맨션을 알아냈다. 즉시 가 보았지만 두 사람은 부재중이고 관리인과 이웃 사람에게 물어보니 월급은 유키에 몫과 합해 95엔이 들어오지만 그중 20

엔은 유키에의 부모에게 송금하고, 그것 외에 연구비와 무턱대고 마구 사대는 의학서 책값이 상당하기 때문에 방값과 교통비를 빼면 얼마 남지 않아 생각 이상으로 형편없는 생활인 듯했다. 점심을 거르는 날도 많다고 한다. 히사에는 돌아와 환을 거래청산 하여 여름옷값으로 백 엔을 보냈지만 그 돈은 바로 되돌아왔다.

"사람 뒤를 미행하거나, 옆집에 가서 내 험담을 실컷 하거나, 내 생활을 엿보거나 하는 건 앞으로 절대 그만두도록. 내 정신은 금전으로 타락하지 않을 것이다."

라는 편지가 딸려 있었다. 히사에는 그 편지를 들고 다나베로 달려가 여동생 앞에서 울음을 터뜨렸다. 그리고서 함께 맨션으로 가보자 나라오는 이미 이사한 뒤였다.

히사에는 나라오의 편지를 들고 친척과 친구에게 찾아가 편지를 보여주며 울곤 했다. 슈이치는 그런 부끄러운 짓 좀 그만두라고 호통을 치며 그럴 틈이 있으면 내 아내라도 찾아달라, 아내가 없으면 출세하지 못한다며 부끄러운 내색도 없이 말했다. 히사에는 게이스케의 친구에게 부탁해 겨우 슈이치의 결혼 상대를 찾았지만 슈이치는 맞선에서 거절당했다. 첩의 자식은 역시 안 된다며 슈이치는 히사에에게 욕설을 퍼부으며 그날 밤 외박한 것을 계기로 집으로 거의 돌아오지 않고 가끔 돌아와도 입을 열지 않아 히사에는 부쩍 늙어갔다.

　어느 날 밤 나라오는 도요나카에서 돌아오는 길에 한큐 우메다역 개찰구를 나오다가 돋보기를 쓴 채 기운 없이 서 있는 히사에의 모습을 발견했다. 잠복 중이란 것을 바로 깨닫고 나라오는 불쑥 달려나가 가까운 다방으로 뛰어들어가서 찻잔에 고개를 처박듯 커피를 홀짝거리며, 난 엄마를 미워하는 게 아니야 하고 자신에게 타일렀다. 힐끗 쳐다봤을 뿐이었지만 엄마의 머리가 상당히 하얘져 있었다. 더 이상 하얀 분도 바르고 있지 않았다. 히사에는 나라오의 뒷모습을 보고 신발 뒷발꿈치가 닳은 것마저 눈에 아른거려 맡아 둔 천 엔을 보내주려 했지만, 아냐 이 돈은 저 아이가 제대로 된 결혼을 할 때까지 맡아두자, 그렇지 않으면 아시야의 본처를 마주할 낯이 없다며 마음을 바꿔 밤늦게 텅 빈 시영전차를 타고 쓸쓸히 고미야 정으로 돌아왔다. 그러자 다음 날 밤 나라오에게서 속달이 와서 **"나는 세상이 혐오하는 인간이라 세상이 혐오하는 나병 요양소에서 일하기로 결심했다. 세상과 절연하는 것이 내가 살아갈 길이다. 처도 데리고 간다. 더는 누구도 나에게 괜여하는 것은 불가능할 것이다."**라고 쓰여 있었다. 히사에는 슈이치를 끈질기게 설득했다. 슈이치도 나라오가 나병 요양소 같은 곳에 가면 자신도 떳떳하지 못할 거라고 진심으로 걱정한 건지, 하루종일 이리저리 돌아다니며 간신히 나라오의 맨션을 알아내 전화를 걸었다.

"야, 고집은 그만 부리고 여자와 헤어지고서 고미야 정으로 돌아가."

나라오의 목소리를 듣자마자 그렇게 말하자,

"쓸데없이 전화 걸지 마. 너답지 않게."

전화 탓인지 평소보다 신경질적인 목소리였다.

"아무튼, 한번 만나자."

"그럴 필요 없어. 시간 낭비야."

"그럼 장기 한판 두자. 넌 나한테 두 번 빚진 게 있다고!"

하고 자존심을 콕 찌르자 효과가 있었다.

"장기라면 두지. 하지만 말해두는데 장기 외에 대해선 한마디도 하지 않을 거야. 너도 입 열지 마. 그렇게 맹세하면 하지."

약속한 날, 슈이치가 센니치마에 오사카 극장 앞에서 기다리자 나라오는 물걸레처럼 꾀죄죄한 유카타를 입고서 느릿느릿 다가왔다. 검푸르게 꺼칠꺼칠해진 얼굴에 수염이 덥수룩하게 자라 있었지만 눈썹만은 변함없이 옅었다. 아무래도 안쓰러워 밥이라도 먹자고 말하자,

"장기 외에 다른 말은 하지 마."

하고 호통치듯 말하며 지체 없이 오사카 극장 지하실 장기 클럽으로 들어갔다.

그리고 판 앞에 앉자 나라오는,

"난 전화를 받고서 오늘까지 매일 밤 자지도 않고 정석 연구를 했다고, 너랑은 마음가짐이 달라."

하고 말하더니 갑자기, 이걸 봐 하고 콘크리트 위에 나막신을 벗었다. 보자 나막신은 장기 말 모양으로 깎여 있고 겉면에는 각각 '角'과 '竜' 말 글자가 새겨져 있었다. 슈이치는 화들짝 놀라 말문을 잃고 잠시 나라오의 얼굴을 응시했지만 이윽고 이 남자에겐 더 이상 어떤 말도 통하지 않을 거라며 체념하고서, 자아 덤벼라 하고 말을 늘어세우기 시작했다.

세태

1

얼어붙은 밤의 밑바닥을 하얀 바람이 하얗게 달려가고, 덧문을 두들기는 것은 추위의 소리이다. 변소에 가보면 유리창으로 정원 나뭇가지 그림자가 격렬하게 흔들리고, 이는 섣달 바람이었다.

그런 바람 사이를 가르고 시대에 뒤떨어진 방공막이 두건을 쓴 채 찾아온 손님도 두건을 벗자 섣달 얼굴[1]이었다. 새

---

1 섣달이 되면 갑자기 날이 추워지고 보시가 줄어들어 행색이 초라해진다고 하여 '섣달 중'이라는 표현이 있음.

파란 부종이 부어오르고, 검푸른 눈밑이 주변에서도 눈에 띨 만큼 충혈된 눈을 안절부절 껌뻑이며 "잠시 작금의 세태를……." 얘기하러 온 것 치곤 묘하게 불안해하며 침착하지 못한다. 솜이 비어져 나온 두건 끝에는 "오사카부 미나미카와치(南河內)군 하야시다(林田)촌 제12조, 나라하시 렌키치(54세) A형 근무처 오사카부 미나미카와치군 하야시다촌 하야시국민학교"라고 달필로 쓰여 있었지만, 고지식해 보이는 그 해서체가 박봉으로 7명의 가족을 부양하고 있다는 이 늙은 교사의 매일매일 생업을 언뜻 보여주는 듯했다. 콧수염 끝에 콧물이 반짝거리고 먼지마저 껴 있는 것은 차디찬 십 정을 걸어온 탓만은 아닐 것이다.

"요전 날 들은 이야기입니다만" 하고 풀기 시작한 이야기도 교사스러운 생경한 말투이고 목소리도 소곤소곤하여 활기가 없었다.

"…… 방공호뿐인 도나리구미[2]가 일곱 채, 한 채당 이천 엔씩 서로 거둬 소 한 마리를…… 그게 그러니까 밀도살하여 암시장에 매각하려고 한 겁니다. 그런데 사 오기는 했는데 도살하는 방법을 도무지 모르겠다 하여 머리의 정맥을 자르

---

2 隣組; 제2차 세계대전 당시 각 마을에서 다섯 채 정도의 이웃끼리 이루던 최말단 조직.

자는 이도 있고, 미간을 곤봉으로 후려갈기면 된다 하여 밤 늦게 불탄 터로 끌려 나온 구단[3] 소를 둘러싸고 도나리구미 일동이 그렇게 왁자지껄 야단법석을 떨고 있는데 마침 야경 순경이 그곳을 지나가다 일동 전부를 묶어서 잡아갔다는 이 야기지만 순경도 쓴웃음을 지었다고 하니 이것 참⋯⋯. 웃긴 얘기라면 웃긴 얘기겠지만 제 동료가 그으 요새 곤궁함을 견 딜 수 없어 결국 가족들과 상의한 끝에 암시장에 나설 결심 을 했다는 겁니다. 그런데 암시장에서 몰래 펼친 보따리 안 에는 양초가 이삼십 개, 나만은 결코 암거래상이 아니라고 말하는데 무슨 만담 같죠. 양초라서 어두운 암거래가 아니라 는 뜻이니⋯⋯. 큭큭큭⋯⋯."

스스로 농담을 설명한 뒤 내 눈치를 먼저 살피며 이렇게 웃은 것이었지만 웃음기는 곧장 수염 속으로 기어들어 가고 눈은 웃고 있지 않았다. 진심으로 재밌어 한 것도 아니고, 듣 고 있는 나 또한 마감이 임박한 원고가 신경 쓰여 노교사의 긴 이야기가 오히려 성가셨다. 책상 위의 용지에는,

'센니치마에의 오사카 극장의 분장실 뒤쪽의 하수구 속에 서 어느 날 아침, 젊은 여자의 시체가 발견되었다. 검시 결과

---

3 件; 사람 얼굴을 한 소 요괴.

타살 폭행의 흔적이 있으며 범행 이후 나흘이 지난 것으로 판명되었다. 가출하여 센니치마에의 싸구려 여관에 머물며 매일 레뷰 가설극장에서 일하던 중 불량소년의 눈에 띄어 폭행 끝에 살해당한 듯, 경찰은 곧바로 수사를 시작했지만 범인은 발견되지 않아 사건은 미궁에 빠지고 말았다.'

하고 서두 아홉 줄이 쓰여 있을 뿐. 그 뒤로 나아가지 못하고 방치되어 있는 건 문장에 '의'라는 조사가 너무 많아 거슬리기 때문만은 아니었다. 그 사건을 중심으로 쇼와 10년(1935년)경 센니치마에의 풍속상을 그려보려는 시도가 문득 부질없다는 생각이 들어 붓이 매끄럽게 나아가지 못하고 있었다. 굳이 센니치마에의 그런 사건을 골라 써보려 하는 유별난 작가는 지금으로선 나 말곤 없는 듯하고, 그렇지만 일단 써두면 당시의 센니치마에를 회상할 실마리도 될 거라곤 하지만 최근 방송되는 옛 유행가도 계속 듣다 보면 뭔가 김이 새서 위화감이 든다. 하수구 속에 젊은 여자의 시체가 놓여 있는 풍경도 이미 어제오늘의 진부한 감각일 뿐이다. 노대가의 풍속소설처럼 옛꿈을 좇으려 해 봤자 오늘날 감각과의 간극은 어떻게 해서도 줄이기 어렵고 그저 그러한 풍속소설은 요즘 작품으로선 이미 너무 시시하다……. 그런 생각이 들자 글도 진척되지 않았지만 그렇다면 '그저 그러한' 소설이 되지 않기 위해 어떤 스타일을 찾아내야 하는 걸까 하고 한참 고민하는데 노교사가 오랫동안 눌어붙어 있었다.

하지만 고지식한 노교사는 말이 없는 나를 남의 말을 잘 들어주는 사람이라고 생각한 건지, 소곤소곤 이야기를 계속 이어가며,

"…… 이러한 이야기입니다만 부끄러운 고백을 하자면 이런 저도 암거래상 흉내를 내려 한 적이 있는데 교토 호리카와(堀川)에서 옥양목 천…… 복권 부상으로 주는 그 옥양목이죠, 그걸 한 마에 17엔에 판다는 이야기를 들었는데, 여하튼 암시장이면 45엔이니까요. 돌아와서 아내와 의논했죠, 저금한 돈을 아이들 몫까지 모조리 빼내고 물건을 팔고 하여 간신히 팔천 냥을 마련했지만 혼자선 감당하지 못할 것 같아 가족이 총출동하여 가장 노인과 가장 어린 것이 집을 지키기로 하고, 총 다섯 명이 도시락을 지참하여 어슴푸레한 아침부터 일어나 교토 호리카와까지 갔는데 말이죠……, 아니 목표인 옥양목이 있긴 하지만 상대편 말로는 천만 엔 단위가 아니면 넘길 수 없다는 겁니다, 맥없이 터벅터벅 돌아오자 이미 밤이고……."

연말에 한밑천을 잡으려는 생각에 쉬이 김칫국을 마셔버렸나 하고 듣다 보니 역시나 안쓰러웠지만 노교사는 갑자기

기세가 올라 빠른 어조로,

"ㅡ하지만 가보았는데 말이죠, 결국 그 옥양목은 물거품이 되었지만 다른 종류의 솔깃한 이야기가 있었는데, 히카리⁴가 한 곽에 10엔이란 겁니다. 다만 천 곽 단위긴 하나 그래도 어떠십니까, 10엔이면 싸지 않습니까? 사시지 않겠습니까?"

하고 역시나 담배를 팔러 온 것이었다. 중간값으로 얼마를 떼먹는지 모르겠지만 굳이 밤을 택해 찾아온 것도 소심한 급방문 암거래상다웠다.

"천 곽이면 만 엔이네요?"

"지금 사두면 내년에 또 오를 테니까 결국엔……."

"하지만 제가 만 엔씩이나 가지고 있지 않습니다."

기다리던 인세를 들고 와야 할 남자가 생활이 어려워 죄다 써버리고 만 건지 중간에 자취를 감춰버렸다고 사실대로 말하자 노교사는 갑자기 얼굴을 붉혔다. 암거래상도 거절당하면 불쑥 부끄러워지는 장사인 걸까.

노교사는 거듭 권하지 않고 황급히 무라카미 나미로쿠(村上浪六)나 기쿠치 유호(菊池幽芳) 등 나에게 이미 세 번이나 했던 옛 문예 이야기 쪽으로 화제를 옮기며 잠시 머뭇거렸지만

---

4 光; 담배 상품명.

이윽고 읽을 생각도 없어 보이는 서책 두 권을 내 책장에서 꺼내, 이거 빌려 갈게요 하고 말하며 일어나 다시 방공막이 두건을 쓰고 바람처럼 바람 속으로 사라졌다.

바람은 여전히 멎지 않아 나는 그가 돌아가는 십 정 길의 추위가 걱정스러웠지만, 그래도 저 가련한 노교사에겐 아직 팔천 엔의 돈이 남아 있으나 나에겐 오천 엔도 없지 않은가 하는 생각이 들자 가난한 사람들끼리 형영상련[5]이라고는 해도 어느 쪽이 몸이고 어느 쪽이 그림자인지 하고 쓴웃음을 지었다. 그리고 문득 옆에 놓인 신문을 보자 최근 교토 기온(祇園) 정에선 게이샤 한 사람의 벌이가 한 달에 최고 십만 엔을 넘는다고 대문짝만하게 실려있었다.

나라가 망한 뒤 번창한 건 암거래상과 부인들이지만 암거래상 중에도 노교사처럼 가련한 이가 있고, 주먹밥 하나에 매춘을 하는 여자도 있다고 한다. 역시나 번창함의 우두머리는 게이샤가 제일인가 하고 중얼거린 순간, 나는 이먀미야의 십 전 게이샤 이야기가 떠올랐고 동시에 그 이야기를 알려준 '다이스'의 마담도 함께 떠올랐다. '다이스'는 시미즈(清水) 정에 있던 스탠드 술집으로 오사카 최초 공습 때 불타버렸는데 '다이

---

5 形影相憐; 몸과 그림자가 서로 불쌍히 여김.

스'의 마담은 원래 소우에몬(宗右衛門) 정의 게이샤였기 때문에 지금은 다시 교토로 가서 기생이 되었을지도 모른다. 혹은 조지 래프트의 사진을 머리맡에 걸어두지 않으면 잠이 오지 않는다고 말하곤 했으니 카바레에 들어가 게이샤 걸을 하고 있으려나. 풍류에도 모던에도 잘 어울리는 육감적인 여자였다.

2

일찍이 부모를 여의고 집을 잃은 나는 친척집에 얹혀살거나 하숙집이나 맨션을 전전하며 옮기곤 했기 때문인지, 천애고독한 몸에 방랑벽이 들기 십상이라 매일 밤 오사카의 번화가를 걷는 것도 언뜻 방랑자처럼 보였기 때문에 자연히 신사 이바시 일대나 도톤보리 근처로 외출하곤 했지만, 현란한 은방울 등이나 샹들리에나 화려한 네온사인 불빛이 눈부시게 빛나는 큰길보다도, 길가 지장보살 앞쪽에 흔들리는 촛불 혹은 선향 불빛이나, 격자를 끼운 여염집 이층 모기장 위로 둔탁하게 밝혀진 알전구나, 시계수선공 작업장의 스탠드 불빛이 보이는 어둑어둑한 뒷골목을 즐기며 걷곤 했다.

그즈음 이미 사변이 전쟁으로 번지고 있었기 때문에 아마도 전력 절약을 위해서인 듯 네온 불빛도 꺼두고 큰길가는

눈부신 불빛이 전부 사라져버렸지만 화려함은 여전히 남아 있어 자연히 그날 밤도 ─ 정확히 말하자면 쇼와 15년(1940년) 7월 9일 밤(하고 아직까지 기억하고 있는 것은 그날이 마침 이쿠타마 신사의 여름 축젯날이었을 뿐만 아니라 내 저서가 풍기문란을 이유로 발매 금지 처분을 받은 날이었기 때문이다) ─ 나는 도톤보리 일대를 걸어 다니던 중 자연히 발걸음이 다자에몬(太左衛門) 다리 쪽으로 꺾였다. 다리를 건너 소우에몬 정을 가로지르면 어느새 흘러내린 듯이 어두컴컴한 가사야(笠屋) 정 일대이다. 홍등가와 가까워 어쩐지 선정적이면서도 역시나 뒷골목답게 초라한 그 골목에서 북쪽으로 직진하여, 처마가 무너져 내리려 하는 낡은 약국이 모퉁이에 있는 미쓰데라(三ツ寺) 일대를 넘고, 주야은행의 양옥 건물이 모퉁이에 있는 하치만 일대를 넘고, 다마노이유(玉の井湯)의 붉은 포렴이 왼편으로 보이는 스오(周防) 정 일대를 넘어 반 정을 걸으면 야심한 시미즈 정 일대가 나왔다. 오른쪽으로 꺾으면 사카이스지(堺筋)가 나오고 왼쪽으로 꺾으면 신사이바시 일대이다. 나는 잠시 멈춰 서서 고민했지만 역시 왼쪽으로 꺾어 들어갔다. 하지만 신사이바시로 가려는 게 아니라 신사이바시보다 한 골목 앞 다타미야(畳屋) 정 일대로 가는 길 왼편에 있는 스탠드 술집 '다이스'로 가려는 것이었다.

사오일 전 '다이스'의 마담이 요쓰바시(四ツ橋) 천문관으로 플라네타륨 구경을 가자고 나를 꼬셨다. 그녀는 나보다 두 살 아래인 스물일곱 살로, 골목길 연립주택 이쑤시개 직공의 이 층을 빌린 여섯 장 한 칸 정도 방에서 가난하게 자랐는데 열셋 때 모친이 죽은 날 밤, 밤을 새워 찾아온 친척과 아래층 이쑤시개 직공과 연립주택 남자들이 그 여섯 장 방에 모여 기쁠 때나 슬플 때나 이거야 하고 말하며 고주망태가 된 모습을 계단 어귀에 눕혀진 어머니의 시체 머리맡에서 기운 없이 바라보며 술을 먹는 인간이 아주 끔찍하게 느껴졌지만, 얼마 안 있어 부친의 후처로 들어온 계모와 사이가 안 좋아져 스스로 뛰쳐나와 게이샤가 되고서 채 일 년이 지나지 않아 대주가가 되고 말았다고 한다. 게이샤 장부에서 이름을 뺀 뒤 시미즈 정에 '다이스' 가게를 연 것은 스물다섯 살이었는데 단나가 반년 만에 죽어버린 뒤, 술만 마시면 꼭 남자를 원하게 되는 몸을 변덕 부릴 기회만 있으면 적시기 시작해 음탕한 여자가 되었다. 무슨 생각이었는지 나를 붙잡고서도 "나는 거의 모든 직업의 남자와 관계가 있었지만 문인만은 아직 몰라"라며 의미심장하게 말하는가 하면, "당신은 내게 머리를 얹힌 단나하고 닮았어."라며 넋을 잃고 응시하다가 갑자기 내 무릎을 꼬집곤 했다. "이봐 뭐 하는 거야." 하고 경박하게 지껄

이는 나 자신에게 정나미가 떨어지면서도 그럼에도 조금은 우쭐해져서 유혹을 받자 무심코 약속해버렸는데 다음 날, 약속한 찻집에 반 시간 늦게 등장한 마담을 본 순간 나는 아아 정말 큰일 났다 하고 얼굴이 빨개졌다. 게이샤 출신인 그녀가 순백색 드레스의 가슴에 핑크색 장미를 달고, 머리에는 진홍색 터번에 새카만 레이스 장갑을 끼고 있을 뿐만 아니라 사각형 옥색 안경을 쓰고 있는 게 아닌가. 나는 그 어떤 못생긴 여자와도 즐겁게 걸을 수 있지만 아무리 아름다운 여자라도 그 여자가 사람들의 눈에 띌 법한 기발한 옷차림을 하고 있을 땐 늘 질색을 하곤 했다. 가능한 한 그녀와 떨어져 걸으면서 신사이바시 일대를 빠져나와 강가 전찻길을 따라 요쓰바시까지 걸어 전기과학관 7층 천문관에서 스프링 장치 덕에 뒤로 기댈 수 있는 의자에 나란히 앉았을 때, 나는 비로소 안심하며 주위에 손님이 적은 것을 기뻐하며 땀을 닦았는데 곧 천장에 영사된 별 말고는 그녀의 살짝 위로 치켜든 낮은 코끝마저 보이지 않을 정도로 장내가 새카매지자 이 어둠을 뜻밖에 다행으로 여겼을 정도로 질색했던 것이었다. 그런데 다른 의미에서 뜻밖에 다행으로 여겼던 건 오히려 마담 쪽으로, 그녀는 별의 움직임에 따라 의자의 스프링을 이용하여 조금씩 조금씩 머리를 내 쪽으로 가까이 기대더니 갑자기 뺨을 찰싹 붙이고 입을 맞추려 했다. 나는 일어나서 변소로 향했다. 그리고 손을 씻은 뒤 승강기로 일층까지 내려가자 어느 틈에 내려온 건지 마담은 일층 승강기 입구에 서서 시치미를 떼는 표정으로 이쪽을 노려보고 있었다. 그리고서 함께 요쓰바시로 건너가 분라쿠 극장 앞까지 도착하자 그때까지 입을 꾹 다물고 있던 그녀는 빠르고 카랑카랑한 어조로,

"다음에 가게로 오면 한번 같이 자요." 하고 어깨를 힘껏 밀며 부끄러운 기색도 없이 말했다. 신사이바시 일대까지 와서 헤어졌는데 요령 좋게 인파 속을 밀어 헤치며 걸어가는 마담의 포동포동하게 살찐 헐벗은 등으로 한여름 햇살이 쨍쨍 내리쬐는 것을 보며 다음에 '다이스'에 가는 건 위험하겠다고 중얼거린 순간 마담이 갑자기 뒤를 돌아보았지만 화려한 색안경을 쓴 그녀의 얼굴엔 어쩐지 풀이 죽어 쓸쓸해 보이는 그늘이 드리워져 나 또한 풀이 죽었다.

그런 일이 있고 나서 그날 밤, 특히 내 저작이 발매 금지 처분을 받아 이제 당분간 내가 좋아하는 오사카 서민의 생활이나 동네 풍속을 그릴 수 없다는 생각에 우울해지고 아주 풀이 죽어 허점투성이가 된 밤, '다이스'의 마담과 만나는 건 더더욱 위험하다는 생각이 들었지만 어느새 내 손은 내부에서 푸른 불빛이 비치는 유리문을 밀고 있었다. 그 순간 칸막

이 자리에서 남자 어깨에 양쪽으로 손을 얹고 있던 여자 두 명이 "어서 오세요." 하고 일어났지만 그런 얼굴은 본 기억이 없고 또 내부 모습도 '다이스'와는 완전히 딴판이었다. 아 잘못 들어온 건가 하고 나는 황급히 문밖으로 나가 그 옆 붉은 불빛이 비치는 유리문을 민 순간, 흰 천에 검은 카드 무늬가 새겨진 사쓰마(薩摩) 지방 고급 삼베에 은빛 쥐색 무지 허리띠를 매고서 젖은 듯한 머리카락을 어깨까지 늘어트리고 술로 달아오른 가슴을 벌린 채 선풍기 앞에 서 있던 여자가 어서오라는 말도 없이 근시인 듯 눈가를 찌푸리며 이쪽을 보더니 고개를 살짝 숙였다. 그것이 '다이스' 마담의 버릇이었다.

"방금 옆으로 들어갈 뻔했어."

"바람둥이 같으니! 맥주……?"

"덜렁이라고 해줬으면 좋겠는데. 응 맥주로. 아하하……."

나는 경박한 웃음소리를 내며 컵에 부어준 맥주를 마시려 하는데 마담은 내 손을 누르더니 그 안에 브랜디를 넣으며,

"알고 있잖아. 브랜디지." 굳이 교토 사투리를 썼다. 평소 그녀가 "남자와 자기 전엔 브랜디가 제일이야." 하고 말했던 걸 나는 얼빠진 표정으로 상기하며 점점 더 오늘 밤이 위험하게 느껴졌다. 빨간 전구 불빛이 마담의 하얀 고급 삼베를 선정적으로 물들이고 있었다.

폐점시간이 지나 손님은 나뿐이었다. 마담은 바로 취해버렸는데 나 또한 한심하게 트림을 하며 양주 찬장 아래쪽에 끼워진 거울에 얼굴을 비춰보자 마치 인왕(仁王) 같았다. 마담은 그런 내 얼굴을 히죽 바라보다가 무슨 생각인지,

"기다려. 도망치면 안 돼." 하고 상스럽게 말하더니 붉은 반점이 난 내 손등을 꾸욱 꼬집고서 경박하게 이층 사닥다리로 올랐는데 곧이어,

"─눈 깜짝할 새 갈아입고……." 하고 노래를 하듯 중얼거리며 내려오는 모습을 보자 새빨간 새틴 천의, 잠옷이라고도, 파자마라고도, 드레스라고도 할 수 없는 괴상한 옷을 숨이 가쁘도록 무덥게 입고 있었다. 작업복처럼 상의와 바지가 하나로 붙어 있고 정중앙에는 목덜미에서 허벅지 근처까지 지퍼가 달려있다. 둘로 갈라지는 건가 하고 나는 무심코 웃음을 터뜨리려 한 순간 욱 하고 구역질이 치밀어 올랐다. 당황해서 입을 틀어막고,

"식염수……."를 달라고 덜떨어진 소리를 하자 예 하고 마시게 한 것은 진 소다였다. 악 하고 찌푸린 내 얼굴을 마담은 히죽거리며 바라보더니 이윽고 지퍼를 가슴까지 쏙 내리며 내 손을 그 속으로 억지로 밀어 넣으려 했다. 둥근 감촉에 덜컥 놀라 땀이 밴 손을 끌어 내려 했지만 마담은 놓지 않고 꽉

누르고 있다가 무슨 생각인지 갑자기,

"아아 진짜 짜증 나네." 하고 내 검지를 까득까득 깨물기 시작했다. 아팟 하고 빼내며,

"이것 봐, 피가 배었잖아. 아닛 잇자국까지 났다고!"

그렇게 화를 내며 칠칠치 못한 소리를 하면서도 조금은 우쭐한 기분이 드는 스스로가 무척이나 한심하게 느껴졌는데 마담은 젠체하는 목소리로,

"꼬집으면 보랏빛, 베어 물면 붉은빛, 색깔로 만들어 낸……." 운운하는 도도이쓰였다.

나는 아주 슬퍼져 가게 구석에서 묵묵히 설거지를 하는 마담의 누이동생의 열다섯다운 굳은 표정이 문득 눈에 들어와, 이제 갈래 하고 일어섰지만 이리저리 비틀거리며 추태를 부렸다.

"기어서 돌아가려고……?" 그 걸음으론 하고 멈춰 세우는 것을,

"돌아가지 못한다면 노숙하지 뭐. 이마미야 철교 아래에서……."

"얼씨구……? 그러면서 십 전 게이샤라도 살 생각이겠지"

"십 전……? 십 전이 뭐야?"

"십 전 게이샤……. 문인 주제에……." 모르는 거냐는 것이다.

"역시 십 전 만담이나 십 전 스시 같은 종류인가?"

돌아가겠다고 말하긴 했지만 잠시 동안은 걷지 못할 것 같았고 마담에 대한 호기심도 완전히 사라져 버린 것은 아니었다. '풍기문란'의 문인답게 젊은 혈기의 소치인 방탕무뢰를 자처하며 다시 자리에 의젓하게 앉아 턱을 괴고 들어보자 십 전 게이샤 이야기는 그야말로 야심한 여름날 밤 술집에서 퇴폐적인 입술을 통해 듣는 이야기였다.

이미 십 년도 더 지났을까, 체리라는 담배를 십 전으로 살 수 있던 즈음, 텐 전(십 전)이라는 단어가 유행하여 텐 전 스시, 텐 전 런치, 텐 전 마켓, 텐 전 도박, 텐 전 만담, 영화관도 할인 시간에는 십 전, 뉴스관도 십 전 균일, 십 전으로 살 수 있고 십 전으로 먹을 수 있고 십 전으로 구경할 수 있는 것이라면 개나 소나 전부 달려들던 적이 있다. 십 전 게이샤 또한 그즈음 출현했는데 그러나 이쪽은 다른 텐 전 무엇무엇처럼 전국을 풍미한 유행의 산물은 아니다. 십 전 게이샤 ─ 그녀는 오사카 이마미야 구석에나 겨우 그 존재를 알린, 유행에 뒤처진 덧없는 직업여성이다. 이마미야는 빈민 거리로 부랑자들의 소굴이다. 그녀는 그들 부랑자를 상대로 돈을 벌던 보잘것없는 유녀에 불과하다. 부랑자에게도 그들에게 상응하는 향연이 있다. 철도 아래 공터에 돗자리를 깔고 쓰레기통에서 낚아챈 잔반을 안주 삼아 아와모리나 소주를 마시며 떠들곤 하지만 가끔 주머니 사정이 좋을 때면 그들은 2전 3전 하는 푼돈을 모아 십 전 게이샤를 부르는 것이다. 그녀는 평소 신세카이나 도비타 번화가에서 구걸샤미센[6]을 연주하며, 이른바 부랑자나 마찬가지인 생활을 하고 있었는데 부랑자들로부터 '연회 자리'에 불려 나갈 땐 역시나 부스스한 머리를 물로 곱게 매만지고, 목덜미를 하얗게 칠하고, 고물 샤미센 몸통을 보자기로 감싸고, 비가 오거나 하는 날엔 거의 뼈대만 남은 자노메 우산[7]을 그럼에도 모양새라도 보기 좋게 받쳐 들고, 굽 높은 나막신을 신고서 올 정도로 단정히 몸가짐을 한다고 한다. 화대는 한 시간에 10전에다 특별 팁으로 5전 10전을 호기롭게 건네는 부랑자도 있었는데 그럴 때 그녀는 그 남자를 상대로 정강이까지 드러내며 깜짝 놀라 군침이 넘어갈 법한 교태를 부리곤 해도 육체는 팔지 않는다. 최하등 게이샤지만 최상등 게이샤보다도 깨끗하다. 하지만 정부는 몇 명이나 있다…….

이야기하는 마담의 얼굴에는 하얀 분이 녹아 코 옆에 징그

---

6 신분이 천한 자가 연주하는 샤미센 곡과 그 연주자를 비하하는 말.

7 蛇の目傘; 고리 무늬로 색이 칠해진 일본 전통 우산.

럽게 기름기가 뜨고 숨에서는 술 냄새가 났다. 갑자기 고개를 돌리는 바람에 자노메 우산을 쓴 십 전 게이샤의 초라한 걸음걸이가 강렬한 이미지가 되어 머릿속에 떠올랐다. 현실 속 마담의 젖가슴에 대한 호기심은 순식간에 사라지고, 방탕 무뢰한 풍속작가의 초라한 마음에 내리는 초조한 빗발을 어느덧 막아주는 건 상상 속 십 전 게이샤의 찢어진 자노메 우산이었다. 이건 쓸 수 있어 하고 작가의식이 달아오르며 술기운은 점점 식어갔다.

　마침 그때 닫혀 있던 문을 억지로 열며 하얀 바지가 안으로 쳐들어오듯,

　"한 잔만 주면 돼. 마시게 해줘."라고 말하며 들어왔다. 한때 좌익이던 동맹[8] 기자로 오사카 동인잡지와도 관계된 에비하라라는 문학청년이었는데 흰 신사복에 나비넥타이라는 말끔한 복장은 무너뜨린 적이 없고 '다이스'의 마담을 노리는 듯했다.

　나를 보자 턱을 치켜들어 말없이 인사하며,

　"은밀한 짓을 하고 있는데 방해한 거려나." 하고 마담 쪽을 바라보았다.

8　일본노동총동맹의 약칭으로 공산주의 세력과 민주주의 세력이 대립하다가 분열해 점점 우경화되어 간 노동단체.

"바보 같은 소리. 소설 소재를 주고 있었어요. 십 전 게이샤 이야기를⋯⋯." 하고 마담이 말하려 하는데,

"호오? 이마미야의 십 전 게이샤인가?" 하고 에비하라는 알고 있었고 일부러 내 얼굴은 보지 않으며,

"─오다사쿠 취향이야. 하지만 자네도 이런 이야기만 쓰고 있으니까⋯⋯."

"발매금지가 되지⋯⋯." 하고 응수하자, 아니 그렇기도 하지만 하고 컵에 부은 맥주를 단숨에 들이켜더니,

"─그것보다도 그런 얘기만 쓰니까 늘 젊은 감각이 없다는 소리를 듣는 거란 거지." 그렇게 말하며 솟아오른 파나마모자처럼 쉽사리 내 아픈 부분을 찔러왔다.

"아뇨, 젊은 감각이 없는 게 제 역설적인 젊은 감각이라고요. ─ 나도 맥주, 아 그거면 돼."

"청춘의 역설인 셈인가⋯⋯?" 발매 금지가 된 내 저서 제목은 『청춘의 역설』이었다.

"뭐 말하자면, 우리는 당신들이 좌익 사상운동에 실패한 뒤에 고등학교에 들어갔죠. 좌익인사들은 우리 눈앞에서 전향하고, 심한 경우엔 우익이 되어버렸어요. 하지만 더 이상 우리는 좌익도 우익도 따라갈 수 없고 사상이라든가 체계라든가 하는 것도 불신─이라 해도 소극적인 불신이지만 아무

튼 불신을 표했죠. 그렇다고 극도의 불안상태에 빠지지도 않은 채로 뭔가 깨달은 듯 깨닫지 못한 듯, 젊은 건지 늙은 건지 알 수 없는 모호한 표정으로 두리번거리며 청춘 시대를 보내온 겁니다. 뭐 일종의 데카당스죠. 당신들은 어쨌든 사상에 정열을 가지고 있었지만 우리들 현재 이십 대에는 더 이상 정열이 없어요. 보세요, 저는 지명이나 직업 이름이나 숫자를 작품 속에 엄청나게 뿌려놓곤 하잖아요? 그건 말이죠, 모호한 사상이나 믿을 수 없는 체계 대신 이것만은 믿을 수 있을 정도로 구체적이라고 생각하고 있는 겁니다. 인물을 사상이나 심리로 파악하는 대신 감각으로 파악하는 거죠. 좌익사상보다 배를 굶주린 인간의 배고픈 감각 쪽이 더 믿을 만하다. 그래서 제 소설은 일견 늙은이 소설 같겠지만 그 속에 가부좌를 틀고 있지는 않아요. 스탕달은 데카당스니까요. 부르짖는 것도 쑥스럽지만 절절한 정서도 쑥스럽다. 고백도 쑥스럽다. 그게 저희 세대인 겁니다."

나는 횡설수설 궤변을 지껄이고 있었다. 『청춘의 역설』은 불결한 핑계였다. 젊음이 없는 작품밖에 쓰지 못하는 자신을 시대 탓으로 돌리고 세대 잘못으로 돌리는 건 비겁하잖아 하고 나는 당황해하며 컵을 입으로 가져갔지만 거품은 남아 있었다.

그러나 에비하라는 단숨에 전부 들이켰는데 그 훌륭한 술 마시는 자세는 소설은 쓰지 않고 비평밖에 하지 않는 그의 홀가분함 덕분일지도 몰랐다. 그래서,

"자네는 사상을 잘 모르는 거야. 불신이라 해도 일일이 의심하고 나서 불신이라 할 수 있는 거지." 하고 고압적으로 나왔다.

"그래서 소극적인 불신이라고 말하지 않았습니까?"

하고 목소리가 무심코 커지며 추태를 부렸다.

"그게 무슨 자랑인가?"

에비하라는 마담에게 추파를 던지며 말했다. 나는 입을 다물었다. 입을 열면 "하지만 당신은 십 전 게이샤 얘기는 쓰지도 못하잖아."라는 아니꼬운 말이 나올 것 같았기 때문이다. 한편으론 에비하라가 품고 있는 사상보다도 그의 추파 쪽이 더 진심인 듯하다는 짓궂은 관찰을 내림으로써 쩨쩨하게 기분을 푼 것이었다. 나는 에비하라 혼자 마담 앞에 남겨두고 '다이스'를 나오며 논쟁의 결말을 지으려 했다.

"그럼 편히 놀다 가세요."

마담도 에비하라가 있어 억지로 말리지는 않았지만 그저 한마디,

"바보? 못된 인간!"

등 뒤로 들으며 '다이스'를 나오자 어두웠다. 밤바람이 가슴으로 쓱 불어와 불쑥 밤이 깊어졌다는 느낌이 들었다. 방울 소리가 들리는 건 아이스크림 장수인지 야식 우동가게 소리인지. 시미즈 정 일대에서 바로 다타미야 정 쪽으로 꺾자 유카타에 보랏빛 헤코오비를 맨 어린 아가씨가 하얀 와이셔츠 한 장 차림의 남자와 어깨를 나란히 하며 다가와 스쳐 지나갔다. 아가씨는 살며시 남자의 손을 놓았다. 아직 열일곱 여덟 정도의 긴장한 얼굴을 한 아가씨였지만 흐트러진 어깨선과 헤코오비를 늘어뜨린 허리는 더 이상 아가씨가 아니었다. 센바나 시마노우치의 헤픈 아가씨인 건지. '센바 상류 가정에서 자란 아가씨, 음탕한 피, 가출하여 떠돌아다니다가 이윽고 기구한 운명에 휩쓸려 점점 윤락해 가던 끝에 십 전 게이샤로 전락하기까지의 일생.' 하지만 이래서는 사이카쿠[9]의 일대녀[10] 모방에 지나지 않는다고 생각하며 사카구치로 식당 앞까지 왔다. 사카구치로 현관에는 아직 불이 밝혀져 있다. 밖으로 나온 게이샤가 하인처럼 보이는 남자와 서서 얘기하고 있었는데 이윽고 둘이서 어깨를 붙이더니

---

9 西鶴; 에도 시대의 오사카 출신 작가 이하라 사이카쿠.
10 사이카쿠의 작품인 『호색일대녀』로 매춘에 빠지게 된 한 여자의 기구한 생애를 그림.

소우에몬 정 쪽으로 방향을 꺾어 걸어갔다. 그 뒤를 따라가며 저 둘은 사랑하는 사이일지도 모른다는 생각이 문득 들었다. '십 전 게이샤가 아직 처녀이던 시절, 그녀를 연모하던 남자가 있다. 너무나 열정적인 나머지 여자가 게이샤가 되면 자신도 하인이 되어 권번에서 일하고, 여자가 창기가 되면 자신도 그 유곽의 호객꾼이 되고, 여자가 요리점 접대부가 되면 자신도 조리사가 되고, 여자가 사창(私娼)이 되면 길모퉁이에서 손님 소매를 잡아끌며 망을 보고, 여자가 십 전 게이샤가 되면 고물장수가 되어 여자가 돈 버는 곳 주위를 서성거린다─라는 식으로 끊임없이 이곳저곳 전전하는 여자의 뒤를 쫓으며 마치 형영상포[11], 동병상련처럼 여자와 운명을 함께함에 살아 있는 보람을 느낀다.' 이 남자를 등장시키면 일대녀 모방은 되지 않을지도 모른다고 중얼거리며 소우에몬 정에서 에비스바시 쪽으로 꺾었다. 에비스바시 다리 북측 파출소 앞을 지나자 경찰관이 힐끗 쳐다보았다. 다리 아래를 붉은 제등을 단 보트가 지나갔다. 다리를 건너자 그곳에도 파출소가 있고 또 힐끗 쳐다보았다. '범죄. 십 전 게이샤가 된 여자는 이윽고 그녀를 자신의 것으로 삼으려는

---

11 形影相抱; 몸과 그림자가 서로 끌어안다.

부랑자 무리의 다툼에 휘말려 어느 날 밤, 덴노지 공원 풀숲 속에서 아랫배를 베인 채 죽는다. 경찰은 바로 수사, 하수인 은 불명. 그런데 얼마 안 있어 자신의 짓이라고 남자가 자백 해온다. 사건 발생 후 행방을 감추고 있던 고물장수이다. 조 사해보자 자신은 수십 년 전부터 여자의 정부였다며 질투로 인한 범행이라고 진술하나 조사하면 할수록 점점 진술의 앞 뒤가 맞지 않는다. 흉기도 나오지 않고 진술 자체가 알리바 이가 될 정도이다. 경찰에선 진범은 따로 있다고 짐작한다. 그리고 역시나 범인이 잡힌다. 고물장수가 거짓말로 자백했 던 건 자신 이외 다른 인간이 여자의 하복부를 베어 죽였다 는 사실에 한없는 질투를 느꼈기 때문이다. 그때 여자는 쉰 하나, 남자는 쉰다섯—으로 한다.' 에비스바시 일대는 은행 처마 아래로 점쟁이의 둔탁한 불빛만이 보일 뿐, 온통 어두 웠지만 내 마음속에는 불쑥 불이 켜졌다. 새 소설의 구상이 정리되기 시작하는 흥분에 어느새 출간 금지 처분의 우울함 도 잊고서 쿵쿵 걸어갔다.

난바에서 고야선 막차를 타고 집으로 돌아와 나는 모기장 안에 배를 깔고 엎드려 원고를 쓰기 시작했다. 제목은 「십 전 게이샤」 — 써 내려가다가 문득 이 소설도 '풍기문란'을 이 유로 어둠 속에 묻힐지 모른다는 생각이 들었지만 쇠고랑을 찼던 에도시대 희작 작가를 떠올리자 도리어 심술궂은 쾌감이 들었다. 데카당스 작가로 낙인찍혔다고 해서 황급히 시대 풍조에 영합하려 하는 것도 생각해보면 추태이다. 넌 불량소년이다 라는 소리를 들으면 어느새 점점 더 불량해져, 뭐 어쩌라고 라며 반항하는 태도로 나가는 것이 최소한의 자존심이다. 어둠에 묻힐 테면 묻혀라 하고 나는 자포자기하는 심정으로 계속 써 내려갔다.

3

그로부터 오 년이 지나 여름날 밤의 '다이스'를 떠올리며 나는 밤늦게 서재에서 혼자 콧물을 훌쩍이고 있었다.

선풍기 앞에서 가슴을 벌리고 있던 마담에 대한 추억도 덧문 틈으로 불어 들어오는 섣달 바람에 고개를 움츠리고 있다 보면 색기도 관능도 사라지고 낡은 사진처럼 빛이 바랬다. 무희의 살찐 발도 한산한 겨울날 변두리 레뷔 극장에서 보게 되면 추위로 살갗이 빨개 도리어 보는 쪽이 서글퍼 맥이 빠져버린다. 흥이 깨진 얼굴로 코를 풀고 있는데 집사람이 잠옷 위에 하오리[12]를 걸치고 올라왔다. 설탕 대신 둘신을 넣은 홍차를 들고 온 것이었다.

"한밤중에 배고프면 찻장에 떡이 있으니까……." 맘대로 구워 먹어라, 나는 잘 테니까 하고 내려가려 하는데 불러 세워,

"그 원고 어딨는지 아나? 「십 전 게이샤」 – 언젠가 잡지사에서 돌아온 원고 말이야." 열흘 걸려 탈고한 뒤 바로 어떤 잡지사에 보냈지만 예상했던 대로 검열을 통과하지 못할 것 같다는 것이었다. 예상했던 대로라서 비관하지도 않았다.

"아아 그거 친구한테 빌려줬던 거 아닌가?"

집사람은 내뱉듯이 말했다. 내가 그런 소설을 쓰는 것이 예전부터 불만인 듯했다. 양가 자제들이 읽어도 눈살을 찌푸리지 않을 법한 소설을 썼으면 좋겠다는 것이리라. 남들이 내 소설을 읽으면 이 작가는 얼마나 못돼먹고 방탕무뢰한 사람일까 하고 생각할 게 분명하다며 집사람에겐 그 점이 부끄러운 것이리라. 여학교에 다니는 친척 아가씨는 친구 사이에서 내 이름이 나올 때마다 주눅이 든다고 한다.

"그랬었나? 근데 누구한테 빌려줬던 거지?"

"한 명이 아니겠죠. 오는 사람마다 반기면서 읽게 했으니." 악취미라는 듯한 말투였다.

"마지막으로 빌려준 게 누구였더라. – 잊어버렸어. 둘신

---

12 羽織; 웃옷 위에 덧대어 입는 전통 겉옷 상의.

때문에 치매가 온 걸까?" 둘신은 사카린보다 달지만 뇌에 악영향을 끼치니 끊으라며 최근 의사인 친구에게 들었다.

"—누구인지 잊어버렸지만 아마 돌려주러 왔었을 거야. 벽장 속에 있는 거 아니야?"

"글쎄?"라면서도 벽장 문을 열며,

"—지금 필요한 거예요?"

"뭐 됐어 없으면. 지금 쓰고 있는 원고 대신 「십 전 게이샤」를 보낼까 싶긴 했지만……. 그편이 수고를 덜어서 좋긴 해도……." 지금 쓰고 있는 센니치마에 이야기에 전혀 진척이 없는 이유가 오늘날 시대와 어긋나있는 감각이 신경 쓰이기 때문이라면 수고를 덜고자 그 이상으로 어긋나있을 게 분명한 낡은 원고를 보내는 것도 어이없는 짓이라며 나는 입 속으로 소곤소곤 중얼거렸다.

"지금 쓰고 계신 건……?"

"센니치마에 오사카 극장 뒤편 하수구 속에서 살해된 아가씨 이야기야. 레뷔를 동경했거든. 살해되어 사오일 동안이나 하수구 속을 뒹굴고 있었는데 그것도 모르고 레뷔걸이 그 하수구 위를 지나 분장실을 들락날락했던 거지. 아가씨로서는 숙원을……."

"또 살인사건이에요?" 어처구니없어 했다.

"또냐는 건 뭐야. 아 그렇군, 「십 전 게이샤」도 결국에 살해당했네."

"언젠가 아베 사다[13]도 써보고 싶다고 하셨잖아요. 그로틱하게."

내 소설은 그로테스크하고 에로틱하기 때문에 합쳐서 그로틱하다며 집사람은 불결하게 여겼다.

"아아, 지금도 쓰고 싶어. 제목은 아마 「요부」겠지? 정말 일생일대의 걸작이 될 거야."

집사람은 웃음을 터뜨리며 아래로 내려갔다. 나는 이를 뜻밖에 다행으로 여겼다. 왜 아베 사다를 쓰고 싶은지 물었다면 대답하기 곤란했을지도 모른다. 결국 그로틱한 취향을 가진 희작 작가 기질 때문이라고 말할 수도 있겠지만, 그러나 단지 그것 때문만은 아니었다. 하지만 그 이유는 집사람에겐 말할 수 없다.

아베 사다―도쿄 오구(尾久) 정의 대합여관 '마사키'에서 정부인 이시다 기치조를 살해하고 그 육체의 일부를 도려내 도망쳤다는 희대의 요부의 치정사건이 세상을 떠들썩하게 한 건 분명 쇼와 11년(1936년) 5월이었는데 마침 그즈음 나는

---

13 阿部定; 1936년 아베 사다라는 여자가 내연남을 살해하고 성기를 절단하여 사회에 큰 충격을 주었음.

카페 미인극장의 데루이 시즈코라는 여자에게 스물넷이라는 어리고 감수성 풍부한 가슴을 불태우고 있었다.

미인극장은 에비스바시 북동쪽에서 소우에몬 정으로 꺾이는 초입에 위치하여 도톤보리 다자에몬 다리 남서쪽에 있는 아카다마와 함께 그즈음 오사카 2대 카페였다. 아카다마가 옥상에서 물랭루주[14]를 흉내내며 도톤보리 밤하늘을 붉고 푸르게 물들였다면, 미인극장에서는 이층 창 너머로 확성기를 틀어 '도톤보리 행진곡', '나의 청춘', '도쿄 랩소디' 등의 천박한 멜로디를 에비스바시를 오가는 사람들의 귀로 끊임없이 틀어 보냈다. 확성기에서 흘러나오는 소리는 경찰에서 주의를 줄 정도로 미친 듯한 크기라서, 행인들의 귀를 먹먹하게 하면서까지 미인극장을 선전하려 한 악랄한 방식이었다. 내가 맨 처음 미인극장에 가게 된 건 그즈음 내가 기식하고 있던 친척집이 네온사인 작업공이라 가끔 미인극장 작업을 떠맡게 되었을 때 크리스마스 회원권을 강매당하여 그 회원권을 받았기 때문이었는데, 시영전차를 타고 에비스바시 정류소에서 내려 에비스바시 일대에서 북쪽을 향해 마루만 앞까지 오자 벌써 '도톤보리 행진곡'의 미친 듯

---

14 프랑스 몽마르트 언덕에 있는 빨간 풍차가 유명한 카바레.

한 멜로디가 들려왔다. 미인극장의 확성기란 걸 알게 되자 나는 불쑥 질색하며 단호히 돌아가려 했지만 동행한 사람이 있었기 때문에 그러지도 못하고 붉어진 얼굴을 숙인 채 에비스바시 다리를 건너 큰맘 먹고 미인극장의 입구를 뚫고 들어갔다.

그때 당번(이라는 등 기분 나쁜 말이지만)이 시즈코로, 자주색 천에 굵은 은실 한 가닥이 세로로 새겨진 의복을 입은 늘씬한 장신으로 테이블로 쓱 다가오자 나는 흠칫 놀랐다. 갸름한 얼굴이지만 이마는 넓고, 콧날은 서 있고, 웃음 지으면 얇은 입술 양 끝이 움푹 파이며, 귓가는 투명하게 비칠 듯이 얇았다. 속눈썹이 긴 눈은 푸른 기운이 돌아 맑았고 눈 속 깊은 곳에서 빛을 뿜는 과묵한 여자였다.

고등학교 만년 3학년이던 나는 한 번 보고서 시즈코를 순결하고 지적인 여자라고 믿어버려, 랭보의 시집이나 니체의 『차라투스트라』 등을 그녀에게 들고 가며 역겨운 통행을 거듭하던 끝에 시즈코가 꼬셔서 어느 날 밤 아라시야마(嵐山) 여관에서 묵게 되었다. 눕게 되자 나는 부자연스럽게 등을 돌리며 딱딱하게 굴었지만 한편으론 그것이 우리 둘에게 어울린다고 생각했던 것이다. 그 정도로 시즈코는 나에게 신성한 여자로 보였다. 그리고 잠시 가만히 있자,

"왜 그래?" 하얀 손이 뻗어 목에 휘감기며 갑자기 입술이 귀에 닿았다.

그 뒤로는 아주 정신없이, 뭔가 특별한 체취, 젖은 듯한 촉감, 마비될 듯한 체온, 몸부림치며 이리저리 제멋대로 움직이는 온몸, 정신이 아찔해지는 듯한 율동. ─ 여자는 마지못해 남자가 하자는 대로 따라 하는 존재라고 줄곧 생각해온 나는 머저리였다. 평소에는 얌전해도 이럴 땐 싹 변해버리는 존재가 여자인 건가 하고 멍청한 관찰을 내리면서, 그러나 나는 체면도 뭣도 없는 심정으로,

"결혼하자, 결혼해 우리." 하고 한심한 소리를 하고 있었다.

그러자 시즈코는 눈물을 흘리며,

"그런 말 하면 안 돼. 난 결혼할 수 있는 몸이 아닌걸."

그러더니 자기는 고베에서 댄서를 하던 당시 아마가사키 (尼崎)의 불량청년과 관계를 맺어 지금까지 이어지고 있고, 그 뒤 교토의 미야가와(宮川) 정에서 댄서 게이샤를 하던 즈음에는 기타노의 노름꾼 두목을 단나로 모셨던 적도 있고, 또 그 당시 포주나 감독 할멈과의 의리로 닛카쓰[15] 배우를 비밀 고객으로 둔 적도 있다며 의외의 이야기를 털어놓았는데, 그 배

---

15 日活; 일본의 영화제작사이자 배급회사.

우 이름을 셋까지 들먹이는 동안 시즈코의 얼굴은 이미 여급들이 영화 이야기를 떠들 때처럼 경박한 모습이 되어 있었다.

"—그 스타는 사진으로 보면 스마트하지만 실물은 생각보다 땅꼬마에다가 피부가 검고 절륜해."

당연히 그 말을 끝까지 듣지 못하고 나는 불쑥 시즈코의 가슴을 밀어냈지만 곧바로 다시 울먹이며 흥분한 얼굴로 끌어안았고, 그리고서 측간에 서서 나는 경련이 이는 듯한 내 얼굴을 거울로 엿보며, 괜찮아, 괜찮아, 저런 여자를 어쩌란 거야 하고 중얼거리며 멀리 호즈(保津)강의 강물 소리에 귀를 기울였다.

여자의 과거를 질투하는 자만큼 바보 같은 자도 없다. 하지만 나는 그런 바보 같은 자가 되어버렸던 것이다. 그러나 바보는 바보 나름대로 나는 시즈코의 매력에 빠져들며 쩨쩨한 청춘을 낭비하고 있었다. 그 뒤 「십 전 게이샤」 원고에 윤락한 주인공 여자에게, 그 여자의 매력에 빠져들어 일생을 허투루 망친 남자를 등장시킨 것도 약간은 이때의 경험이 작용한 게 아닐까. 하지만 나는 그 남자 정도로 일편단심으로 살아가는 건 불가능했다. 그는 평생 여자의 뒤를 쫓아다녔지만 나는 이윽고 시즈코가 모 권투선수와 둘이서 만주로 달아나자 만주는 너무 멀다는 생각이 들었다. 쫓아가지도 않고 오사카에 남은 나는 언젠가 시즈코가 씨름선수와 권투선수만은 아직 모른다고 말했던 게 떠올라 모조리 바보같이 느껴져 미련도 진작 사라졌지만, 그러나 역시 질투만은 남아 있었다. 여자의 여린 생리가 서글펐다.

질투는 규방 행위에 대한 내 생각을 완전히 바꾸어놓았다. 일상다반사로 하품을 섞어가며 권태기 부부가 저지르는 행위라고 생각해보거나, 사창가 한편에서 금전으로 환산되는 일종의 노동행위라고 생각해보기도 했으나 여전히 석연찮은 부분이 남아 있었다. 둥근 계란도 자르기에 따라 사각형이 된다고는 하지만 역시나 잘린 조각은 남는다. 하품이 섞인다 한들 금전으로 환산된다 한들 역시나 여자 생리의 비밀은 그때마다 늘 신선한 놀라움이었다. 나는 심각하게 우울한 나날을 보냈다.

아베 사다 사건이 일어난 건 바로 그 시기다. 요염한 그녀가 시나가와(品川) 여관에서 체포되자 호외신문이 나고 뉴스카메라가 출동했다. 이른바 시대를 풍미한 인기녀였는데 그녀는 규방의 비밀을 속속들이 드러냄으로써 그 인기를 획득했다. 속속들이 드러난 규방은 그녀의 처량함의 극치였지만 동시에 희극이었다. 적어도 사람들은 웃었다. 웃긴 그림을 보듯이 웃었다. 나는 웃을 수 없었지만 일본의 춘화가 늘 유머

러스한 필치로 그려지는 이유를 이해할 수 있을 것 같았다.

"리얼리즘이 극치에 달한 유머야." 하고 나는 그 당시 친구의 얼굴을 볼 때마다 말하곤 했지만 물론 아베 사다 사건에서 그런 문학론을 끌어내는 것은 탈선이었을 것이다.

하지만 나는 아무튼 웃으면 그만이라고 생각했다. 여자의 서글픈 생리에 대해 심각하게 고민하거나 할 필요 없어, 나를 놀라게 한 데루이 시즈코의 자유분방한 성생활 따위는 이 여자와 비교하면 긴 속옷 앞에 쩨쩨한 싸구려 파자마일 뿐이야. 그렇게 생각함으로써 나는 시즈코의 육체를 향한 질투로부터 혈로를 뚫으려 했다. 사다에 대해 써보자는 생각이 들었다.

스물네 살의 내가 사다에 대해 쓰고 싶다고 하는 걸 듣고 친구는 이상한 표정을 지었다.

"그건 그만둬. 정도가 너무 지나쳐. 다카하시 오덴[16]이라면 몰라도……." 하고 진지하게 충고해주는 친구도 있었다.

그러나 나는 아베 사다의 공판기록 사본을 몰래 찾고 있었다. 호기심이 유별난 변호사가 필사한 기록이 상당히 유포되고 있다고 들었기 때문이다. 하지만 다행인지 불행인지 공판

---

16 高橋お伝; 1876년 돈으로 인한 다툼으로 남자를 살해하여 처형된 여성 살인범으로 악독한 여자로 흔히 여겨지곤 함.

기록 소유자와 우연히 마주치는 건 불가능했다. 그리고 보람 없이 칠 년이 지나 거의 체념하려 하던 어느 날, 마침내 그것을 손에 넣을 수 있었다. 간지로(雁次郎) 골목길 덴타쓰의 주인이 우연히 가지고 있던 것이다.

4

간지로 골목—지금은 이미 흔적도 없이 불타버렸지만, 그래서 그만큼 더 애석함을 느끼며 상세히 쓰고 싶은 기분도 들지만, 간지로 골목은 센니치마에 가부키 극장 남쪽 측면에서 서쪽으로 들어가 대여섯 번째 건물 남쪽에 있는 당구장 옆으로 난 가늘고 긴 골목길이다. 막다른 곳에서 오른쪽으로 꺾으면 호객꾼과 점쟁이와 스시집으로 유명한 세이카 학교 뒷골목이 나오고, 왼쪽으로 구불구불 꺾어 들어가면 난바에서 센니치마에로 통하는 난카이 거리의 만담 소극장 앞이 나오는 복잡하고 까다로운 골목길이다. 이 골목길을 왜 간지로 골목이라 부르는지, 나리코마야[17]인 간지로와 어떤 관계가 있는 건지 나는 잘 모르겠지만 스시집이나 튀김집이나 복어

---

17 成駒屋: 가부키 배우 일문이 대대로 이어받는 칭호 중 하나로 그중 한 명의 본명이 간지로임.

요리점의 붉고 커다란 제등이 매달린 풍경 사이로 불쑥 잊혀져 있던 듯한 격자를 끼운 여염집이 나오거나, 지장보살이나 이나리[18]의 향초 불빛이 흔들리거나 하는 이 골목은 과연 오사카 번화가의 골목길답게 호젠사 골목처럼 광택이 나는 화려함은 없어도 어쩐지 은근한 오사카의 정서가 어둑어둑하고 구질구질하게 이리저리 맴돌고 있어 간지로 골목이라는 호칭이 전혀 어울리지 않는 것도 아니다. 호객꾼이 배회하며 취객의 소매를 끌어당기는 것도 다른 골목에선 찾아보기 힘든 풍경이다. 나는 이 골목에 와서 요리점 사이의 폭이 좁은 격자를 끼운 여염집 앞을 지날 때마다, 가령 취객의 울부짖는 소리, 여자의 교성이나 지저분한 토사물이나 노상 방뇨에 시달린다 하더라도 한번쯤은 이런 집에서 살아보고 싶다는 생각이 들곤 했다.

덴타쓰는 이 간지로 골목에 있는 튀김집으로 이층에는 간단한 연회석이 마련되어 있는 듯했지만 나는 늘 주방 앞에 걸터앉아 튀김을 튀기거나 회를 뜨는 주인의 손놀림을 바라보곤 했다. 주인은 덩치가 작고 풍채가 보잘것없는 사람으로 주방 조리사나 여자 종업원에게 지시하는 목소리도 소곤소

18 稲荷; 곡식을 지키는 신.

곤 조그맣고, 부리는 이에게 시키는 것보다 우선 자신이 먼저 나서서 처리하고자 하는 성미인 듯, 불안해하는 눈을 끊임없이 끔뻑거리며 종종걸음으로 이동하여 고지식한 소심자가 얼마 전부터 물장사를 시작하여 허둥대나 보다 싶었는데 들어보자 이미 사십 년 가까이나 요식업을 하고 있다 하여, 포동포동 살이 올라 혈색이 좋은 손과 여자처럼 가느다란 손가락 끝은 과연 오랜 세월 주방일을 하며 씻겨진 아름다움을 간직하고 있었다. 식칼을 다루거나 대나무 젓가락으로 튀김을 튀기는 손놀림도 깔끔했다.

나는 그 손놀림을 볼 때마다 아무리 풍채가 보잘것없어도 이 손만 보고서 홀딱 반해버리는 중년 여자도 있을 거라며 우스운 상상을 하곤 했는데 종업원 말에 따르면, 대장은 목석 같은 사람이다. 술 담배도 그다지 하지 않는다고 한다. 하지만 젊은이들의 정사에는 의외로 까다롭게 굴지 않아 화류계 여자에게 빠져들어 괴로워하는 조리사에게 그 정도로 반했다면 돈을 갚아주고 이름을 빼내 살림을 차리라며 돈을 내준 적도 있다고 한다. 점괘 쪽지 장수의 출입은 허락하지 않았지만 호객꾼이 드나들 수 있는 건 이 가게뿐이었다. 그런 주제에 데즈카야마(帝塚山) 본가에 있는 아내는 여자 전문대학을 중퇴한 크리스천이었다. 아내는 가게에 얼굴을 비치거나 한 적은 한 번도 없었고 주인이 벌어다 오는 돈으로 교회나 자선단체에 기부하는 것을 유일한 일거리로 삼고 있었다. 대장은 정말로 불쌍한 사람이에요 하고 종업원은 말했지만 주인의 얼굴에 불행의 그늘은 없었다.

그런데 어느 날 밤—전쟁이 시작된 지 삼 년째던 어느 가을날 밤, 평소 먼저 말을 건 적이 없는 주인이 무슨 생각인지 갑자기,

"당신은 부인을 얻을 거면 여자대학 출신은 그만두세요. 도조(東條)의 아내, 그 여자도 여자대학 출신이라고 하잖아요. 당신 부인이라면 뭐 게이샤려나." 나를 독신이라고 생각하고 있었다.

"여자대학 출신이나 게이샤나 유녀나, 말이 많든 안 많든, 남편을 업신여기든 여기지 않든 안아보면 뭐 다 똑같은 여자야." 나는 한 홉도 마시기 전에 이미 취해 있었다.

"아직 도련님이네. 여자가 전부 똑같아 보이면 좋은 소설이 쓰일 리가 없어요. 자갈돌도 있다면 갓 찧은 찹쌀떡도 있는 거죠." 평소 주인답지 않은 농담이었다.

그때 돈비[19]를 입고서 갈색 소프트 모자를 쓴 눈가가 검푸

---

19 鳶ガッパ. 소매가 넓고 긴 남성용 외투.

른 마흔 전후의 남자가 두리번거리며 들어와 내 옆으로 느릿느릿 다가와서,

"어르신 재밌는 놀이 어떠십니까? 꽤 괜찮은 중년 여자인데요."

"필요 없어. 막 여대 출신 아내를 얻은 참이야." 시치미를 떼며 말했다.

"그야 사모님도 좋지만 가끔씩은 매끈한 중년 여자의 농후함도 맛봐야 하는 법이죠. 올 서비스 온통 모션. 흐느껴 우는 올 토킹." 하고 노래하듯이 말하며,

"−숏타임으로 돌아간 손님은 없다니까요."

안색이 창백한 남자지만 유창하게 떠드는 입술은 이상하리만치 탁한 붉은빛을 띠고 있었다.

"안 돼. 오늘 밤은 마침 기라가 사쿠이야."

기라는 돈, 사쿠이는 모자란다는 뜻이다. 일부러 은어를 사용해 거절하자, 그렇습니까, 그럼 다음에 다시 라며 밖으로 나갔다.

다른 손님은 쳐다보지도 않고 밖으로 나간 걸 보아 아무래도 나만 놀고파 하는 표정을 짓고 있던 건가 하고 쓴웃음을 짓는데 덴타쓰의 주인이 갑자기 목소리를 낮추며,

"요즘 남자들은 글러 먹은 호객꾼이에요. 자기 아내의 손

님을 건지러 돌아다니는 거죠." 하고 말했다.

"아내의 손님……? 그럼 아내한테 장사를 시킨다는 건가?"

"그런 거죠. 아내가 손님을 받는 거예요. 저 남자한테 들어
보니 아내의 손님을 물색하러 다니고 나서부터 비로소 호객
의 재미를 알게 되었다지만 말입니다. 당신도 사회 표면의
아름다운 것들만 보는 게 아니라 저런 남자 이야기를 듣고서
이면도 써본다면 좋은 소설이 나올 텐데."

"흐ー음. 이것 참 아까운 짓을 했네." 자신의 아내에게 손
님을 받게 하는 남자는 질투라는 것을 어떤 식으로 해결하고
있는 걸까 하고 문득 호기심이 솟았다.

"아니 그것보다도……" 하고 주인은 튀김을 내 앞으로 가
져오며,

"ー당신에게 좋은 재료 하나 드릴까요?"

"아 좋지. 좋은 재료라니 어떤 걸……? 장어……? 낙지려나?"

"아뇨 튀김 재료가 아니고요. 아하하……. 소설 재료 말이
에요"

그렇게 말하더니 허겁지겁 이층으로 올라갔다. 튀김을 튀
기는 것도 잊은 채 뭘 가지러 간 걸까 하고 생각하는데 이윽
고 기름종이에 싼 것을 들고 내려왔다. 끈을 풀며,

"이거예요. 다소 진귀한 물건이죠."

보자 아베 사다의 공판기록이었다.

"아니? 이런 게 있었단 말이야? 어떻게 이걸······." 손에 넣게 되었는지 묻자,

"뭐어." 하고 붉어진 눈을 끔뻑거렸다.

"빌려도 되나?"

"그 대신 소중히 읽어주세요. 보다시피 금고 안에 넣어둘 정도니까. 하기야 당신네들은 책을 소중히 하는 장사꾼이니까 잘못 다루진 않겠지만 소중히 부탁드려요."

그렇게 장황하게 거드름 피우는 것을 빌려서 나는 날아오듯 집으로 돌아와 덴타쓰의 주인이 어떻게 이걸 손에 넣은 건지, 의외로 난봉기가 있는 남자라고 생각하며 읽어보기 시작했다. 등사로 인쇄하여 글자가 읽기 어렵고 오자도 많았지만 팔십여 쪽 남짓한 그 기록을 그날 하룻밤 만에 다 읽었다.

간다(神田) 신시로카네(新銀) 정의 사가미야라는 다다미 상점 막내딸로 태어난 그녀는 열넷 때 이미 남자를 알게 되고, 열여덟 나이에 게이샤, 그 뒤 돈만 되면 남자와 자며 창기, 사창, 첩, 접대부 등등을 전전하던 끝에 피해자인 이시다가 경영하던 요정의 더부살이 접대부가 되어 이윽고 이시다를 오구 정의 대합여관 '마사키'에서 살해한 뒤 도망쳐 시나가와의 여관에서 체포되기까지의 진술은 마치 서글픈 고난을 그

린 두루마기 화폭 같았다. 모노노아와레[20] 문학작품이었다. 이시다와 둘이서 온갖 정사를 벌인 대합여관에서의 며칠을 진술하는 조목은 매우 세세한 곳까지 필요 이상으로 다루고 있어 마치 노출광인가 하는 생각이 들 정도였지만 이도 생전 이시다와 함께한 추억에 빠져드는 게 너무나 즐거운 나머지 그녀가 풀어놓게 된 묘사가 아닐까 하는 생각이 들자 가련하게 느껴졌다. 어서 사형당해 이시다 곁으로 가고 싶다고 말하는 이 여자의 마지막 생명이 빛을 발하는 순간이며, 바로 그렇기에 그 진술은 어떤 자연주의 작가도 도달할 수 없는 투철한 리얼리즘을 달성한 게 아닐까. 또한 겉치레와 거짓말이 하나도 없는 진술은 어떠한 사소설도 감히 일찍이 이정도로 고백하였던 적이 없었다고 생각될 정도였다.

정말 문학 같았다. 그런데 이 기록을 한 편의 소설로 비유하자면 그 절정은 그녀가 이시다의 요정에 더부살이 접대부로 일하게 된 동기와 경위가 아닐까. ― 그녀는 이시다에게 고용되기 전, 나고야의 '고토부키'라는 요정에서 접대부로 일했다. 그때 주쿄(中京) 상고의 오미야 교장과 알게 되었고 오미야 교장은 검사의 심문에 답하며 다음과 같이 진술한다.

---

20 もののあわれ; 순간순간의 아름다움과 슬픔, 덧없음 등의 감정을 중시하는 일본의 문예 미학.

"…… 제가 처음으로 그 여자와 만났던 건 작년 4월 말, 가쿠오산(覺王山)으로 벚꽃을 보러 가서 '고토부키'라는 요정에 갔을 때입니다. 그 여자는 그곳의 종업원이었습니다. 그 당시 여자는 자신은 남편과 사별하고 숙모에게 맡겨놓은 아홉 살 난 딸에게 양육비를 보내기 위해 이런 돈벌이를 하고 있다고 말했기 때문에 대단히 안쓰럽게 느껴졌습니다. 열흘 정도가 지나 이번엔 딸이 죽어 도쿄로 돌아간다고 말했기 때문에 저는 한층 더 동정하였습니다. 여자가 상경하면 윤락의 늪에 더더욱 빠져들 게 분명하다는 생각과 구제하기 힘든 나쁜 버릇을 가졌음을 동정하여 어떻게 해서든 이를 구해야겠다는 생각이 들어 물질과 더불어 정신적 방면으로 도움을 주어 그녀를 품성을 갖춘 부인답게 만들고자 힘썼습니다."

이렇게 그럴듯한 소리를 하지만 교장은 두 번째로 '고토부키'에 갔을 때 "대단히 안쓰럽게" 느껴진 여자에게 술을 따르게 하며 가당치도 않은 행동을 하려 한다. 여자는 처음엔 처녀인 듯 옷자락으로 틀어막곤 했지만 곧 그 어떤 감정도 없이 시키는 대로 했다. 교장은 그녀의 미모와 성적 매력에 푹 빠져버린 것이었다. "구제하기 힘든 나쁜 버릇"이라고 말했지만 이 나쁜 버릇이 교장을 만족하게 했다. 그래서 상경한다는 소리를 듣고 놀라, 그럼 가끔 도쿄에서 만나기로 하

자. 상경한 그녀가 우선 자리를 잡은 곳은, 다른 곳도 있을 텐데 하필이면 예전에 그녀가 신세를 진 적이 있던 의심스러운 알선업소였다. 문부성으로 출두할 구실을 마련하여 종종 상경할 때마다 여관으로 불러 만나곤 하던 교장은 역시 그녀의 이른바 '숙모 집'이 수상함을 눈치챘다. 교장은 우선 그녀를 건드린 뒤 서둘러 손과 입을 씻고 나서, 남녀 사이는 육체가 제일이 아니라 정신적으로도 서로 사랑해야 하므로 네가 진지하다고 한다면 돈을 내줄 테니 요릿집이라도 열어보면 어떻겠는가. 교장은 여자를 독점하고 싶은 것이었다. 그녀는 무슨 짓을 해도 곧바로 입과 손을 씻는 정 없는 교장을 육체적으로나 정신적으로나 사랑할 순 없으리라 생각했지만 장황하게 설교를 듣던 사이 역시나 너무나 문란해진 성생활에서 벗어나 교장 한 사람만을 믿고 성실한 생활을 시작해야겠다고 결심했다. 그러나 요릿집을 열기 위해선 좀 더 요릿집의 내막이나 경영법을 알아두는 편이 좋다. 그런 생각으로 중개인이 소개하여 더부살이 접대부로 들어가게 된 곳이 바로 마침 이시다의 가게였다. 이시다는 옹골차고 야무지고 근사한 남자로 신나이부시를 부르는 목청이 훌륭하고, 그녀가 술병을 들고 복도를 지나가면 장난스레 양팔을 벌려 지나가지 못하게 막거나 하는 순진한 부분도 있어서 오미야 교

장에게서 걸려온 전화를 받고 있으면 질투 나잖아 하고 말하며 가까이 다가와 간지럽히는 등 호감이 가는 남자라고 생각하던 사이 어느 날 밤, 어두운 응접실로 끌려가 보니 어린아이 같던 이시다는 분별력을 갖춘 교장과는 비교도 안 될 정도로 여자에 있어선 굉장한 남자였다. 이시다의 아내는 히스테릭하여 그녀에게 모질게 굴었다. 뭐야 저 마누라는, 하고 생각하며 이시다를 취하는 게 즐거워서 더는 이시다를 아내의 손에 넘기고 싶지 않았다. 두 사람 사이는 곧 아내에게 들통나 그녀는 휴가를 얻어 오구 정의 대합여관 '마사키'에서 이시다와 만난다. 온갖 정사를 벌이던 사이 점점 더 이시다와 떨어지는 게 괴로워져 이시다만이 그녀를 만족시킬 수 있는 유일한 남자가 되었다. 나흘 연일 외박한 뒤, 이시다는 돈을 가지러 돌아갔다. 그리고서 이틀 동안 돌아오지 않았다. 히스테릭한 아내와 이시다. 질투로 미쳐버릴 것만 같던 이틀이었다. 이시다가 대합여관으로 돌아오자 다시 정사를 벌인 뒤 허탈 상태. 눈치를 챈 아내에게서 전화가 걸려온다. 이시다를 아내의 손으로 돌려보내야 할 시간이 가까워진다. 시고키오비[21]를 들어 이시다의 목에 휘감는다. 처음엔 규방 장

21 扱き帯; 옷감 한 폭을 그대로 잘라서 쓰는 허리띠.

난 중 하나일 뿐이었다. 그래서 이시다는 넋을 잃고 더 세게 묶어줘, 기분 좋아. 그런 놀이를 이어가던 사이, 힘을 힘껏 준다. 이시다는 축 늘어진다. 이제 이시다는 내 것이다. 사다기치 두 사람. 사다는 내 이름, 기치는 이시다의 이름.

....

성실해지기 위해 들어간 곳이 이사디의 가게였다니, 어쩐지 운명적이다. 나는 이 운명의 장난을 중심으로 그녀의 끊임없이 전전하는 반생을 써내면 여자의 가련함을 그려낼 수 있을 것만 같았다. 하지만 전쟁 전, 「십 전 게이샤」 원고조차 발표할 수 없었다. 전쟁은 벌써 삼 년째이며 검열의 엄격함은 전대미문이다. 오랜 기간 찾게 되길 바라며 겨우 손에 넣은 공판기록이지만 이미 시기를 놓쳤다. 모처럼의 소재도 전쟁이 끝날 때까진 쓸 수 없다. 그렇다고 그때까지 빌려 둘 수도 없었다.

"언젠가 다시 빌릴 거니까요." 하고 잃어버리기 전에 나는 그 공판기록을 덴타쓰의 주인에게 돌려주러 갔고,

"그런가요, 역시 전쟁이라 쓰지 못하는 건가요? 저한테 쓸 솜씨가 있다면 끌려가도 좋으니 썼을 텐데."

지난번보다 어두워진 불빛 아래에서 덴타쓰의 주인은 아쉬운 듯이 말했다.

5

"지금도 쓰고 싶어. 제목은 아마 「요부」겠지?"

집사람에게 한 말은 무심코 나온 농담이었지만 문득 생각해보면 전대미문의 언론 통제를 받은 뒤 미증유의 언론 자유가 허용된 오늘날, 오랜 염원도 풀 수 있는 셈이었다.

하지만 공판기록을 읽어본 지도 벌써 삼 년이 지났다. 삼년이란 세월은 내 기억을 완전히 옅어지게 만들었다. 그렇다고 다시 빌리려 해도 덴타쓰 가게는 간지로 골목과 함께 불타버려 주인의 행방도 알 수 없고 공판기록도 소실을 면했는지 어쩐지 알 도리가 없다. 어렴풋한 기억에 의지하여 쓰지못할 것도 없지만 그래선 주인공은 내 취향 그대로인 상상속 여자가 되어버려 잘못하면 동경태생 여자를 오사카 감각으로 그리게 될 것이다.

밤늦게 혼자 서재에서 이런 생각에 잠겨있는데 도코노마족자가 덜컹덜컹 소리를 냈다. 덧문 틈으로 들어오는 바람이 강해지기 시작하는 듯하다. 센니치마에 이야기는 쓸 수 있을것 같지도 않다. 나는 목을 움츠리고 잠자리로 들어갔다. 그리고서 커다란 재채기를 연달아 한 뒤 이불 속에서 버선을벗는데 현관문을 두들기는 소리가 들렸다. 집사람은 아래층에서 숙면 중인 듯하다.

바람이 두들기는 것치고는 너무 크다. 그렇다고 이렇게 늦은 밤에 손님이 올 리도 없다. 원고 재촉 전보가 온 걸까. 하지만 요새 우체국은 심야배달을 해줄 정도로 친절하지 않다. 그렇다면 도둑이 난입한 걸지도 모른다. 이 일대는 아직 노상강도나 좀도둑 소문도 들리지 않지만 연말과 함께 마침내 찾아온 걸까. 그렇게 생각하며 버선 메뚜기[22]를 벗긴 채 현관으로 내려갔다.

문을 살며시 두들기고 있다.

"전보입니까?"

"……." 대답이 없다.

세 채 건너는 구로야마 서 방범 형사이다. 반 정 앞에 파출소가 있다. 멍청한 강도인 건지 뻔뻔한 강도인 건지 생각하며 드르륵 문을 열자 맨발에 여덟 등분 짚신[23]을 신은 남자가 부들부들 떨면서 다소곳이 선 채 고개를 숙이고 있었다. 슬쩍 들여다보자 오른쪽 눈꼬리가 몹시 처져 분라쿠의 쓰메 인형[24]을 닮은 얼굴. 본 기억이 있다.

---

22 팔찌, 탕건, 각반 등이 풀어지지 않도록 꽂아서 매어두는 도구.
23 신발 밑창에 여덟 개의 홈이 나서 유연하게 구부러지는 신발.

"요코보리 아닌가?" 소학교 때 같은 반이었던 요코보리 센키치였다.

"예. ─ 미안해요"

잠시 든 고개를 면목 없다는 듯 옆으로 돌렸다. 왼쪽 눈에서 뺨까지 자줏빛으로 부어올라 피가 배어 있다. 섣달인데도 하복 차림에 바짓가랑이가 크게 찢어져 속바지가 보였고 목에 두르고 있는 더러운 수건은 추위를 막기 위한 것으로 보였다.

"들어와. 춥지?"

"예. 고마워. 미안해요. 고마워."

고개를 굽신굽신 조아리며 뛰어들 듯이 들어와 손을 비벼댔다. 안도한 듯한 표정이었다. 아마 들여보내 주지 않을 거라고 생각한 모양이었다. 하기야 나에게 그럴 만한 빚을 지고 있었다.

요코보리가 처음 나를 찾아온 건 쇼와 15년(1940년) 여름이었다. 그 무렵 내 저서가 처음으로 세상에 나왔다. 신문 광고에서 보고 어린 시절 친구가 떠올라서 찾아왔다며, 실은 긴히 부탁이 있다. 내가 지금 이발소에서 일하고 있는데 이번에 사정이 생겨 앞서 일하던 이치오카(市岡) 이발소를 떠나

24 詰人形; 분라쿠 인형극에서 사용하는 인형 머리 중 하나로 단순하고 과장되어 백성이나 서당 아이 역할로 주로 쓰임.

신세카이 이발소에서 일하려 한다. 여기에 보증인이 필요한데 내겐 부모도 형제도 친척도 없다, 그래서 보증인이 되어줄 수 없겠냐는 것이었다. 나는 바로 승낙했지만 그로부터 두 달이 채 지나지 않아 요코보리는 가게 돈을 들고 달아났다. 쓸쓸한 고독감을 위로하기 위해 신세카이 바로 코앞에 있는 도비타 유곽 여자에게 드나들었는데 결국 돈이 궁해진 모양이었다. 보증인인 나는 그 뒷수습을 했다.

그런데 일 년 정도가 지난 어느 날, 영락하여 꾀죄죄한 꼴을 하고 찾아와, 실은 그런 나쁜 짓을 했기 때문에 '방'에서 쫓겨나고 말았다. '방'이란 이발사 조합 같은 것으로 알선도 겸하여 어느 가게에서 일하더라도 제각기 '방'의 소개장이 없으면 고용해주지 않는다. 그래서 '방'에서 쫓겨난 나는 보다시피 부랑자가 되었지만 이번에 새롭게 다른 '방'에 들어갈 수 있게 되어 대단히 기쁘다, 그런데 '방'에 들어가기 위해서는 200엔의 보증금이 필요하다, 일해서 갚을 테니 잠시 대납해줄 수 없을까 하고 말했다. 요코보리는 키가 다섯 척이 될까 말까 한 조그만 남자로 오른쪽 눈꼬리가 처진 얼굴은 이미 스물아홉인데도 스물 전후처럼 보인다. 언제까지고 혼자 힘으로 자립하지 못하고 고독한 처지인 채 부평초처럼 이발소 이곳저곳을 떠돌아 온 가련한 비참함이 어린 시절 친구의 신변을 문득 맴돌고 있는 것을 보자 나는 그 돈 부탁을 거절할 수 없었다. 이발사라면서 다박수염이 덥수룩이 자라 있어 그 점만이 어른처럼 보였다. 장사 도구인 면도칼도 팔아버린 건가 하고 돈을 건네주자 싱글벙글하며 돌아갔는데 그로부터 열흘이 지나 어느 늦은 밤, 풀이 죽어 돌아온 모습을 보자 전보다 더 지저분해져 있었다. 무슨 일이냐고 묻자 아냐 기뻐해 줘, 나 같은 남자에게도 아내가 되어주겠다는 여자가 생겼다, 난 약간 비뚤어지고 일그러져도 좋다, 아내가 되어주겠다는 여자가 생기면 그 여자를 위해 최선을 다하리라 생각하고 있었는데 마침내 그럴 기회가 왔다, 나는 지금껏 세상은 나 혼자뿐이라는 외로움에 그만 마음이 비뚤어져 자포자기하고 있었지만 이제부턴 이층을 빌리더라도 살림을 차리고서 남자로서 일할 각오이다, 그리하여 결혼비용으로⋯⋯ 하고 백 엔 돈 부탁이었다. 여자는 뭘 하는 사람인가, 종업원을 하고 있다. 어디서. 남쪽에서. 남쪽 어느 가게인가. 오사카 남쪽 요릿집 이름이라면 거의 다 알고 있었기 때문에 그렇게 물었지만 요코보리는 말문이 막혀 대답하지 못했다. 아내가 될 거라는 사람이 근무하는 곳을 모르거나 해서야 결혼비용은 빌려줄 수 없다고 말하자 그럼 밤이 늦어 막차도 놓쳤으니 재워달라 한다.

다음 날 아침 요코보리가 돌아간 뒤 손목시계와 백 엔이 사라진 것을 알아챘다. 그 뒤로 다시 얼굴을 비치지 않았는데 소집됐던 건지, 일 년 정도가 지나 중국 중부지방에서 갑자기 삼복 문안 엽서가 왔던 적이 있다…….

그렇게 갚지 않은 빚이 있었으나 추운 듯이 떨고 있는 요코보리의 불쌍한 소집 해제된 모습을 보자 화가 나기 전에 감정적으로 동정이 앞서 안으로 들였던 것이다. 요코보리의 옷차림을 본 순간 혹시나 부랑자 패거리에 들어가 오사카역 근처에서 노숙하고 있던 게 아닐까 하는 생각이 번뜩 들어 요코보리는 이미 방랑소설을 계속 써 온 나의 작중인물이 되어 있었다.

거실로 올라가 전기풍로 스위치를 켜자 요코보리는 자신도 모르게 앉은걸음으로 다가가 때투성이 손을 부들부들 떨며 풍로에 달라붙었다.

"기다려, 지금 차 내올 테니까."

집사람은 안방에서 자고 있었다. 요코보리는 이가 들끓는 듯하여 깨우면 집사람이 꺼리기에 앞서 요코보리가 송구스러워 할 것이다. 겉치레하는 남자였다. 그래서 일부러 깨우지 않고 홍차를 우린 뒤 오늘 막 찧어 온 설날 떡을 찻장에서 꺼내 풍로 위에 얹어놓으며,

"어떻게 된 거야. 오사카역에서 잤던 거야? 부랑자 속에 들어가 있었던 거야?" 하고 비로소 묻자 아니나 다를까 예 하고 고개를 숙였다.

"얼굴은 왜 그래?"

"싸움을 해서." 왼쪽 눈을 누르고서 문득 입을 굉장히 일그러뜨리며 웃음을 지었다. 크게 웃는 건 아플 것이다.

"싸움이라니 도박 패거리에 들어간 건가? 여자를 두고 싸웠나? 세력다툼?"

그렇다면 그런대로 부랑자보단 멋있다는 생각이 들었지만,

"암거래상 튀김집에 들어가서 먹었는데 돈이 부족하다면서 뭇매질을 당했어요. 워낙에 건너편은 열 명 정도고……."

"흐—음. 심한 짓을 해대네. — 야, 떡 구워졌다. 먹어."

"예. 고마워요."

뜨거운 떡을 손바닥 위에서 굴리며 요코보리는 찢어진 바지 위로 주룩주룩 눈물을 흘렸다. 바지 무릎은 피로 얼룩져 있었다. 요코보리는 등을 웅크린 채 우적우적 먹기 시작했다. 흉하게 부어오른 얼굴이 뭔가 광폭해 보였다.

나는 그런 요코보리의 모습에 잠시 가슴이 훈훈해졌지만 물끄러미 쳐다보던 사이 문득 정신을 차리자 내 눈은 이미 잔혹하게 번쩍번쩍 빛나고 있었다. 요코보리의 부랑 생활을

한 편의 소설로 모아 세우려 하는 작가의식이 고개를 든 것이었다. 불쌍한 옛친구를 모델로 삼으려 하는 잔혹함이 문득 추접스럽게 느껴졌지만 곧 요코보리가 뜨문뜨문 털어놓기 시작한 이야기를 듣는 사이 내 머릿속에선 하나의 소설이 점점 만들어져 갔다.

6

중국 중부지방의 소집 해제 순위는 추첨으로 정해졌는데 당첨 운이 좋아 가장 첫 배로 돌아오게 되었다.

12월 25일 밤, 간신히 오사카역까지 다다랐지만 그래서 이제 어디로 가면 될지, 가야 할 곳도 없다. 예전에 일한 이발소는 아마 불타버렸을 테고, 설사 불타지 않고 남아 있다 해도 갚지 못한 돈을 생각하면 찾아가 볼 낯이 없다. 여관에서 묵는다 해도 오사카 어디로 가야 여관이 있는지, 게다가 기차 안에서 들은 이야기로는 온 오사카를 뒤져도 한 번 보고 묵게 해주는 여관은 한 군데도 없을 거란 것이었다. 좋은 생각도 떠오르지 않아 그날 밤은 오사카역에서 지새우기로 했지만 등에 짊어지고 있던 담요를 꺼내 몸을 둘러싸도 하복 차림으로는 몸이 후들후들 떨리며 눈이 또렷해질 뿐이었다. 역

동쪽 출구 앞에서 모닥불을 피우고 있길래 하다못해 그거라도 쬐며 밤을 새우려고 다가가 보자 무료로는 쬘 수 없고 한 시간에 5엔, 아침까지는 15엔이라고 한다. 농담인가 싶어 돈을 내지 않고 서 있자, 이쪽은 이게 장사라고, 무료로 쬐게 하면 내일은 밥을 먹을 수 없단 말이다 하고 아주 커다란 목소리로 소리쳐, 이것도 먹고살기 위한 새로운 장사인가 싶었다. 얌전히 15엔을 내자 소지금은 50엔이 되어버렸다.

날이 밝아 역 앞 암시장이 열리기를 기다리며 여학생 교복을 입은 여자아이에게서 한 갑 5엔에 담배를 샀다. 곽은 히카리였지만 안에는 수제 대용 담배가 들어 있었다. 그 점에는 놀라지 않았지만 판잣집 안에서 백미 카레라이스를 팔고 있는 것에는 놀랐다. 일본에 돌아오면 백미 따윈 먹을 수 없을 거라고 포기하고 있었고 일본인은 모두 감자 같은 것만 먹고 있다고 듣고서 돌아왔는데 판잣집에서 흰쌀밥을 팔고 있는 게 마치 거짓말 같았다. 가격을 묻자 손가락 하나를 꺼내기에 담배 5엔과 비교하면 한 접시에 1엔 카레라이스는 싸다고 생각하며 10엔 지폐를 꺼냈지만 거스름돈은 주지 않고 검은 재킷을 입은 사투리 억양이 심한 덩치 큰 남자가 양식 접시 위에 보통의 다섯 배나 되는 커다란 숟가락을 아래를 바라보게 엎고서 그 위에 흰 밥을 담고 카레 국물을 얹는 것이었다. 숟

가락이 아래를 향해 있기 때문에 접시 사이에 넓은 틈이 생긴다. 그 틈의 분량만큼 밥을 절약하는 셈이라며 교활한 방식에 감탄했다. 판잣집을 나오자 한 남자가 저 카레집은 원래 노천 가게였지만 아주 왕창 번 거지, 이틀 사이 판잣집을 지어버렸으니, 우리가 판잣집 건물을 지어 올리려면 반년이나 걸리겠지만 역시나 암거래상은 다르다며 투덜투덜 말을 걸며 이야기 상대가 되어오더니 담배 한 대만 달라고 졸랐다. 고상하게 생겨 담배를 조를 법한 남자로는 보이지 않았다.

하지만 손바닥 위에 펼친 신문지 위에 빵 두 개를 올려놓고 6엔 6엔 하고 작은 목소리로 소곤소곤 중얼거리는 중년 남자도 이전에는 제법 살았던 사람인 듯 멋들어진 콧수염을 기르고 있었다. 그 남자 옆에 쪼그려 앉아 있는 여자는 땅바닥에 보따리를 펼치고서 시세이도 가루 치약 꾸러미를 팔고 있었다. 꾸러미가 세 개밖에 없어 이른 아침부터 가루 치약 세 개를 들고나와 장사가 되는 걸까 하고 남 일이 아닌 듯이 바라보았다. 자신도 언젠간 이 암시장에 나서야 할지도 모르는 법이다. 부모와 자식까지 세 사람이 함께 길바닥에 쪼그리고 앉아 둘둘 만 초밥을 팔고 있기도 했다.

암시장 구경을 마친 뒤 신세카이까지 터벅터벅 걸어갔지만 옛 이발소는 역시나 불타있었다. 불탄 터에 잠시 멈춰 서 있다가 이윽고 신세카이 군함 골목을 빠져나오자 공원 남쪽 입구에서 아베노바시(阿倍野橋) 호텔 건너편 인도 구석으로 군중이 모여 있었다. 넓은 길을 가로질러 사람들의 어깨 사이로 들여다보자 받침대 위에 원을 그린 종이를 얹어놓고 원을 여섯으로 나누어 각각 도쿄, 요코하마, 나고야, 교토, 오사카, 고베 여섯 대도시의 이름이 서툰 글씨로 쓰여 있었다. 받침대 뒤편에는 스물 대여섯 살의 피부가 하얀 남자가 모자를 깊게 눌러쓰고서,

"자아 걸어 걸어, 10엔 걸고 50엔 돌려받기, 보는 앞에서 바늘을 돌리니 속임수는 절대 없다. 배짱 있는 놈은 걸어봐라. 자아 고베가 비었다, 고베 없나." 하고 큰소리로 외치고 있다.

누군가가 비어 있던 고베 위에 10엔을 얹자 큰소리로 외치던 남자는 급조한 룰렛 바늘을 돌린다. 바늘은 교토에서 멈춘다. 종이 위 10엔짜리 지폐는 막대로 당겨지고 교토에 걸었던 남자에게 아무렇게나 모은 10엔 지폐 다섯 장이 건네진다.

"―자아 없나. 속임수는 없다. 오사카가 비었다. 오사카가 비었다."

아무도 오사카에 거는 이가 없다. 문득 걸어보고 싶은 기분이 들었다. 바지 주머니에서 집어 꺼내 오사카 위에 한 장을 얹었다. 바늘이 움직였다, 도쿄다.

"자아 없나, 없나."

다시 한번 빠르게 오사카에 걸었다. 하지만 요코하마다.

"—자아 없나, 없나."

남아 있던 5엔 지폐를 교토 위에 얹으려 하자,

"5엔은 안 돼. 10엔 없나. 10엔으로 50엔이야." 하고 거절당했다.

그러나 주머니엔 그 5엔 지폐 한 장밖에 없었다. 맥없이 물러나 아베노바시 다이테쓰 백화점 옆쪽에서 짊어지고 있던 담요를 꺼내 손에 펼쳐 들고 서 있자 아무 말 하지 않았는데도 사람이 다가와 얼마냐고 묻는다. 100엔이라 했더니 사 갔다. 옆에서 대만 조청을 팔던 남자가 그 담요라면 500엔에도 팔 수 있다, 100엔에 파는 놈이 어딨냐는 소리를 등 뒤로 들으며 호텔 건너편으로 돌아가 오직 하나, 오사카를 향해 걸어보았지만 반 시간이 지나기도 전에 100엔이 날아가 버렸다.

돌아가는 길에는 하복 차림이 한층 더 춥게 느껴졌다. 하지만 돌아가는 길이라 한들 어디로 돌아가야 하는 걸까. 오사카역 말곤 없다. 남아 있던 5엔으로 구운 떡 하나를 사서 그걸로 오늘 하루 배를 채우기로 했다. 역 근처에서 빈둥거리며 시간을 보내고서 가까스로 밤이 되자 역 지하도 구석을 걸레처럼 굴러다녔지만 춥다. 지하도에 있는 한신 마켓 진열창 안에 장식 인형처럼 잠들어 있는 남자가 참 따뜻해 보이네 하고 문득 바라봤더니 진열창 하나가 비어 있었다. 다행이라 생각하며 일어나서 들어가려 하자 오랏줄 허리띠를 한 꾀죄죄한 남자가 그곳은 내 잠자리다, 빌리고 싶으면 하룻밤에 5엔을 내라며 땅거미처럼 꺼칠꺼칠 마른 손을 내밀었다. 하지만 한 푼도 없다. 체념한 뒤 다시 콘크리트 위로 돌아왔지만 뼈가 산산조각이 날 것처럼 춥고 게다가 배도 고프다. 과감하게 구두를 벗어 한 손에 들고 지하도 여행조정소 앞에 쭈그리고 앉아 밤을 새우고 있는 여행객 무리에게 다가가서, 구두는 필요 없나, 100엔 100엔 하고 큰소리로 외치자 이것도 싼 건지 바로 팔리고, 10엔 지폐로 헐어 진열창으로 돌아와 이틀 밤 10엔을 선불로 내고 창유리 안에서 잤다. 옛날에 정이 들었던 도비타 기생 꿈을 꾸었다.

날이 밝자 우선 10엔 카레라이스. 맨발론 걸을 수 없어 여덟 등분 짚신을 사자 20엔이 들었다. 남은 60엔을 들고 아베노바시로 갔지만 역시나 오직 오사카에만 걸던 사이 마지막 10엔 지폐마저 사라지고 말았다. 진열창 이틀 치 방값을 미리 지불해 둔 게 그나마 위로가 되었다. 옆 진열창에서 이를 짓눌러 죽이는 소리를 들으며 그날 밤을 새우자 이미 연말인 28일, 암시장은 혼잡함이 갑자기 배가 되어 섣달답게 분주했다. 쓰고 있던 모자를 벗어 5엔, 5엔. 겨우 팔렸지만 이 돈을 사용해버리면 아사나 동사라는 생각에 우선 한큐 열차 매표소에서 다카라즈카(宝塚)행 90전 표 다섯 장을 샀다. 오후 네시 반부터 여섯 시 반까지 매표가 잠시 중단된다. 그 시각을 노리고서 매표소 앞에 즐비하게 줄을 선 손님에게 다카라즈카행 한 장 3엔, 3엔 하고 알리며 돌아다니자 곧바로 전부 팔렸다. 계산해보자 5엔 돈이 15엔 50전이 되었다. 아베노바시로 가기엔 이미 시간이 늦었고 무엇보다도 배가 고팠다. 판잣집 튀김 가게에 들어가 한 접시 5엔 튀김을 먹고서 돈을 내려 하는데 소매치기를 당했다. 무전취식을 하려는 건가 하고 뭇매질을 당해 기어가듯 지하도로 돌아왔지만 아픔과 공복감과 이 때문에 잠시도 졸지 못하고 밤을 새운 뒤 하루종일 아무것도 먹지 못하며 어슬렁거렸다. 표를 살 밑천도 없고 팔 물건도 없다. 구두닦이를 하려 해도 밑천도 연줄도 기력도 없다. 아아 이제 끝장이다, 아사하기를 기다리며 황혼으로 물들어가는 서쪽 하늘을 바라본 순간······.

7

"······ 내가 떠올라서 찾아온 거구나."

"예." 하고 요코보리는 웃으며 머리를 긁적였다. 오늘 밤 숙소를 찾아내고서 떡까지 얻게 되어 비로소 기운이 났을 것이다.

"용케도 전찻값이 있었네."

"선로를 따라 걸어왔죠. 여섯 시간 걸렸어요. 묵게 해주지 않을 거라고 생각했는데……." 시계가 새벽 두 시를 쳤다.

"묵지 못하게 하겠냐. 바보 같으니라고. 왜 전찻값이 있을 때 찾아오지 않았던 거야."

"예. 미안해요."

"도중에 야마토(大和)강 철교가 있었을 텐데."

"있었어요. 하지만 발을 헛디뎌서 떨어지면 그때뿐이니까. 오히려 그편이 더 편하다, 단숨에 죽을 수 있다면 극락이다 하는 생각이 들어서요."

그런 식으로 불안한 말을 했지만 다음 날 아침 겨울 옷가지와 함께 200엔을 주자,

"이 정도로 밑천이 있으면 요즘이야 돈 벌 길은 얼마든지 있죠. 정월까지 다섯 배로 만들어 보일게요." 요코보리는 갑자기 표정에 생기가 넘치기 시작했다.

"흐―음. 하지만 다섯 배라고 들으니까 어쩐지 또 도박에 빠져들 것 같은데. 그건 그만두는 편이 나아. 다른 사람한테

들었는데 그건 사실 도박이 아니래. 도박이면 이기거나 지거나 해야 하지만 그건 절대로 지게 되는 구조니까 말이야. 반드시 지게 되는 게 분명하다면 더 이상 도박이 아니라 공연이니 뭐니 하는 거겠지. 그래서 검거하여 검사국으로 보내도 검사국에선 도박죄로 기소할 수 없을지도 몰라, 경찰이 길바닥 도박을 방임하는 것도 그 때문이라던데, 거짓말인지 진짜인지 모르겠지만 정곡을 찌르는 이야기를 하더라고. 뭐어 그런 거니까 관두는 편이 낫다고 생각해."

"아니, 이번엔 꼭 돈을 벌어 보이겠습니다."

하고 요코보리는 안대를 써가며 그로부터 이것저것 궁리해봤는데 분명 그 도박에는 바람잡이가 있고 바람잡이가 거는 쪽으로 바늘 끝이 멈추는 거라고 짐작했다, 그러니 이번엔 우선 누가 바람잡이인지 물색해서 이 녀석이라고 알아내 그 남자와 같은 곳에 걸면 빗나갈 리가 없다며 유창하게 떠들며,

"ㅡ우선 지켜봐 주세요. 저도 남자가 돼서 돌아올게요."

그렇게 말하며 허둥지둥 나가는 뒷모습을 이층 창으로 바라보자 딱한 맨발이었다. 아직 전차가 오지 않았을 거라며 집사람에게 버선을 들고 뒤쫓아가게 하면서도 나는 요코보리를 모델로 한 소설을 떠올리고 있었다.

십 전 게이샤 이야기도, 센니치마에 살인사건 이야기도, 아베 사다 이야기도 쓰게 된다면 고인의 생전을 추모하는 모양새가 되기는 할 테지만 오늘날 세태와는 너무나 동떨어진 시대 감각의 간극은 어떻게 하여도 처리하기가 어려우니, 세태의 슬픔을 잊고 과거의 꿈을 쫓기에 앞서 써야 할 것은 오늘날의 세태가 아닐까. 게다가 세태는 지금까지 내 작품들의 감각을 관통하는, 말하자면 내 취향인 풍경으로 가득 차 있다. 요코보리 이야기는 이를 귀이개로 긁어모은 것과 같다. 보잘것없는 이야기지만 세태 자체가 보잘것없으며, 그것이 또한 내 취향이기도 하리라.

펜을 쥐자 아무 막힘 없이 순식간에 다섯 장까지 나아가며 정신없이 순조롭게 진척됐지만 그것이 문득 슬프게 느껴졌다. 순조롭다는 것은 유사시에 언제나 쓸 수 있는 인물을 처녀작 이래 계속 써오며 익숙해진 스타일 그대로 쓰고 있기 때문일 것이다. 방랑하는 환경에서 자라온 나 자신은 처녀작 시절부터 방랑, 오직 그 한 색깔로 온갖 작품을 죄다 칠해왔지만, 생각해보면 나에게 있어 인생이란 유동하는 것이며, 웅덩이 물레방아가 되풀이하듯 되풀이되는 슬픔을 인간상으로 바라보며 그 인간상을 되풀이하고 되풀이하여 계속 써온 나 또한 웅덩이 물레방아처럼 슬픈 모습을 하고 있었다. 떠돌고 떠돌며 객지의 숙소를 전전하는 모습을 쓰는 순간만이 내 문장이 생생해지는 순간이고, 체계나 사상을 갖추지 않은 내 감수성을 유일한 곳에 침잠시킴으로써 상처로부터 보호받으려 한 그 주마등 같은 시간과 장소들의 어지러운 변화만이 어느 바보의 한결같은 목표였다. 그러므로 세태에 관해 쓰겠다면서 나는 그저 세태를 이용하여 요코보리의 방랑을 쓰려 한 것에 지나지 않는다. 요코보리는 그저 내 감수성을 빌린 꼭두각시가 되어 세태의 무대를 방랑하는 것이니, 뭐야 옛날 내 소설과 조금도 달라지지 않았잖아 하고 나는 비참한 기분이 들었다.

"아니, 오늘날의 세태가 내 옛날 소설 흉내를 내는 거다."

그렇게 불손하게 중얼거려 보았지만 그렇다고 옛 스타일이 뻔뻔하게 횡행한다는 건 자랑거리조차 되지 못한다. 부처님 얼굴도 두세 번이지[25], 방랑소설의 스타일은 불단 구석에 감춰둬야 할 정도로 이끼가 꼈을 텐데 세태가 부랑자를 늘린 덕분에 시간이 갈수록 노파의 두꺼운 화장은 점점 더 추해진다.

그런 생각이 들자 내 붓은 더 이상 나아가지 못했지만 부

---

[25] 아무리 부처님이라도 여러 번 심하게 반복되면 끝내 화를 낸다는 뜻.

족한 재능은 세태를 살리는 새로운 스타일도 만들어내지 못했다. 고민에 잠긴 사이 해가 저물어 섣달 그믐날이 다가왔다. 나는 허겁지겁 일어나 외출할 준비를 했다.

"연말 암시장이라도 구경하고 올까?"

느긋한 소리처럼 들리지만 너무나 괴로운 나머지 내린 결정이었다. 사이카쿠의 『세켄무네잔요』[26]에 맞서 쇼와 20년(1945년) 섣달 그믐날의 이런저런 이야기를 써보자며 위세가 등등했지만, 섣달 그믐날 암시장을 걸으며 그 재료 한두 가지를 주워오려 하는, 마치 빚쟁이에게 쫓기듯이 원고 독촉에 시달리는 재능 부족 소설가의 처량한 암시장 구경이었다.

"사이카쿠는 '막다른 야시장'을 썼지만 내 외출은 '막다른 암시장'이다."

그렇게 자조하면서 난카이 전철을 타고 난바에서 내려 시영전차 거리를 지나 에비스바시 일대 암시장을 혼잡한 인파에 부대끼며 걸어가는데 가부키 극장 골목 모퉁이까지 오자 골목에 인파가 모여 있다. 길바닥 도박임을 직감하고서 골목길로 꺾어 들어가자 과연,

"자아 걸어 걸어. 배짱이 있는 녀석은 걸어봐. 십 엔을 걸고

---

26 世間胸算用; 섣달 그믐날 서민 상인층의 생활상을 묘사한 이하라 사이카쿠의 소설. 세상의 꿍꿍이속셈 이라는 뜻.

오십 엔으로 돌려받기. 보는 앞에서 바늘을 돌리니 속임수는 절대 없다. 자자 고베가 비었다. 고베는 없나, 고베는 없나." 하고 큰소리로 외치고 있다.

요코보리가 당한 게 이거구나 하고 생각하며 무심코 바라보자 자자 없나 하고 큰소리로 외치고 있는 건 뜻밖에 요코보리였다. 어제 나갔을 때와 비교하면 갑자기 딴사람이 된 것처럼 말쑥해지고 외투도 따뜻해 보인다. 구두도 신고 있었다.

"여어." 하고 말을 걸려 하자 요코보리도 알아채고서 싱긋 웃으며 모자를 벗었다. 사람들이 갑자기 고개를 돌렸다. 길바닥 도박꾼이 인사를 해서 나를 형사나 우두머리로 생각했을지도 모른다.

살금살금 물러나 간지로 골목 불탄 터까지 왔다가 나는 흠칫 놀랐다. 덴타쓰의 불탄 터에 기운 없이 서 있는 몸집이 작은 남자가 요리복은 입지 않았지만 덴타쓰의 주인이란 걸 한눈에 알아보고서 가까이 다가가 인사를 하자,

"아니 이야, 한번 뵙고 싶다고 생각하고 있었습니다." 하고 인사치레 말이 아니라 정말로 반갑다는 듯 눈을 끔뻑거리며 종전 뒤 서로 소식을 나눈 뒤,

"─요새 마실 곳도 없어서 곤란하시죠?" 하고 말하더니 무슨 생각인지 갑자기, "어떠세요, 절 따라오시지 않겠어요? 다

소 재밌는 집이 있는데 말이죠." 하고 권유했다.

"재밌는 집이라니 수상한 곳은 아니겠지?"

"괜찮아요. 마시기만 할 뿐이에요. 남쪽에서 바를 하던 여자가 불타버린 뒤 우에혼마치(上本町)에 여염집을 빌려서 여동생하고 둘이서 여자끼리만 비밀 요릿집을 하고 있어요."

"여염집에서……? 흐음. 같이 가보죠."

에비스바시에서 시영전차를 타고 우에혼마치 6가에서 내리자 이미 황혼녘이었다. 쌀쌀하고 어두컴컴한 불탄 터에서 우에혼마치 8가까지 걷고서 우에노미야 중학교 앞쪽으로 곧장 세 정 정도 가보자 오른편에 아담한 이층 여염집이 있었다.

"여기예요." 덴타쓰 주인이 현관문을 열자 방울 소리를 듣고 스무살 전후의 아가씨가 나왔다. 입술을 꼭 다물고 아름다운 눈으로 가만히 응시하는 그 얼굴을 본 순간 가슴이 철렁했다. '다이스' 마담의 여동생이었던 것이다. 여동생은 나를 알아봤지만 말을 걸지 않고 굳은 표정으로 안쪽으로 들어갔다. 곧 하오리를 입은 여자가 안에서 나와 "어머." 하고 그 자리에 얼어붙었다. 수척해졌지만 역시나 화장만은 진한 '다이스'의 마담이었다.

"─어떻게 알고 오셨어요?"

"어떻게 알고 온 건 아니지만……."

"살이 빠지셨네요."

"그런 당신도 살짝."

"빠지니까 스마트해졌네."

"아하하……."

그것이 십 전 게이샤 이야기를 들었던 밤 이후 오 년 만에 만난 두 사람의 경박한 인사였다. 웃고 있었지만 마담의 야윈 모습을 보자 문득 허무함이 가슴에 울려 퍼졌다.

"뭐야, 아는 사이였습니까? 마침 잘됐네. 그럼 망년회라고 치고……."

덴타쓰 주인의 난데없는 활기찬 목소리에 신바람이 나서 이층으로 와자지껄 계단을 오르던 도중 마담이 갑자기 팔을 꼬집었다. 문득 오 년 전 여름이 먼 추억이 되어 떠올랐다.

하지만 이윽고 여동생이 가지고 온 냄비에 설탕 없이 스키야끼를 휘적거리며 마시기 시작하자 마담은 갑자기 이상하리만치 얌전한 여자가 되어서는,

"─손님은 뭐 조금씩 조금씩 와주시긴 하지만 요즘은 돈만 내면 암시장에서 고기도 살 수 있고 스키야끼도 드물지도 않고 뭐 와주는 손님은, 두 분은 별개지만, 식욕보다 색욕으로 오는 건지, 바로 옆에 불탄 터가 어수선해서 돌아갈 수 없으니 재워줘. 재워드리면, 혼자서 자는 건 싫어, 당신이 뭣하

면 여동생을 소개해줘. 아주 매춘부 취급을 하고 있어. 정말 바보 같은 장사란 생각에 후회스럽긴 해도 그렇다고, 이상한 소리지만 여동생과 둘 뿐인데도 한 달에 이천 엔은 든단 말이죠. 제가 다시 한 번 교토에 게이샤로 나가려 해도 채비를 하는 데 십만 엔은 필요하고 여동생을 카바레로 보내는 것도 가엾고, 뭐 어쩔 수 없다고 생각하고 있어요."

생활에 찌든 이야기였다. 후원자는 없는 듯하고 곤궁해도 자기 자신을 팔려고 하진 않아, 헤프고 음탕하던 마담도 의외로 깨끗하게 살고 있는 건가 하고 생각하며 나는 헝겊을 기운 마담의 버선을 문득 바라보았다.

새 술병이 온 것을 기회 삼아,

"그런데" 하고 나는 덴타쓰 주인 쪽을 향해,

"─그 공판기록은 괜찮습니까?" 하고 묻자,

"아뇨 불타버렸어요. 금고와 함께⋯⋯." 툭 말하고서 눈을 끔뻑거리더니 가느다란 손가락 끝을 능숙하게 움직이며 책상 위에 쏟아진 술로 쥐 그림을 그리고 있었다.

"그거 아깝게 됐네요. 데즈카야마 댁 쪽은 괜찮았으니 피신시켜두었다면⋯⋯." 하고 말하자,

"바보 같은 소리. 데즈카야마에 그런 책을 둘 수 있겠어요? 우선⋯⋯."

그리고 잠시 말을 잇지 못했지만 이윽고, 눈 딱 감고 말씀 드리죠 하고 상 위 술잔에 술을 부어 단숨에 쭉 들이켰다.

"―실은 두 분 앞에서만 하는 얘기지만 그 사다라는 여자가 저와 살짝 관계가 있었어요……."

"뭐라고요?"

"이야기하자면 길지만……."

가게가 불탄 뒤로 마시며 익힌 술에 다소 취했는지, 덴타쓰 주인은 묻지도 않은 이야기를 띄엄띄엄 털어놓았다.

―덴타쓰의 주인은 시코쿠(四国) 지방 출신이지만 집이 가난한 데다 열두 살에 양친을 여의었기 때문에 일찍이 오사카로 와서 제법 고생을 했다. 열여덟 나이에 시모데라마치 언덕길에서 얼린 만두를 판 적도 있는데, 자본이 전혀 없었던 탓에 목수가 쓰는 낡은 대패로 얼음을 긁어 귀 떨어진 그릇에 넣고서 얼린 만두를 만든 적도 있었다. 식힌 엿도 팔고, 야식 우동 포장마차도 끌었다. 경마장으로 둘둘 만 스시를 팔러 간 적도 있었다. 야시장에서 1전 튀김도 팔았다.

스물여덟 나이에 조선에서 매입한 중국 밤을 팔아 그게 적중하여 상당한 돈이 생기자 그 돈을 은행에 맡기고 소우에몬 정 요정에 주방 견습으로 들어가 삼 년간 요리 수업을 한 뒤 서른한 살에 간지로 골목에 덴타쓰 제등을 내걸었다. 사 년 동안 몇만이 되는 돈이 생겨 서른다섯에 처를 얻었다. 아내는 기타하마 투기꾼의 딸이었는데 집이 파산하여 여자전문대를 이 년 만에 자퇴하고 게이샤로 나가야 할 판이었을 때 알선하는 사람을 통해 덴타쓰로 시집오게 된 것이었다. 물론 약혼 예물 액수가 상당했기 때문에 남편으로서 돈을 내고 게이샤를 빼내오는 것보다 학식 있는 아름다운 처녀에게 돈을 쓰는 편이 돈 쓰는 보람도 있을 거라고 생각했지만 그것이 잘못된 선택이었다. 새신부는 남편에게 몸을 허락하려 하지 않았다. 자신은 돈으로 팔려온 것처럼 보여도 몸을 파는 건 죽어도 싫다는 게 첫날밤 뜻밖의 발언이었다. 내가 싫은지 묻자 교양 없는 남자는 싫다며 만지지 못하게 한다. 그런데도 삼 년 뒤엔 딸이 생겼으니 전혀 그런 일이 없었던 건 아니지만 그럴 때 아내의 몸은 돌처럼 단단하고 얼음처럼 차갑고, 아아 비참하다, 어째서 여자는 이렇게 참아야만 하는가 하고 성경을 읽곤 하였다.

원래부터 결벽증이 있는 여자였지만 종교에 빠져들기 시작하면서 점점 더 심해져 식사 전에 젓가락 끝을 오 분 동안이나 응시하기도 했다. 하루에 몇십 번이나 손을 씻는다. 결국에는 반 시간이나 걸려 씻곤 했는데, 씻고 나서 거실로 돌아오는 도중 복도에서 다른 사람과 스치면 되돌아가서 다시 씻곤 했다.

게다가 결혼 후 열흘째에는 머리카락이 죄다 빠져버려 반들반들한 두상이 되었기 때문에 가발을 썼다. 이따금 사람이 없는 곳에선 가발을 벗고서 몇 시간씩이나 먼지를 턴다 ― 그런 모습을 보며 깊은 혐오감이 들기 시작하던 어느 날 밤, 무슨 마가 낀 건지 호객의 꼬임에 넘어가 하룻밤 동안 여자를 샀다. 그런데 그 여자는 그런 곳의 여자라고는 생각되지 않을 정도로 미인에다, 돈으로 팔면서도 스스로 불타오르는 살갗의 열기가 덴타쓰의 주인을 깜짝 놀라게 했다. 이 여자가 내일이면 내가 아닌 다른 남자를 손님으로 받는 건가 하고 정체를 알 수 없는 격렬한 질투가 덴타쓰 주인을 불안에 떨게 만들었다. 곧장 돈을 내고서 여자를 덴카차야(天下茶屋)의 맨션에 숨겨두었다. 한 달 동안 넋이 빠진 것처럼 매일 밤 왕래하며 밤새도록 아이처럼 여자의 지시에 응하는 시간만이 살아 있는 보람을 느끼는 시간이었지만 어느 날 밤, 맨션에 가보자 어느 틈에 어디로 이사해버린 건지 여자는 더 이상 맨션에 없었다. 갑자기 나타난 악마에게 홀린 한 달이었지만 여자의 고마움을 깨닫던 건 그 한 달뿐이었다. 말없이 종적을 감춘 여자가 원망스럽지도 않았고, 그 뒤 얼마 동안은 여자의 모습을 뇌리에 그리며 합장을 하고 싶을 정도였다…….

"─우리 집 대머리 할멈 같은 자도 여자고, 그 여자 같은 자도 있고, 여자도 각양각색이죠."

"그럼 그 여자가 사다였다는……?"

"삼 년 후 그 사건이 일어나고 신문에 사진이 실려 바로 알수 있었죠. ─ 아아 엄청난 망신을 당해버렸어요."

불쑥 마음 약하게 웃는 어깨를 마담이 툭툭 치며,

"쓰셔요." 하고 말했다.

그때 맹장지가 열리며 마담의 여동생이 살며시 들어왔다. 어설프게 차를 두고서 굳은 자세 그대로 묵묵히 바깥으로 나갔다.

보랏빛 메이센[27]을 추워 보이게 입고 있는 그 뒷모습이 맹장지 너머로 사라지자 나는 문득, 쓴다면 저 여동생…… 하고 생각하며 불탄 터를 불어 넘어와 유리창으로 부딪히는 하얀 바람 소리에 귀를 기울였다.

---

27 銘仙; 꼬지 않은 실로 짠 거친 평직물.

경마

아침부터 날이 우중충하게 흐렸지만 비가 내리진 않고 나지막이 흐르는 구름이 음침하게 드리운 경마장을 검은 가을 바람이 검게 달리고 있었다. 오후가 되자 갑자기 한층 더 어두워지기 시작했다. 자연스레 사람도 경주마도 답답한 심정으로 잠겨버릴 것 같았지만 불쑥 악마가 휩쓸고 간 직후처럼 공허한 분주함에 조급해지는 것은 이런 날엔 경주가 거칠어져 예상외의 결과가 터지기 때문인 걸까. 늦가을의 황혼이 벌써 슬그머니 다가온 듯한 그늘 속으로 언뜻 초조한 빛을 머금은 살기가 오가고 있었다.

　제4코너까지 후방 경주마 무리에게 둘러싸여 검은 바탕에 흰 엽전 무늬가 흩뿌려진 기수의 옷도 보이지 않아 그 말에게 투표한 소수의 사람들도 거의 체념하려 하던 말이 마지막 직선 코스로 접어들자 갑자기 경주마 무리 한가운데를 빠져나와 쭉쭉 뻗어나간다. 채찍질하지 않고 엎드리듯 머리를 낮추고서 말 등에 몸을 딱 붙인 채 고삐를 잡아 든 기수의 꺼림칙한 검은빛 기수복과 말 몸통에 붙은 숫자 1이 관중의 눈으로 확 들어와 1인지 7인지 9인지 6인지 시선을 집중시킨 순간, 어느새 골 바로 앞에서 하얀 숨을 토해내던 선두 말과 맞서 격렬하게 다툰 끝에 근소하게 겨우 코만 빠져나와 단승 200엔의 대박이다. 그리고 다음 장애물 경주에선 인기마가 세 마리나 같은 장애물에서 포개지듯 낙마하여 기수가 그 자리에서 절명하는 소동을 틈타 썩은 마사(馬舍)의 썩은 경주마라고 비웃음당하던 말이 견습 기수의 채찍에 엉덩이를 찰싹찰싹 맞아가며 골인하여 단복 200엔 배당, 말 주인도 기수도 포기하여 단식은 다른 말에게 투표했다는 이야기가 전해질 정도로 엄청난 이변이다.

그런 경주가 계속 이어지자 결국 너 나 할 것 없이 정체를 알 수 없는 악마에게 홀린 것처럼 마권 사는 방식이 흐트러지기 시작한다. 전날 밤 집에서 혈통과 조련 타임을 면밀히 조사하여, 출발이 늦거나 낙마하는 버릇의 유무, 기수의 능숙함 여부, 거리의 과부족 여부까지 계산에 넣어 그렇다면 결단코 확실하다며 출마표에 붉은 색연필로 표시를 해 온 것도 장내에 난무하는 뉴스를 듣다 보면 순간 혼란스러워져 표시해 두지 않은 기묘한 경주마를 사버리고 만다. 아침에 역에서 파는 수 종류의 예상표를 대조하여 어느 예상표에나 굵은 글씨로 꼽히고 있는 혼메(역량, 인기 모두 1위인 말)만을 3착까지 배당이 있는 확실한 복식으로 사겠다는 소심한 견실주의 남자가, 달리는 것은 짐승이요, 타는 것은 타인이요, 혼메인들 자기 맘대로 되겠는가, 이제 경마는 그만두자며 예상표를 엉덩이에 깔고 잔디밭에 살포시 앉아 남은 경주는 손대지 않기로 결심해 놓고선, 경주장에 나타난 말 가운데 탈분한 말이 있는 것을 발견하곤 똥의 부드러움이 예사롭지 않다, 흥분제 탓이다, 저 말은 오늘은 될 거라며 황급히 마권 판매소로 달려간다. 3번 다리 한쪽 안 낄 텐가, 3번 다리 한쪽 안 낄 텐가 하고 큰소리로 외치는 남자는 마사 관계자인 듯한 풍채의 남자가 방금 막 3번 마권을 사는 것을 봤다는 것이었다. 3번이라 함은 전혀 승부가 되지 않을 정도로 빈약한 말이라 설마 이변이 터질 거라곤 생각되지 않았지만 역시나 그 남자의 풍채가 신경 쓰인다며 20엔 손해를 보는 것도 바보 같고 말 한쪽 다리에 5엔씩 나누어 넷이서 마권 한

장을 살 동료를 찾고 있었다. 저기 저 남자는 이번 경주는 이변이 터질 것 같다며 마사 뉴스를 물어보고 다녔지만 물을 때마다 다른 경주마를 알려주어 헷갈리고 또 헷갈려 예시장과 마권 판매소 사이를 허둥지둥 오가며 울먹거리던 끝에 핏발이 선 눈을 꼭 감고 연필 끝으로 출마표를 내리찍자 7번에 꽂혔기 때문에 러키세븐이다 하고 기뻐하며 판매소로 뛰어가던 도중 지인과 만나 몇 번으로 할 건가 하고 물어보자 5번이라 한다. 그런가, 역시 5번이 좋으려나 하고 5번 말이 스타트에서 늘 심각하게 늦는 버릇이 있다는 사실을 잊고 그를 사버린다. ─ 사람들은 이미 귀이개로 귀를 팔 정도의 이성조차 사라져버렸고, 장내를 검게 달리는 바람을 그저 춥디춥게 맞아가며 우왕좌왕하는 표정은 어쩐지 광기를 띠고 있었다.

하지만 데라다는 그러한 주변 분위기에도 아랑곳하지 않고 홀로 어떠한 망설임이나 흔들림도 없이 아침 가장 첫 번째 경주부터 계속 1번 말만을 사고 있었다. 예시장의 말 상태도 보지 않고, 예상표도 들춰보지 않고, 뉴스도 듣지 않고서 한 경주가 끝나고 다음 경주 마권발매 창구가 달그락달그락 나무 소리를 내며 열리면 어떠한 주저함도 없이 그 누구보다 먼저 1번! 하고 손을 내미는 것이었다.

몇 번이 가장 잘 팔리는지 인기를 알아보기 위해 창구에 들른 사람들은 여유만만한 데라다의 구매 방식을 문득 얄밉다는 표정으로 쳐다보았지만 그때 데라다의 눈은 이글이글 불타오르며 갑자기 덤벼들 것만 같았다. 뭔가를 골똘히 생각 중인 건지, 가면 같은 허무함으로 멍하니 핼쑥해진 얼굴에 순간 발끈하여 핏기가 도는 것이 예사롭지 않게 격렬했다.

망설이지도 않고 한결같이 숫자 1을 쫓는 구매 방식은 그때그때 되는대로 생각을 바꾸는 사람들의 광기와는 멀리 떨어져 있던 셈이지만 당황하지 않는 그 냉정함이 도리어 보통 수준이 아니라서, 도가 지나칠 정도의 결벽증의 말로가 광기로 통하듯, 그 고집스러운 한결같음은 언뜻 상식에서 벗어나 있던 걸지도 모른다. 데라다가 숫자 1을 계속 쫓는 것도 실은 죽은 아내가 가즈요(一代)라는 이름이었기 때문이다.

데라다는 아내가 살아 있는 동안 경마장에 발을 들인 적이 한 번도 없었다. 데라다는 교토에서 태어나 중학교도 교토의 A중, 고등학교도 제3고교, 교토제국대학 사학과를 나와 모교인 A중의 역사 교사가 되었다는 남자들 가운데 흔히 있는 소심하고 고지식한 자로, 병균에 감염되는 것을 두려워하고 유흥비가 아까워서 미야가와 정에도 기온 거리에도 가본 적이 없었을 정도였기 때문에 하물며 교사 신분에 경마 노름 따위가 가능할 법한 남자가 아니었다, 라고 해두면 간단하지만 단순히 그러하기만 했던 것은 아니었다.

데라다의 아내는 본명인 가즈요라는 이름으로 고준샤에서 여급 일을 하고 있었다. 고준샤는 시조 거리와 기야마치(木屋町) 거리 모퉁이에 있는 지하 주점으로 영화 촬영소 패거리나 사치스러운 학생들이 가는 교토에서 가장 고급스러운 술집이었고, 게다가 가즈요는 그곳의 넘버원이었기 때문에 데라다처럼 풍채가 보잘것없고 고지식한 중학교 교사가 가즈요를 아내로 얻었다고 듣자 놀라지 않는 사람이 없었다. 그렇다곤 해도 가즈요 쪽에선 데라다의 촌스러운 올곧음에 눈독을 들인 걸지도 모른다. 애당초 술집 놀음 따위를 할 남자가 아니었지만 어느 날 밤, 동료에게 억지로 끌려가서 각자 부담해야 할지도 모른다면서 마음을 졸이며 주뼛주뼛 흑맥주를 마시는 데라다의 옆에 앉자 가즈요는 숨이 막힐 것 같았다. 그런데 다음 날부터 데라다는 매일 밤 가즈요를 목표로 술집으로 드나들기 시작했다. 두고 가는 팁도 적어서 가즈요는 상대하지 않았는데 열흘째 밤 느닷없이 결혼해달라고 말한다. 옆자리에 있던 촬영소 조감독에게 추파를 던지며 적당히 흘려들었지만 그 뒤로 일주일 동안 매일 밤 똑같은 말을 반복하던 사이에 데라다의 한결같음에 문득 마음이 끌렸다. 스물여덟 살인 오늘날까지 여자를 모르고 살아왔다는 소리도 더 이상 농담 같지 않아 열여덟 살 때부터 몸을 적셔 온 가즈요에게는 착실한 결혼을 할 둘도 없는 기회였을지 몰랐다. 생각해보면 자신도 벌써 스물여섯, 슬슬 정착하여 살림을 차려도 좋을 나이일 것이다. 미야코 호텔이나 교토 호텔에서 맡던 남자들의 포마드 냄새보다도, 대단히 촌스럽고 더럽게 고지식하여 '오데라 씨'[1]로 통하는 추남 데라다에게 만들어주는 된장국 냄새 쪽이 가난했던 고향 집의 찢어진 장지문을 문득 떠오르게 하여 가슴 절절히 어린 시절이 그리워진다는 가즈요도 한 꺼풀 벗겨내면 나이 든 여자였다. 풍채는 시원찮지만 제국대학 출신에다 웃을 때 하얀 치열이 청결하다며 그런 것까지 계산에 넣었다.

그런데 데라다의 부모가 반대했다. '오데라 씨'라는 별명은 그런 사실을 모르는 채 붙여졌던 별명이지만, 실은 데라다의 생가는 호리카와(堀川)의 대대로 내려오는 불교용품점으로 데라다의 아내도 장사 특성상 승려의 딸을 얻을 생각이었던 것이다. 반대당한 데라다는 본가를 뛰쳐나와 은각사 근

---

1 데라다寺田의 이름에서 데라寺만 따온 것으로 절, 사찰이라는 뜻.

처 니시다(西田) 정에 집을 빌려 가즈요와 살림을 차렸다. 데라다치고는 상당히 과감하고 대담한 결심으로 그만큼 가즈요에게 빠져있던 셈이었지만 의절 당한 데다가 그러한 사실이 근무처인 A중에 알려져 면직을 당하자 데라다는 역시나 얼굴이 창백해졌다. 고준샤의 고객으로 가즈요에게 들락날락하던 나카지마 아무개가 A중 학부모회 임원이었던 것이다. 데라다는 품행이 불량하다는 이유로 면직당한 것을 마치 전과자가 되어버린 것처럼 여겨 더 이상 사회에 용납되지 못할 인간이 된 듯한 기분에 취직자리를 찾으려 하지도 않고 머리끝까지 이불을 뒤집어쓴 채 매일 뒹굴뒹굴하고 있었다. 밤이면 가즈요의 부드럽고 둥근 가슴에 안기거나 아이처럼 빨곤 하는 걸 유일한 즐거움 삼아 고지식하고 소심한 자도 어느새 자포자기하여 치정에 푹 빠진 나날을 보내고 있었지만 애초에 가즈요도 밤 시간대를 자유분방하게 보내온 여자였다. 어깨나 가슴에 이빨 자국을 내는 걸 즐기는 마조히즘 경향도 있었다. 벽 하나를 사이에 둔 이웃집이 조심스러워 게아게(蹴上)의 여관으로 데라다를 데려가곤 했다. 그런 여관을 가즈요가 어떻게 아는 걸까 하고 데라다는 문득 질투로 피가 끓었지만 그러한 순간의 상념은 가즈요의 매력으로 곧장 사라지고 말았다.

어느 날 밤, 가즈요가 아프다며 펄쩍 뛰었다. 놀라서 입을 떼고 손으로 부드럽게 눌러도 아프다 하여 피가 배어나도 아프다곤 하지 않던 여자였는데, 임신한 건가 하고 유두를 보았지만 검지도 않다. 아무 짓도 안 했는데 밤새도록 아파했기 때문에 유선염에 걸렸나 하고 대학병원에 가서 이빨 자국이 자줏빛으로 물든 가슴을 역시나 부끄럽게 벌리며 진찰을 받아보자 유방암이었다. 미산부인데 유방암에 걸리는 건 흔치 않다며 의사들도 의아해했다. 입원하여 유방을 잘라냈다. 퇴원하기까지 사십 일이나 걸렸고 그 뒤에도 엑스레이와 라듐을 받으러 다녔기 때문에 교사 시절에 인색하게 모은 저금도 완전히 다 떨어져 데라다는 대학 시절 옛 스승에게 울며 매달려 사학 잡지 편집 작업을 소개받았다. 그런데 가즈요는 퇴원 후 두 달 정도가 지나자 이번엔 아랫배의 격통을 호소하기 시작했다. 데라다가 밤새 어루만져 줬지만 아픔은 사라지지 않아 끝내는 진땀을 뚝뚝 흘리며 고통스럽게 뒹굴었다. 재발한 암이 자궁으로 퍼진 것이었다. 하지만 의사는 입원할 필요는 없다고 한다. 라듐을 받으러 왕래하는 것으로 족하지만 고통 때문에 왕래가 도저히 힘들다면 무리해서 다닐 필요는 없다 한다. 그 말의 이면은 죽음 선고였다. 재발한 암은 치료할 수 없는 것으로 여겨지던 것이다. 너무 투여하지는 않도록 하고 의사는 데라다의 손에 진통제인 론판을 건넸다. 소량의 모르핀이 들어 있다는 듯했다. 죽기로 결정 난 인간이라면 더 이상 모르핀 중독 염려도 없을 텐데, 너무 투여하지는 않도록 하고 주의를 시킨 걸 보면 만에 하나 기적처럼 나을지도 모른다며 데라다는 희망을 버리지 않고서 평소엔 인색한 사내였으면서 신문 광고에서 본 고가의 단파 치료기를 주문하거나 비파 잎 요법 기계를 사러 고베까지 가곤 했다. 다른 사람에게 듣고서 탯줄도 달이고, 우엉 씨도 좋다고 듣고서 절구로 벅벅 찧었다.

하지만 가즈요는 나날이 쇠약해지기만 하여 물이 빠져나가듯 순식간에 야위어 갔고 암 특유의 견디기 힘든 악취는 언뜻 죽음의 냄새 같았다. 데라다는 어느새 부끄럼도 바깥 체면도 잊은 채 이웃 사람에게 종기 일체에 효과가 있다고 듣고서 이코마(生駒)의 이시키리(石切)까지 가즈요의 속치마를 들고 가서 특등 기도를 올린 발걸음으로, 나무 이시키리 대명신이시여 부디 자비를 베푸시어 불쌍한 스물여섯 여자의 자궁암을 낫게 하소서 하고 터무니없는 주문을 외우며 백 번을 오가며 참배한 뒤 돌아오는 길에는 참배로에서 쑥뜸을 사 오곤 했다. 그럼에도 가즈요의 격통은 가라앉지 않아 주사가 다 떨어졌을 때의 괴로움은 살아 있는 지옥이었다. 론판이 다 떨어졌단 걸 깨닫고 파출 간호사가 가까운 의사에게 받으러 달려간 사이, 가즈요는 아랫배를 쥐어뜯는 듯한 손짓으로 입술을 비쭉 내밀고 눈물을 주룩주룩 흘리면서 몸부림을 치며 뒹군다. 세상천지에 이런 고통이 있단 말인가 하고 데라다도 함께 눈물을 주룩주룩 흘리며 허둥지둥 바라본다. 가즈요가 갑자기, 물어, 물어! 하고 소리친다. 아랫배의 고통을 잊기 위해 어깨를 물어달라는 것이리라. 데라다는 가즈요의 어깨를 덥석 물었다. 예전엔 풍만한 지방으로 부드러웠던 어깨도 지금은 애처로울 정도로 야위어 데라다는 정신이 나갈 정도로 슬펐지만 가즈요도 더 이상 데라다에게 어깨를 물리며 예전처럼 기뻐하지 않았고 아파 아파 하고 흐느끼는 소리에도 치정의 울림은 없었다. 간신히 간호사가 돌아왔지만 둔해 빠진 간호사가 앰플을 자르거나 주사액을 빨아들이거나 팔을 소독하거나 하는 데 품을 들이는 걸 보자 데라다는 가즈요의 고통을 한시라도 빨리 덜어주고 싶은 마음에, 빨리 빨리 하고 말하며 자신도 돕곤 했다.

마음이 여린 데라다는 원래 주사를 싫어했다, 라기보다 주삿바늘 안에는 악마의 독기가 스며들어 있다고 믿는 완고한 할머니 이상으로 주사를 두려워했고, 전염병 예방주사도 바늘 끝을 쳐다보기만 했는데 창백해져 졸도했던 적까지 있어 고등교육을 받은 남자답지 못하다고 비웃음당했을 정도라 초반에는 간호사가 가즈요의 팔을 걷어 올리기만 해도 어느새 옆방으로 도망쳐 들어갔고, 주사가 끝나고서야 흠칫거리며 밖으로 나오곤 하던 꼴이었다. 바늘이라는 감각만으로도 맥을 못 추리는 유약한 정신이다. 그런데 암의 고통이라는 감각 앞에선 그런 정신도 어느샌가 대담해지기 시작한 건지, 등과 배를 바꿀 수 없어[2] 주사 놓는 걸 돕던 사이 점점 익숙해져 결국엔 한밤중에 간호사가 잠든 사이 가즈요의 신음을 듣고서 데라다는 보고 흉내 내며 터득한 주삿바늘을 가즈요의 팔에 놓아주곤 했다.

그러던 어느 날, 가즈요 이름 앞으로 속달 엽서가 왔다. 간호사가 목욕탕에 가서 부재중이라 데라다가 받아보자 "내일 오전 11시 요도 경마장 1등관 입구, 작년과 같은 곳에서 기다린다. 와라." 하고 간단하게 휘갈겨 쓴 엽서로 발신인의 이름은 없었다. 엽서 한 장에 굵은 글씨는 남자 손인 듯, 고압적인 말투는 아마도 가즈요를 마음대로 다루던 남자임이 틀림없다. 작년과 같은 곳이라는 엽서가 문득 꺼림칙한 연상을 자아내, 경마장에서 돌아오는 흥분을 새로이 하기 위해 갔던 곳이

---

2 중요한 일 앞에선 다른 것을 신경 쓸 수 없다는 속담.

그 게이게의 여관이었던 건가 하고 데라다는 안색이 새파래졌다. 가즈요에게 몇 명 정도 남자가 있다는 건 어렴풋이 알고 있었지만 주소를 알려준 걸 보아 아직까지 관계가 이어지고 있는 건가 하고 감각적으로 견딜 수 없었다. 데라다는 그 엽서를 찢어버린 뒤 안색을 바꾸고 병실로 들어갔다. 그런데 가즈요는 진땀을 흘리며 몸부림을 치고 있었다. 격통 발작이 시작된 것이다. 데라다는 황급히 론판 앰플 따고 주사기로 빨아들여 평소 버릇처럼 바늘 끝을 위로 향하게 하여 공기를 밖으로 빼내려 했지만 무슨 생각인지 문득 손을 멈추더니 바늘 끝을 가만히 응시했다. 주사기 안에는 공기로 찬 텅 빈 공간이 만들어져 있다. 이대로 정맥에 찔러넣을까 하고 데라다는 정맥에 공기를 넣으면 목숨을 잃는다고 했던 간호사의 말을 떠올리며 광폭하게 불타는 눈으로 가즈요의 팔을 쳐다보았다. 하지만 가즈요의 팔은 피부가 꺼칠꺼칠하게 말라붙어 검푸른 때가 끼고 슬플 정도로 가늘었다. 이 팔로 그 경마남의 목을, 등을, 허리를 미친 듯이 끌어안았을 거라곤 데라다는 더 이상 생각할 수 없었다. 벌어진 잠옷 사이로 엿보이는 가슴도 수술 흔적이 흉하게 패여 여자의 가슴이 아니었다. 문득 눈을 돌리자 데라다는 이미 위를 향한 주사기의 바닥을 눌러 액을 뿜어 올리고 있었다. 그러자 질투는 공기와 함께 빠져나왔고 안심한 데라다는 가즈요의 팔의 꺼칠꺼칠한 피부를 집어 올려 바늘을 폭 찔러넣었다. 살 속까지 쭉 집어넣어 액을 밀어 넣자 순식간에 약이 효과를 보이기 시작하는지, 가즈요는 천연덕스럽게 조용해져 죽은 듯이 잠들었지만 귀를 기울이면 희미하게 코를 고는 소리가 들렸다.

그리고서 일주일이 지나 어느 날 저녁, 치료에 사용할 비파 잎을 간호사와 둘이서 자르며 바구니에 넣고 있는데 뒤쪽에서 가즈요의 소리가 조그맣게 들렸다. 뒤돌아보자 입술 사이로 혀를 죽 늘어트린 채 우워-우워-하고 짐승 같은 소리를 내며 괴로워하고 있었다. 간호사가 놀라서 강심제 앰플을 딴 뒤 소독도 하지 않고 가즈요의 가슴에 찌르려 했지만 피부가 굳어서 들어가지 않았다. 내가 할게 하고 데라다가 억지로 찔러넣으려 하자 바늘이 부러졌다. 가즈요의 숨은 끊어져 있었다. 세월이 흐르며 가즈요와의 추억도 점점 옅어져 갔지만 질투심만은 부러진 바늘 끝처럼 이상하리만치 데라다의 가슴을 쿡쿡 찔렀고 매월 봄과 가을 경마 시즌이 되면 상처 자리가 쑤시는 듯했다. 경마하는 인간이 전부 가즈요와 관계가 있던 것처럼 느껴져 이 격렬한 질투는 데라다 스스로도 이상하게 느껴질 정도였다. 하지만 그런 데라다가 우연한 계기로 경마에 빠져들기 시작하였으니, 인간이란 좀처럼 얕

볼 수 없는 존재이다.

　데라다는 가즈요가 죽은 뒤 얼마 안 있어 사학 잡지 편집 일에서 해고당했다. 간병에 쫓기느라 게으름을 피운 데다가 가즈요가 죽고서 한동안 멍하니 있느라 보름이나 편집소에 얼굴을 비치지 않았던 것이었다. 데라다는 다시 옛 스승에게 울며 매달려 미술잡지 편집 일을 소개받았다. 편집원 두 명 마저도 때마침 시작된 사변에 소집 당해 결원이 생겼던 것이다. 이번엔 게으름피우지 않고 꾸준히 근무하여 이 년이 지나 편집장이 또 소집 당하자 그다음 자리에 앉게 되었다. 그해 가을 오사카에 사는 어느 작가에게 수필을 부탁했는데 마감날 속달이 와서는, 원고는 요도 경마 첫날에 경마장으로 들고 갈 테니 원고료를 들고 요도까지 와달라고 한다. 데라다는 그 속달의 글씨가 예전에 가즈요에게 온 엽서 글씨와 전혀 다르다는 점에 안심했지만 자신이 가기는 역시나 싫었다. 그렇다고 다른 사람이 가면 작가의 얼굴을 알아보지 못한다. 사사로운 감정으로 잡지 발행을 늦출 순 없다며 데라다는 역시나 고지식한 사람답게 마지못해 경마장으로 나갔다. 마침 경주가 막 끝난 참인 듯 스탠드에서 줄줄이 철수하여 나오는 군중의 얼굴들을 이 가운데 가즈요의 남자가 있을 거라며 부릅뜨고 노려보는데, 아이고 미안 미안 하고 작가가

다가와, 자네를 찾고 있었어. 아무래도 아침부터 계속 날려 데리다가 가져올 원고료를 기다리고 있던 듯했다. 건넨 뒤 원고를 받아 돌아가려 하자, 나도 오늘은 교토로 돌아가니까 끝날 때까지 같이 하지 않겠나 하고 잡아 세웠고 데라다의 마음은 이미 약해진 상태였다. 스탠드에 나란히 서서 작가의 입을 통해, 자네 안나 카레리나의 경마 장면 읽었나? 하지만 그것도 영 아니야, 도대체가 진짜 경마를 묘사한 문학이 없어, 경마는 여자보다도 재밌는데 말이지, 나는 경마장에 여자를 데리고 오는 놈의 심리를 이해할 수가 없어, 경마만 있으면 난 더 이상 여자도 필요하지 않아, 그 증거로 난 아직까지 독신이니까, 사이카쿠의 오인녀[3]에 '몸을 기대 올라타는 말'이란 표현이 있는데 난 이런 스릴을 버리면서까지 여자에게 올라타진 않을 거야······하는 이야기를 들으며 경주를 구경하던 사이 데라다는 문득 경마를 향한 반감이 잊혀지기 시작했다. 그리고 다음 경주에서 얼떨결에 마권을 샀는데 데라다가 산 말에 160엔 배당이 붙었다. 환급 창구로 집어넣은 손에 지폐가 마구 쥐어질 때의 쾌감은 처음으로 뜻이 통한 가즈요의 피부보다도 짜릿했고, 그 경주마를 알려 준 작가에

---

3 사이카쿠의 작품인 『호색오인녀好色五人女』

게 문득 여자처럼 믿음직스러움을 느끼며 데라다는 별안간 중독되어가기 시작했다.

소심한 남자일수록 객기를 부리며 빠져들게 되는 것이 경마의 불가사의함인 것일까. 입문시킨 작가 쪽이 기가 찰 정도로 데라다는 무턱대고 분별없이 돈을 걸었다. 집필자에게 건네는 사례금까지 쏟아붓고 인쇄소에 지불할 돈도 마권으로 바꾸며 부당 행위에 빠져들었다. 언제나 내일의 희망이 있다는 점이 경마의 고마움이라고 말하던 작가도 엿새째부터는 더 이상 인세나 고료 가불이 통하지 않는지, 결국 모습을 드러내지 않았다. 하지만 데라다만은 고리대금으로 돈을 빌려 경마장을 찾아왔다. 이레째에는 서지 옷감 기모노에 나막신 차림이었다. 양복을 전당 잡힌 것이었다.

그리고 팔 일째인 오늘은 요도 경마장의 마지막 날이었다. 이것만은 떠나보낼 수 없다던 가즈요의 유품인 기모노를 전당포에 맡기고 왔다. 전당포의 포렴을 뚫고 나오자 데라다는 어느덧 가즈요와의 추억을 죽여버린 듯한 기분이 들었다. 그리고 오늘 이 돈을 전부 날려버리면 자신 또한 가즈요와의 추억과 함께 죽는 수밖에 없다며 쓸쓸히 경마장에 들어선 순간, 우중충하게 흐린 하늘처럼 어두운 데라다의 머릿속에 가장 먼저 번뜩인 것은 죽어버린 게 분명했던 가즈요와의 추억이었다. 여자보다 짜릿하다는 경마의 매력으로 빠져드는 느낌도 아니었다. 이 마지막 하루에 되찾지 못하면 파멸이란 느낌도 아니었다. 가즈요라는 추억과 함께 왔다는 것 말고는 다른 아무런 생각도 들지 않았다. 그리고 그 격렬한 추억이란 오랜만에 되살아난 격렬한 질투였던 건지, 멍한 데라다의 표정 가운데 눈빛만이 덤벼들 것처럼 번쩍거리고 있었다.

그래서 데라다는 오늘 가즈요의 ─ 자를 노리며 번호 1번만을 집요하게 계속 쫓았다. 그 말이 어떤 말이든 개의치 않았고, 승부가 되지 않을 법한 복마면 복마일수록 자학하는 쾌감이 있었다. 그런데 그날은 이상하리만치 1번 말에서 대박이 터졌다. 안쪽 코스라서 유리하다는 식으로 말해보아도 뒤쫓을 수 없을 정도라 역시 사람들도 오늘은 1번이 되겠구나 하고 깨달았지만, 슬슬 판도가 바뀔 때라며 일부러 1번을 멀리하려 하는 경마 심리를 비웃듯 역시나 단승으로 들어왔고 혼메면서 인기가 갈린 건지 의외로 배당이 높게 붙어 있곤 했다. 데라다는 초반에 대단히 우쭐해져, 왔다! 왔다! 하고 펄쩍펄쩍 뛰느라 설마 하고 체념하고 있을 때조차 무심코 만세 소리를 외칠 정도였지만, 여덟 번째 경주까지 벌써 다섯 번이나 단승을 거두어버리자 까닭 모를 두려움이 들기 시작해 어느새 답답한 기분으로 잠기기 시작했다. 그러자 얼굴을 모르는 그 경마남을 향한 질투가 머릿속을 쓱 스쳐 갔다.

아홉 번째 네 살 경주마 특별경주에선 1번 화이트스테이트 호가 출발이 크게 늦어 승부를 포기해 버렸지만, 그다음 신추첨 우승경주에선 데라다가 산 러키컵 호가 2착마를 세 마신 차이로 갈라놓아 다섯 번째 인기마라서 160엔의 대박이었다. 데라다는 오히려 비통한 표정을 지으며 배당을 받으러 갔는데 창구에서 배당을 받고 있던 점퍼 차림의 남자가 뒤돌아보며 히죽 웃음을 지었다. 피부색이 여자처럼 하얀 그 대단할 정도의 미모는 본 기억이 있다. 대박을 잘 맞추는 명인인 건지, 데라다는 아침부터 세 번이나 창구에서 그 얼굴을 마주쳤던 것이다. 대박이 터졌을 땐 배당을 받으러 오는 사람도 드물어 바로 안면을 트게 된다. 이야 잘 잡으시네요, 이다음은 뭔가요 하고 데라다는 별생각 없이 빈말로 물었다. 그러자 남자는 이미 마권을 산 상태라 둘로 접어 둔 것을 펼쳐 보여주었다. 1이었다. 데라다는 가슴이 철렁하여 무슨 뉴스라도 들은 건지 물어보자, 아뇨 저는 번호주의, 오직 1번뿐이에요. 그렇게 말하더니 순식간에 스탠드 쪽으로 쓱 사라졌다.

그 경주는 7번 혼메 말이 싱겁게 낙승했다. 그리고 그것이 요도의 마지막 경주였다. 데라다는 어쩐지 뒷맛이 개운치 않아 이윽고 경마가 고쿠라로 옮겨가자 다시 한 번 1번을 쫓고 픈 기분에 사로잡혀 규슈로 출발했다. 기차 안에서 고쿠라 숙소는 만원인 듯하다고 들었기 때문에 벳푸의 온천 여관에 서 묵으며 그곳에서 매일 아침 1번 기차로 고쿠라에 다녀오 기로 했다. 밤에 숙소에 오면 아주 녹초가 되었기 때문에 데 라다는 식모에게 알코올을 받아 메타볼린을 주사했다. 가즈 요가 죽은 뒤 데라다는 한동안 가즈요와의 추억과 질투에 시 달리며 잠 못 이루는 밤이 계속 이어졌다. 어느 날 밤, 문득 쓰고 남은 론펜이 있다는 사실을 깨달았다. 데라다는 불면 의 괴로움이 견디기 힘들어 여태 한 번도 주사 놓은 적이 없 는 자신의 팔에 흠칫거리며 론펜을 주사하자 간단히 잠들 수 있었다. 하지만 잠들 수 있다는 점보다 그렇게 무서워하던 주사를 혼자서 놓을 수 있고, 게다가 바늘의 통증도 의외로 강렬하지 않다는 점이 더 즐거워 그 후 각기 증상이 보일 때 도 메타볼린을 주사하여 스스로 고쳐버렸다. 그리고 그 뒤로 주사가 취미나 마찬가지인 꼴이 되었고, 주사액을 사 모으 는 돈만은 이상하리만치 아깝다는 생각이 들지 않아 데라다 의 가방 속에는 아마추어로선 흔치 않을 정도의 이런저런 다 양한 앰플이 들어 있었다. 주사를 마친 뒤 욕실로 들어갔다 가 데라다는 흠칫 놀랐다. 요도에서 본 점퍼 차림의 남자가 욕조에 몸을 담그고 있는 게 아닌가. 이야 하고 다가가자 건너편에서도 알아보고, 이런 오셨군요 고쿠라에…… 하고 일어서려 하는 그 등을 본 순간 데라다는 엉겁결에 눈을 휘둥그레 떴다. 여자 피부처럼 하얀 등에는 一이라는 글자의 문신이 새겨져 있던 것이다. 一 ‒ 1 ‒ 가즈요. 어쩌면 이 남자가 그 '경마남'이 아닐까. 一 문신은 가즈요 이름의 한 글자를 딴 것이 아닐까 하는 생각이 든 순간 데라다는 얼굴이 창백해져 그 문신은…… 하고 이미 예의마저도 잊고 있었다. 이거 말입니까 하고 남자는 싫어하는 내색도 없이 웃음 지으며, 이건 제 짐이에요, '마음엔 한 가지 속셈을[4], 등 뒤에는 짐을' 인 셈인데 제 짐은 등에 있는 一자예요. 열일곱 때부터 벌써 이십 년이나 등에 짊어지고 있지만 의외로 무거운 짐이에요, 라는 등 농담에 능한 남자였다. 열일곱 살 때부터……? 하고 놀라자, 저도 중학교 3학년까지 갔던 남자지만…… 하고 꺼낸 이야기는 이러했다.

태어날 때부터 피부가 하얗고 스스로 이런 말을 하는 건 이상하지만, 뭐 미소년인 편이라 중학생 시절부터 유혹도 많이 받았고 열일곱 때 여자전문대 학생에게 구애를 받아 결국

---

4 마음속에 어떤 계략을 품고 있다는 관용 표현.

그 학생을 임신시켰는데 학교는 퇴학 처분을 받고 집에서도 의절 당했다. 싸구려 여인숙을 옮겨 다니던 중 중개업자에게 걸려 탄광에 갔다가 우락부락하고 사나운 광부들이 이 자식 여자 같은 피부를 해대고 있다며, 반은 곱상한 남자애를 괴롭히고 싶은 기분과 반은 부러운 기분으로 억지로 등에 문신을 새겼다. 一 글자를 새긴 것은 광부들이 연립주택에서 하던 가보잡기 도박[5]의 一, 二, 三, 四, 五, 六, 七, 八, 九 가운데 이 패를 당기면 지는 것으로 정해져 있는 一의 의미인 듯했다. 문신을 강제로 새기고 얼마 안 있어 탄광을 도망쳐 나와 고향인 교토로 돌아와서 이곳저곳 고용살이를 했는데, 영어를 읽을 줄 아는 견습 직원이라며 아낌과 보살핌을 받는 건 첫 열흘뿐, 등 뒤의 문신을 들켜 갑자기 쫓겨나고 보자 이제 문신을 등에 짊어진 채 살아갈 방도는 등 뒤의 물건을 유용하게 써먹을 수 있는 불량생활 말곤 없다. 인케쓰[6]의 마쓰라는 이름으로 교고쿠(京極)나 센본(千本)의 번화가를 쓸고 다니던 사이 점점 얼굴이 팔려 남자도 몹시 울렸지만 여자도 울렸다. 재밌는 일도 많이 겪곤 했지만 등 뒤의 이것만 없었다

---

5 화투놀이 중 하나로 패를 뽑아 끗수가 아홉에 가까운 쪽이 이기는 게임.

6 도박용어에서 유래한 속어로 최악이라는 의미.

면 견실한 생활을 할 수 있었을 텐데 하는 생각이 들자 역시나 쓸쓸하여 경마장에 간다 해도 내 일생을 지배했던 1번이라는 번호가 과연 최악의 인케쓰인지 어쩐지 시험해보고 싶어 1번 말고는 걸어본 적이 없다.

듣는 동안 데라다는 바로 그런 '一'이었던 건가 하고 다소 안심했지만, 이런 남자라면 시조 거리의 술집도 쓸고 다녔을 게 분명하다며 역시나 신경 쓰여 고준샤 이름을 꺼내 보자, 개점 당시 입구의 커다란 유리창을 깬 이후로 가본 적은 없지만 하고 웃으며, 하지만 그곳 여급 중에 경마를 좋아하는 여자를 알고 있다. 괜찮은 여자였는데 죽은 것 같다. 관두면 좋으련만 교사 따위와 살림을 차렸던 건 바보 같았어도 그만한 몸을 가진 여자는 다소 드물…… 아니 벌써 올라가십니까?

방으로 돌아오자 식모가 저녁 식사를 가져다주었지만 데라다는 목으로 넘어가지 않았다. 바로 들고 내려가게 하고서 두 시간 정도가 지나자 이불을 펴러 왔다. 오늘 밤은 이제 잠들지 못하겠지 하고 데라다는 론펜을 주사할 생각으로 주사기를 소독하는데 이불 펴기를 마친 식모가, 어르신 주사를 놓으실 거면 저한테도 놔주세요. 메타볼린은 각기에 좋죠? 라면서 팔을 걷었다. 데라다는 그 포동포동한 팔에 바늘을 폭 꽂아 넣은 순간 가즈요가 떠올랐다. 바늘을 뽑자 식모는 주사에 익숙한 듯 솜씨 좋게 팔을 비비면서, 오번 방 손님이 이상한 말을 해서 오사키한테 대신 가달라 했는데 그러길 잘 했다 하는 말을 듣고서야 비로소 식모가 바뀌었다는 것을 깨 달았을 정도로 데라다는 흐리멍덩해 있었다. 미남인 줄 알고 진짜로 뻐기고 있어. 데라다의 눈이 갑자기 반짝였다. 그 남 자다. 그 남자가 이 식모를 유혹하려 했던 것이다. 데라다는 무슨 생각인지, 어때 하나 더 놔줄까. 메타볼린……? 아니 비 타민 C. C면 좋은 건가요? B보다도 좋지 하고 말했지만 주사 기는 몰래 론펜을 빨아들였다.

식모는 갑자기 하품을 하며, 저 졸려지기 시작했어요, 아아 기분 좋아, 몸이 공중으로 뜰 것 같아, 여기 잠시 눕게 해주세 요. 이불자락을 베개로 베자 이미 제정신을 잃은 상태였다. 두 시간 정도가 지나 멍하니 눈을 뜬 식모는 잠든 사이 무슨 일을 당한 건지 역시나 알아챈 듯했지만 데라다를 비난하는 기색도 없이, 꿈을 꿨던 걸까? 라며 일어나서 옷자락을 여미 며 밖으로 나갔다. 데라다는 그 뒷모습을 배웅할 기운도 없 이 자책감으로 기가 푹 죽었지만, 문득 그 남자를 떠올리자 아주 살짝 자존심에 만족감이 들었다.

다음 날 고쿠라 경마장 첫날이 시작되었다. 아침부터 계속 날려, 날리면 날릴수록 데라다는 흥분하기 시작했다. 가장 마지막 후루요비[7] 특별경주에 데라다는 있는 돈 전부를 1번 하마자쿠라 호에 걸었다. 이마저 실패해버리면 이제 돌아갈 여비도 없다.

발주기(發走機)가 휙 하고 튀어 올랐다. 데라다는 순간 창백해졌다. 안쪽 코스인 하마자쿠라 호의 출발이 두 마신 뒤처졌던 것이다. 데라다는 글렀다며 물고 있던 담배를 던져버린 뒤 스탠드에서 내려와 골 앞 울타리 쪽으로 다가갔다. 울타리에 기대지 않으면 서 있을 수 없을 정도로 힘이 축 빠져버린 것이었다. 건너편 정면의 고개를 홀로 뒤처진 채 올라가는 흰 바탕에 보랏빛 물결무늬의 하마자쿠라를 보자 데라다의 표정은 더더욱 일그러져갔다. 뒤처진 거리를 메우려 하지도 않고 경주마 무리와 떨어져 쫓아가는 건 이미 승부를 던져버렸단 걸까. 하마자쿠라는 이제 글렀어! 하고 데라다는 무심코 소리쳤다. 그러자, 아니 괜찮아 저 말은 추입마[8]야, 하는 목소리가 들렸다. 문득 뒤를 돌아보자 점퍼를 입은 '그 남자'가 계속 건너편 정면을 노려보며 서 있었다. 하얀 얼굴이 새파래져 있다. 나와 마찬가지로 계속 날렸구나 하고 쳐다보

---

7 古呼; 일본 경마에서 여섯 살이 된 말을 가리키는 용어.

8 追入馬; 초반엔 후방에 머무르며 힘을 아꼈다가 마지막 직선 코스에서 질주하는 경주마 종류.

자 남자는 갑자기 히죽거리며 웃었다. 데라다는 흠칫 놀라 정면을 돌아보았다. 흰 바탕에 보랏빛 물결무늬가 거리를 쑥쑥 메워간다. 제4코너에선 눈 깜짝할 사이 벌써 선두말과 나란히 붙어 서로 격렬히 다투며 직선으로 접어들었다. 좋아앗 하고 데라다가 소리 지르자 저 바보! 추입마가 코앞으로 나서면 어쩌자는 거야 하고 뒤쪽의 목소리도 몰두하고 있었다. 코앞으로 나선 하마자쿠라의 기수는 채찍을 쓰기 시작했다. 필사적인 역주(力走)지만 그대로 따돌릴 수 있을지 어쩔지. 채찍을 써야 하는 상황에서 남은 이백 미터라는 무리가 느껴진다. 도망쳐, 도망쳐, 따돌려 버려 하고 데라다는 소리를 질렀다. 이제 백 미터. 그래 가라. 앗, 3번이 추격해 왔다. 앞으로 오십 미터. 앗 위험해. 따라잡을 것 같다. 격렬한 경합. 처지지 마, 쳐지지 마, 도망쳐, 도망쳐! 하마자쿠라 힘내라!

정신없이 몰두하여 소리 지르던 데라다는 하마자쿠라가 결국에 따돌리며 골인한 것을 확인하자마자 갑자기 만세 하고 뒤를 돌아보며, 단승이야, 단승이야, 대박이야, 대박이야 하고 절규하며 점퍼의 어깨를 끌어안고 눈물을 주륵주륵 흘렸다. 마치 여자처럼 떨어지지 않았다. 질투도 원한도 잊어버리고 매달려 있었다.

향수 鄉愁

밤 여덟 시가 지나면 역원이 전부 돌아가 버리기 때문에 개찰구는 새카맣게 어두워진다.

오사카행 플랫폼에 달랑 남겨진 알전구 하나 외에 다른 불들은 모조리 꺼버린다. 여느 땐 켜두곤 하던 건너편 홈의 불빛도 무슨 이유에서인지 꺼져있다.

역에는 신키치 말곤 아무도 없었다.

오직 홀로 밝혀진 둔탁한 알전구 불빛 근처로 밤의 고요함이 무리를 지으며 꿈틀거리는 듯했다. 아직 여덟 시를 조금 지났을 뿐이지만 별안간 밤이 깊어진 기분이 들었다.

그 고요한 불빛을 뒤집어쓰며 벤치에 살짝 걸터앉아 오사카행 전차를 기다리던 신키치는 문득 고독한 기분이 들었다. 밤의 바닥으로 마음이 가라앉는 듯했다.

하지만 눈에 눈물이 밴 것은 감상 때문이 아니었다. 사십 시간 동안 한숨도 자지 못하고 계속 글을 쓰고 난 직후의 피로가 곧장 눈으로 몰려들었던 것이었다. 피곤했다. —

수마(睡魔)와 싸우는 것만큼 괴로운 건 없다. 이틀 밤 내내 자지 못하고 밤낮으로 철야 작업이 이어지자 신키치는 더 이상 수면 외에 다른 어떤 욕망도 들지 않았다. 정욕도 식욕도 부도 명성도 권세도 필요 없다. 한시라도 빨리 글쓰기를 마치고 근처 우체국에 가서 보내버린 뒤 그대로 이불 속으로 들어가 죽은 듯이 자고 싶다. 그저 그것만을 계속 생각하고 있었다. 마감이 지나 도쿄의 잡지사에서 몇 번이나 전보로 재촉을 받는 원고였지만 오늘 오후 세 시까지 근처 우체국으로 가져가면 시간에 맞출 수 있을지도 모른다.

"세 시, 세 시……."

세 시만 되면 잘 수 있어 하고 아이를 달래듯이 자신에게 타이르며 — 결국 옆방 집사람이 무슨 일 있어요? 하고 말하며 들어올 정도로 커다란 목소리로 중얼거리며 계속 써왔던 것이었다.

그런데 세 시가 되어도 여전히 책상 앞에 앉아 있었다. 마지막 한 장이 아무리 고쳐 써도 마음에 들지 않았던 것이다.

신키치는 지금껏 서두 문장으로 고생한 적은 있어도 결말 짓는 방법 때문에 막히거나 했던 적은 거의 없었다. 신키치의 소설은 언제나 분명하게 매듭지어졌다. 서두의 한 줄이 완성된 순간 머릿속에선 결말이 떠오른다. 아니, 결말이 떠오르지 않으면 서두를 쓰려 하지 않았다. 결말이 있다는 것은 즉 그 결말로 인생이 명확히 나누어떨어지는 것이다. 낙엽 한 잎 떨어지면 천하의 가을을 알아챈다는 건 옛사람의 말이지만, 한 행 결말이 떨어지면 신키치는 인생을 압축할 수 있다고 생각했다. 아니, 자부했다. 그리고 헤매 본 적도 없었다. 현실을 보는 눈과 그를 써 내리는 손 사이에는 늘 모순이 없었다.

그런데 불쑥 그것이 불가능해져 버린 것이다. 신키치는 이상하다고 생각하며 머리를 쥐어짰다. 결말이라는 것은 이른바 장기의 승부수와도 같은 것이리라. 그 어떤 장기 묘수풀이에도 승부수가 있는 법이다. 묘수풀이의 달인은 승부수를 생각해 낼 때 제일 먼저 장군부터 생각하거나 하지 않는다. 판의 어느 언저리에서 왕이 외통수[1]에 몰리는지를 생각한다.

---

1 다양한 형태의 장군 중 왕이 궁지에 몰려 피할 길이 전혀 없는 상태의 장군. 체스에선 체크메이트로 부름.

생각한다기보다도 가장 마지막에 외통수가 이루어지는 형국이 직감적으로 먼저 떠오르고 그 뒤에 맨 처음으로 돌아가는 것이다. 그리고서 가장 첫 장군을 생각해 내는 것인데 결말이 떠오른 뒤 서두 문장을 생각해 내곤 하는 신키치의 방식 또한 역시 이런 식이었다. 그런데 지금은 사정이 달라진 것이다. 외통수가 전혀 떠오르지 않는다. 서두 문장은 의외로 술술 쓰였지만 그때그때 될 대로 되라는 식으로 움직인 장군에 지나지 않았다. 아니, 장군이라고 부를 수도 없는 정도였다. 이게 무슨 영문인지 궁리하다 신키치는 문득 이 장기판이 언제나처럼 사각형 판이 아니라 원형 판이기 때문일지도 모른다는 생각이 들었다. 사실 신키치가 그리려 하던 건 오늘날의 세태였다.

세태는 일그러진 표정을 띠고 있지만 신키치에게 있어 세태는 삼각형도 사각형도 아니었다. 역시 세태는 진흙투성이가 되어 언덕길을 굴러다니는 둥근 구형이었다. 이 둥근 구형을 아무리 쫓아가 본다고 해도 세태를 붙잡는 건 불가능하다. 어지럽게 변화하는 세태가 달아나는 속도를 말하는 것이 아니다. 현실을 삼각형 또는 사각형으로 생각하고 그 다각형의 정점에서 갈고리를 던지던 신키치에게 있어 어느덧 원형의 세태는 던져야 할 갈고리를 놓쳐버린 셈이었다. 다각형의 변을 무수히 늘리면 원에 가까워질 것이다. 그렇게 생각하며 신키치는 세태의 표면에 떠오르는 현상을 되는 대로 수없이 작품 속에 전부 쑤셔 넣어 보았지만, 다각형의 변을 늘리면 원이 된다는 것은 기하학의 꿈에 지나지 않았던 걸까. 하지만 둥근 계란도 자르는 법에 따라선 사각형도 될 수 있다고 하지 않는가. 그러나 신키치는 그 자르는 법을 더 이상 이해할 수 없었다. 신문은 매일 세태를 그리고, 정치가는 세태를 논하고, 일반 민중도 세태를 이야기한다. 그리고 신문도 정치가도 일반 민중도 그 말하는 바는 거의 변하지 않는다. 이른바 세태를 말하는 방식에는 공식이 있는 것이다. 패전, 전쟁피해, 실업, 퇴폐하는 도의심, 군벌의 횡포, 무능한 정치. 모든 것이 당연하며 누가 생각해도 식량의 세 홉 배급이 선결문제라는 결론에 도달한다. 세 살 아이도 이는 잘 알고 있다고 말하고 싶을 정도이다. 둥근 계란은 이렇게 잘라야 한다는 건 지구가 둥글다는 사실과 마찬가지로 명백하다. 그러나 신키치는 이 명백함에 의지할 수 없던 것이다. 가령 그 공식을 통해 둥근 계란이 사각형으로 나누어떨어져도 끄트머리가 남지 않는가 하는 생각이 드는 것이다.

신키치는 세태를 그리려 한 그 작품의 결말에서 이 끄트머리를 처리해야 했다. 그런데 세 시가 되어도 처리할 수 없었다. 한편으론 머리가 이미 완전히 지쳐있었다. 생각할 힘도 없이 비틀비틀 헤매고 또 헤매는 머리가 문득 도망쳐 나가려 하는 길 저편은 수마가 막아서고 있다.

신키치의 마음속으로 불이 붙은 듯한 아기 울음소리가 들렸다. 세 시가 되면 잘 수 있을 줄 알았는데 결국 잘 수 없다는 초조한 울음소리였다. 힘들어 힘들어 하고 칭얼거리며 떼를 쓰고 있었다. 어차피 시간에는 맞추지 못할 테니 한 달 늦춰달라 하고 다음 호에 쓰기로 하자고 붉은 눈을 문지르며 신키치는 기운 없이 생각했다. 하지만 신키치는 오늘 아침 도쿄 잡지사에 '워 ㄴ고 지금 보냄' 기다릴 것' 하고 무심코 전보를 부쳐버렸다. 이미 양해받기엔 너무 늦었다. 하지만 시간에 맞출 수도 없다. 이미 세 시가 지났다.

편집자의 성난 얼굴을 떠올리며 이불 속으로 들어가 눈을 감은 순간, 신키치는 불쑥 오늘 밤 안에 다 써서 오사카 중앙 우체국에 가서 속달로 보내면 시간에 맞출 수 있을지도 모른다는 생각이 들었다. 근처 우체국에서 오후 세 시에 보내도 결국에는 일단 중앙국에 들르지 않으면 기차에 오를 수 없을 것이다.

그렇게 생각하며 신키치는 서둘러 이부자리에서 기어 나왔다. 그리고 우선 주사를 준비했다. 각성 흥분제 히로뽕[2]을

향수 287

놓으려 하던 것이다. 최근까지도 신키치는 직접 주사를 놓을수 없었다. 의사에게 처치 받을 때도 바늘을 보지 못하고 고개를 돌릴 정도였다. 그런데 최근처럼 일이 바빠 잠잘 시간이 부족해지자 이젠 히로뽕이 유일한 의지처였다. 한밤중에 피로와 졸음이 덮쳐오면 이전엔 바로 잠들어버렸지만, 이젠 꾸역꾸역 신경을 흥분시켜 일을 이어나가지 않으면 청탁받은 일이 삼 분의 일도 진척되지 않았다. 등과 배는 바꿀 수 없다며 신키치는 흠칫흠칫하며 직접 주사를 놓게 되었다. 히로뽕은 신기할 정도로 효과가 돌았지만 심장에 안 좋기도 하고 나중에 피로가 격해져서 삼 일에 한 번도 놓으면 안 된다. 하지만 작업을 생각하면 그렇게 말하고만 있을 순 없어서 결국엔 안 좋다고 생각하면서도 매일, 심지어 날에 따라선 두 번세 번도 놓게 된다. 그 대신 포도당과 비타민제도 빠트리지 않고 맞아 가까스로 히로뽕 남용의 악영향을 완화했다.

신키치는 왼쪽 팔을 소독하고 바늘을 꽂아 넣으려 했다. 그런데 그저께부터 연달아 다양한 주사를 놓아 피하 곳곳마다 주사액의 굳은 층이 생겨 바늘이 들어가지 않는다. 과감하게 넣어 보려 하자 부러질 듯 바늘이 굽어 버린다. 주사로

2 1941년 제약회사에서 출시한 마약 성분 피로해소제로 널리 상용되다가 1949년 일반인 제조가 금지됨.

혼쭐이 난 팔이 언뜻 가엾어 보일 정도였다.

신키치는 왼쪽 팔은 포기하고 오른쪽 팔을 걷어 올렸다. 오른쪽 팔에는 바늘 자국이 거의 없었지만 그 대신 쓰기 힘든 왼손을 써야 한다. 신키치는 문득 불안했지만 바늘이 부러지면 부러졌을 때의 일이라며 서투른 손동작으로 바늘 끝을 가져다 댔다. 그리고 얼굴이 새빨개져 입술을 삐죽 내밀며 쭉 밀어 넣자 뭔가 슬픈 기분이 들었다. 이렇게까지 해가며 일을 해야 하는 자신이 불쌍했다. 하지만 당장 일 이외에 무슨 즐거움이 있는가. 전쟁 중 그토록 쓰고 싶던 소설을 이젠 마음껏 쓸 수 있는 세상이 되었다고 생각하면 불쌍하긴 하지만 다른 사람보다는 행복할지도 모른다. 가령 작업 보수가 전부 봉쇄된다고 해도 떠맡은 일만은 약속을 완수해야 한다고 생각하며 자학적인 고통을 팔로 느끼면서 주사를 끝냈다.

글을 다 쓴 건 밤 여덟 시였다. 끝내 매듭지을 순 없었으나 억지로 짜낸 결말은 '세태는 결국 전부 써낼 수 없다. 세태의 리얼리티는 내 문학의 리얼리티를 비웃고 있다.'라는 역설이었다. 뭔가 한심한 기분이 들어 작업 하나를 끝마쳤다는 기쁨도 느껴지지 않았다. 이렇게까지 고생을 하여 이정도 작품밖에 쓸 수 없는 건가 하고 쓸쓸해졌다.

그리고 그 원고를 들고 중앙국으로 가기 위해 터벅터벅 역까지 온 것이었다. 우체국행은 집사람에게 부탁한 뒤 바로 잠들어 버리고 싶었지만 여자에게 부탁하기엔 너무 위험한 시간이다. 게다가 진통의 고통을 겪은 원고라는 생각이 들자 기형아가 나오긴 했지만 역시나 내 자식처럼 사랑스러워 스스로 들고 가서 등기 증서를 받아와야 안심할 수 있다는 생각마저 들었다…… 전차는 좀처럼 오지 않았다.

신키치는 벤치에 걸터앉아 아래로 매달린 병따개 표주박 인형처럼 멍하니 펴진 자신의 자세를 느끼고 있었다.

신키치는 '헌 솜을 갈기갈기 찢어서 내다 버린 것처럼 축 늘어져 지쳤다.'라는 표현을 자주 사용했는데 그 헌 솜의 색깔은 어쩐지 노란색이었을 것 같은 기분을 막을 수 없었다.

사십 시간 동안 한숨도 자지 못하고 글을 써 온 고행은 어쩐지 메이지 시대 피투성이 예도(藝道) 수업을 떠오르게 했지만 그런 수업을 거쳐도 훌륭한 예술을 남기는 사람은 손가락에 꼽힐 정도밖에 없다. 대개는 이류 이하인 채로 죽어간다. 나도 그중 하나인가 하는 신키치의 자조 섞인 감상도 문득 떠오른 어렴풋한 생각처럼 멍한 마음의 바닥을 살짝 스친 것에 불과했다.

그저 멍하니 앉아 있었다. 꾸벅꾸벅 졸고 있었을지도 모른다. 전차가 들어오는 소리도 꿈결처럼 듣고 있었다. 한순간 주위가 밝아져 벌떡 일어서려 했다. 하지만 들어온 건 다카라즈카행 전차였다. 신키치가 기다리고 있는 건 오사카행 전차이다.

텅 빈 그 전차가 떠나가자 맞은편 플랫폼에 사람 그림자 하나가 꿈틀거렸다. 방금 막 내린 손님일 것이다. 여자인 듯했다. 안절부절 주위를 돌아다니며 개찰구로 나가서 잠시 서 있다가 이윽고 다시 되돌아와 신키치 옆으로 다가왔다. 마흔 정도의 꾀죄죄한 여자로 이렇게 추운 날에 맨발에 짚신을 신고 있었다. 홀쭉하게 여위고 새파래진 얼굴로 불안해하는 표정을 지으며,

"저기, 잠시 여쭤볼 게 있는데, 고진구치(荒神口)가 이 역인 가요?"

"예―?"

"여기가 고진구치인가요?"

"아뇨, 기요시코진(清荒神)입니다 여기는."

신키치는 둔탁한 전등이 비추는 역명을 가리켰다.

"이 주위에 고진구치라는 역은 없나요?"

"글쎄, 이 노선에는 없네요."

"그런가요."

여자는 다시 개찰구로 나가 어둠 속을 두리번두리번 둘러

보다가 곧장 다시 돌아와서,

"분명 여기가 고진구치라고 듣고 왔습니다만……."

"이렇게 늦게 어디를 찾아가시는 겁니까?"

"아뇨, 고진구치에서 기다리겠다고 전보가 왔는데……."

여자는 반쯤 우는 얼굴로 품속에서 전보를 꺼내 보여주었다.

"고지 ㄴ구 치로바로 와. ─ 그러네요. 발신인은 분명합니까?"

신키치가 말하자 여자는 부끄러운 듯이

"남편이에요." 하고 말했다.

"그럼 고진구치에 친척분이나 지인이 계시다는 거네요."

"그런데 전혀 짐작이 가지 않아요. 고진구치는 한 번도 들어본 적도 없고요."

"하지만 이상하네요. 고진구치라고 짚이는 곳이 있으면 아마 그곳에서 기다리고 계시긴 할 텐데 그게 아니라면 역에서 기다리고 계시겠죠. 하지만 바로 오라고 했어도 요즘 전보는 믿을 수 없고[3], 만나는 시간도 적혀 있지 않고, 전보를 받으시고서 바로 달려가신다고 해도 고진구치라는 곳에 도착하시

---

3 당시 정보는 정확성이 떨어지고 발신인을 단정 짓기가 어려웠음.

면 몇 시가 될지 전혀 짐작할 수 없을 겁니다. 그때까지 역에서 기다릴 거라고는……. 하다못해 몇 시에 기다리겠다고 시간이 적혀 있었다면 좋았을 텐데……."

"저도 이상하게 느끼긴 했지만 아무튼 남편이 오라고 해서 아이들에게 저녁밥을 먹이던 중인데도 허겁지겁 나온 거예요."

문득 흐트러진 옷자락을 가다듬었다.

"남편분이란 건 확실한 거군요?"

신키치는 문득 소설가스러운 호기심이 동했다.

"이웃 사람한테 보여줬더니 이건 오사카 중앙국에서 친 거니까 가서 알아보라고 알려줘서 중앙국에 알아봤더니 역시 남편이 쳤다는 것 같았어요."

"댁은……?"

"이마자토예요."

이마자토라면 중앙국에서 시영전차로 한 시간이면 갈 수 있고 굳이 전보로 불러서 오게 하지 않아도 될 텐데 하는 생각이 들었지만, 그렇게까지 묻는 건 너무 간섭하는 것 같아 신키치가 가만히 있자 여자는,

"─긴급전보긴 해도 시내에서 일곱 시간이나 걸리니까 제 시간에 닿지 못할 것 같긴 했지만, 아무튼 찾아가 보려고 여러 사람에게 물어보니 고진구치란 역은 없어도 그렇담 분명

기요시코진일 거라고 말씀하셔서서 타고 왔는데……."

따로 고진구치라는 역이 있는지 여자는 몇 번이고 다시 확인했다.

"글쎄, 없는 거 같은데 말이죠."

하고 신키치가 말하는 참에 오사카행 전차가 들어왔다.

"—여기서 기다리고 계셔도 아마 소용없을 테니……."

이 전차로 돌아가는 게 어떨지 하고 신키치가 권했지만 여자는 결심이 서지 않는 듯 머뭇거렸다.

결국 올라탄 건 신키치뿐이었다. 움직이기 시작하는 전차 창으로 내다보자 여자는 신키치가 앉아 있던 장소에 앉아 얼떨떨한 눈으로 전방을 바라보고 있었다. 밤이 점점 깊어져 가는데 도저히 만날 수 없을 것 같은 남편을 그렇게 언제까지고 기다릴 생각인 걸까. 포기하고 돌아갈 엄두도 내지 못하는 건 어지간히 만나야만 하는 용건이 있는 걸까. 그게 아니면 오라고 하는 남편의 명령을 순순히 따르려는 걸까.

전차 안에서는 신키치 맞은편에 탄 남자 둘이 큰 소리로 떠들고 있었다.

"구권 시절[4]에 시영전차 회수권을 만 장을 사둔 녀석이 있

---

4 1946년 미국 신정부에 의해 단행된 화폐 개혁.

다는 거야."

"이야, 기발한 생각을 했구먼. 한 장에 5엔이니까 5만 엔인가. 이제 찔끔찔끔 팔면 결국 신권 5만 엔이 들어오는 거잖아."

"50전 싸게 팔면 날게 돋친 듯 팔릴 거야. 4엔 50전이더라도 4만 5천 엔이니까."

"시영전차 회수권이라니 기발한 생각을 했네. 나는 교토에 가서 손에 닿는 대로 헌책을 매점하려 했었어. 구권으로 매점해 둔 뒤에 신권이 나오면 읽지도 않고 다른 헌책방에 팔아 치우는 거야."

"그렇군, 만 엔에 사서 삼 할 깎아 팔아도 신권 7천 엔이 들어오겠네."

"하지만 도저히 그만큼 책을 들고 돌아올 수가 없어서 결국 포기했어. 전차 회수권은 떠올리지 못했네."

"그렇다곤 하지만 신권, 신권하고 신기해하며 떠들썩한 것도 지금뿐이야. 삼 개월만 지나면 전이랑 똑같을 거야. 신권 인플레가 되겠지."

"결국 금융 조치라는 게 소란을 피우고 있군."

"생산이 동반되지 않으면 어떤 수를 쓰더라도 똑같아. 게다가 이번 수는 생산을 일시적이나마 멈추게 하려는 거니까.

생산을 동반하지 않으면 결국 실패하는 거야 뻔하지. 방법 자체가 이미 생산을 멈추게 하는 거니까 말이 안 되는 거야."

둘은 그러더니 유쾌하게 웃었다. 그 유쾌한 목소리가 신키치에겐 신기했다. 하지만 신키치는 이제 그런 세태 이야기보다도 방금 전 여자 쪽으로 관심이 쏠렸다.

그런 식의 전보를 쳤던 여자의 남편은 어지간히 어리석은 남자임이 틀림없다. 전보를 치는 방법을 전혀 모르는 듯하다. 하지만 다시 생각해보면 그런 전보를 칠 만큼 남자에게 뭔가 다급하여 당황한 구석이 있었을지도 모른다. 그리고 또 보통 여자라면 곧바로 돌아갈 텐데 언제까지고 기요시코진 역을 서성거리던 여자의 태도도 순종이나 어리석음보다도 뭔가를 고심하여 결심한 고집을 띠고 있었다.

신키치의 감은 문득 그 중년 남녀에게서 치정의 냄새를 맡고 있었다. 치정이 지나치다면 저들 부부관계에는 전보로 불러내 꼭 말해두어야 할 뭔가가 내포되어 있음이 틀림없다. 아이에게 밥을 먹이던 중에 뛰쳐나왔다는 여자의 당황한 구석은 그들 부부관계가 심상치 않다는 증거라고 신키치는 독단하고 있었다. 야심한 시간 탓일지도 모른다.

그러나 문득 여자가 맨발로 신고 있던 비참한 짚신이 떠오르자 어느덧 신키치는 세상으로 되돌아왔고 치정 냄새는 별안간 옅어져 버렸다.

어떻게 해서든 만나야 한다고 결심한 여자의 고집에서 치정의 냄새를 맡는 것은 어제의 감각이며 오늘의 세태 앞에서 손을 떼버린 신키치에게 그 감각이 문득 되살아난 건 당연한 일이라곤 하지만, 여자의 고집에 덮어 씌워진 세태의 어두운 그림자를 외면하는 것은 역시나 불가능했다.

그러나 세태의 어두움을 사십 시간 내내 생각해 온 신키치는 이젠 세태를 건드리는 것이 구역질이 나올 정도로 견딜 수 없었다. 신키치는 그 여자에 대해 생각하는 것을 멈추고 어느샌가 꾸벅꾸벅 졸고 있었다.

몸이 흔들려대서 눈을 뜨자 우메다 종점이었다.

원고를 보낸 뒤 다시 한큐 전철 구내로 돌아오자 사람 그림자가 별안간 드물었다. 아까까지 있던 석간 팔이도 이젠 없다. 신키치는 지하철 구내라면 석간을 팔지도 모른다는 생각에 계단을 내려갔다.

한큐 백화점 지하실 입구 앞까지 내려갔다가 신키치는 흠칫 놀라 눈이 휘둥그레졌다.

한 부랑자가 벌러덩 누워 있고 그 옆에 부랑자의 아이로 보이는 대여섯 살 정도의 사내아이가 한쪽 무릎을 세워 살짝 쭈그리고 앉아서 얼떨떨한 눈으로 뭔가를 주시하는 것도 없이 위쪽을 올려다보고 있었다.

그 얼떨떨한 눈은 자신이 어째서 이런 곳에서 밤을 보내야 하는 건지, 어째서 이렇게 배를 굶주려야 하는 건지, 어째서 한밤중에 눈을 뜨게 된 건지, 어째서 이렇게 추운 건지, 너무나 이상하다는 듯한 눈이었다.

부친은 쿨쿨 자고 있다. 그 아이도 함께 자고 있었을 것이다. 그런데 문득 한밤중에 잠에서 깨어나 벌떡 일어났다. 그리고서 울지도 않고 너무나 이상하다는 듯한 그 눈을 얼떨떨하게 뜬 채 납덩이처럼 가만히 있는 것이다. 얼떨떨한 눈으로…….

신키치는 자신도 모르게 발길을 멈추고서 언제까지고 그 아이를 바라보았다. 아이와 똑같은 얼떨떨한 눈으로……. 그리고 그 여자와 똑같은 얼떨떨한 눈으로…….

그것은 더 이상 세태라든가 어둡다든가 절망이라든가 하는 것들이 아니었다. 허탈이니 망연이니 하는 것들도 아니었다.

그것은 언제 어떠한 시대에나, 어떠한 세태에나, 어른에게나 아이에게나, 남자에게나 여자에게나 불쑥 덮쳐오는 정체를 알 수 없는 이상한 감각이었다.

인간이라는 존재가 살아 있는 이상 어떠한 이유도 원인도 없이 지녀야만 하는 우수의 감각이 아닐까. 그 아이가 앉은 모습은 더 이상 인간이 앉아 있다고는 생각되지 않고 납덩이 하나가 놓여 있는 느낌이었지만, 그러나 신키치는 이 아이를 볼 때만큼 인간이 앉아 있다는 느낌을 받아본 적이 일찍이 단 한 번도 없었다.

다시 계단을 올라가며 신키치는 인간을 향한 향수에 마비되어 넋을 잃을 것만 같았다. 그리고 '세태'라든가 하는 말은 인간이 인간을 잊기 위해 만들어낸 편리한 말일 뿐이라는 생각이 들었다. 어째서 인간을 쓰려 하지 않고 '세태'를 쓰려 했던 건지, 신키치는 격렬한 후회를 느끼며, 하지만 문득 길이 열린 듯한 밝은 마음을 뒤흔들며 이윽고 돌아가는 전차에 몸이 흔들리곤 했다.

한 시간 뒤 신키치가 기요시코진역에 내려서자 이전의 그 여자는 아직 얼떨떨한 눈으로 화석처럼 미동도 없이 이전과 같은 장소에 앉아 있었다.

작품 해설

1

소설이란 어디까지나 허구이며 허구를 통한 예술이라고 활동 기간 내내 주창한 오다 사쿠노스케지만 그의 소설에도 엄연히 모델이 있다. 「부부단팥죽」은 작가의 둘째 누나인 오다 치요 부부 이야기를 담은 것으로 오다 치요 역시 화장품 도매상 아들과 사랑의 도피를 감행하고 살롱 '치요'를 차렸다가 가스 중독으로 병원에 실려 가고(실제로는 단순 사고였다) 벳푸로 이주해 그곳에서 다시 화장품 가게를 연 뒤 여관업을 했다. 「나무의 도시」의 구치나와 고개, 석양 언덕 등은 전부 실존하던 지명이며 아내 가즈에와의 혼인신고를 위해 그곳 구청에 들르며 이야기가 시작되고(명곡당 가족은 허구이다), 「세태」의 다이스의 마담도 모델이 있고 아베 사다 공판 기록 입수 또한 실제 사실이다.(마담을 통해 입수했다고 한다) 「경마」의 가즈요는 오다의 첫 번째 아내인 가즈에가 모델로 가즈에 역시 암으로 일찍 사망하여 그녀를 깊이 사랑한 오다 사쿠노스케는 그녀의 머리카락을 항상 소지하고 다녔다. 이러한 그의 소설을 사소설이라고 칭한다면 언뜻 자연주의 심경소설을 연상시켜 많은 오해를 살 수 있지만, 분명 그의 소설 속 주인공은 작가 자신은 아니지만 작가의 분신에 해당하기에 오다사쿠만의 '사소설'이라 할 수 있을 것이다.

자연주의란 19세기 프랑스를 중심으로 대두된 예술사조로 자연의 객관적인 묘사를 통해 진실을 탐구하는 태도를 말하는데, 일본 문학계에선 그 객관적인 묘사 방법을 채택하여 사소설이라는 장르를 파생시켰다. 사소설은 작가 신변의 일을 감정의 흐름에 따라 객관적으로 관조하며 천착하는 심경소설을 말한다. 이 정도에서도 오다 사쿠노스케의 작품이 이와 얼마나 거리를 두고 있는지 알 수 있지만, 실제로 그는 거리를 둘 뿐만 아니라 자연주의 심경소설을 호되게 공격했다.

일본 문단은 일도삼례 식의 심경소설과 사소설 발달에 수십 년간 노력을 집중시켜 옴으로써 소설형식의 퇴보에 큰 공헌을 하고 근대소설의 사상성 역행에 있어 훌륭한 성공을 거두었다. (중략) 그들은 인간을 그리려고 했다고 말할지도 모르지만 결국 자신을 그리고 있을 뿐, 게다가 자신을 그린다 해도 자신의 가능성은 그리지 않고 신변잡기만을 그리고 있을 뿐이다. 타인을 그려도 자신이 곧이곧대로 바라보는 타인일 뿐, 타인의 가능성은 그리지 않는다. 그들은 자신의 신변 이외 인간에는 흥미가 없고 자신의 신변 이외 인간은 그리지도 못한다.

—「가능성의 문학」

소설의 즐거움은 이야기성에 있다. 바꿔 말하자면 소설이란 거짓 예술이다. 하지만 오해를 일으키지 않기 위해 말해두지만 여기서 말하는 거짓이란 리얼리티를 희석하기 위한 수단은 아니다.

—「사이카쿠 신론」

오다 사쿠노스케가 말하는 '가능성'이란 소설 속의 허구, 즉 거짓말을 통해 실현된다. 과잉과 과장을 통해 여러 가지

가능성이 실험된다. 독자가 이것이 허구임을 깨닫게 하는 게 좋을지, 아니면 끝까지 진실이라고 믿게 하는 게 좋을지 그는 잘 모르겠다고 말했는데, 그래서인지 그의 작품은 허구와 실재 사이를 능수능란하게 오가며 독자들을 숨 가쁘게 끌고 간다는 평가를 받곤 한다.

이 가능성이라는 허구와 오다사쿠식의 실재적 '사소설'을 촘촘히 직조해내는 커다란 그릇이 바로 오사카이다. 이 오사카란 단순히 지리적 토양이나 작품의 배경을 의미하지 않는다. 오사카의 어떠한 '정신'이 작품 자체를 촘촘히 잇고 있다. 작품 배경이 벳푸나 교토로 옮겨가도 마찬가지이다. 인물들의 강인한 생활력, 긍정적인 삶의 자세라고 표현해도 틀린 말은 아니지만, 그러한 정신이 주인공의 성격을 뛰어넘어 소설의 문체와 흐름, 형식까지 결정하는 것이다. 이 오사카라는 혼연일체 속에서 독자들은 실재와 거짓 사이를 헤매며 빠른 속도의 문장에 이끌려 소설 속으로 단숨에 빠져든다. 이러한 특징을 누구보다 탁월하게 구사한 작가는 역시 오사카 출신이자 오다 사쿠노스케의 대선배, 이하라 사이카쿠이다.

음식점이나 지명 등 소재의 길고 긴 나열, 금액 등등 구체적인 숫자의 두드러지는 강조, 조루리 형식을 빌린 긴 호흡의 문장 속 교묘한 대사 삽입(조루리의 본고장이 오사카이다) 등은 소설을 보다 구체적이고 생동감 넘치게 만드는 장치일 뿐만 아니라, 누구보다 실용적이고 활동적인 오사카인의 성격이 자연스럽게 드러나는 부분이다. 「부부단팥죽」이 발표된 뒤 실제로 어떤 독자로부터 "당신의 작풍이 이하라 사이카쿠의 작풍과 비슷하다"라는 지적을 받았지만 오히려 그전까진 이하라 사이카쿠를 제대로 읽어본 적이 없었다고 그는 고백한다. 그제야 제대로 읽어보고서 스탕달과 더불어 추앙하게 되었다고 말하는데, 즉 이하라 사이카쿠를 읽어보지 않았는데도 이하라 사이카쿠와 비슷한 작풍을 선보였다는 것이다. 이들이 자신들도 모르게 공유하던 구체적이고 통속적인 정신이 문학으로서 보편성을 획득하는 과정에서 서사와 인물과 배경이 일체가 되며 가능성이라는 실재적 허구가 훌륭히 완성된다.

앞서 말했듯 이 오사카는 단순히 그의 고향으로서 오사카가 아니다.

나에게 있어 오사카인이란 지리적인 의미가 아니다. 스탕달도 앨런도 나에게는 오사카인이다. 조금 억지스럽지만 나는 오사카인이란 것을 그렇게 넓게 해석하고 있다. 의리와 인정의 세계, 경제의 세계가 오사카인 것은 아니다.

─「나의 문학수업」

사물을 이상하리만치 복잡하게 만들어버리거나, 저 사람과 나의 심리가 어떻고 저떻고, 너는 불안의 양이 부족하다는 등등 말하던 도쿄의 심리주의에 시달리다가 마침내 그 무엇도 믿을 만한 것을 배우지 못했던 나는 오사카의 감각만을 믿었다. 나는 거기서 내 청춘의 역설적인 표현을 발견했던 것이다. 적어도 나는 도쿄가 가진 청춘의 유별난 경향에 반항하던 것이었다. (중략) 하지만 사상이라는 도깨비의 숫자가 신조어만큼이나 되고, 게다가 어느 것도 믿을 수 없다는 심리주의에서 오는 불안을, 심각한 기분에 빠지는 것을 젊은 지식인의 특권이라고 생각하는 듯한 도쿄에서 삼 년이나 있다 보면 고향 생각이 나서 몹시 그리워지기 마련이다.

─「도쿄 문단에 부침」

오사카는 그에게 있어 자신의 감정에 몰두하며 도취해있던 도쿄 문단을 향한 배격, 앞서 말한 자연주의 심경소설 등등 자신의 좁은 세계에 갇혀 무한한 가능성을 추구하지 않는

작품 해설 305

문학에 대한 공격의 공간이다. 더불어 이 공간은 엄연히 실재하는 공간으로 작가 자신과 그의 소설 속 주인공들이 실제로 역동적으로 생활하는 공간이다. 그렇다면 이 생활 감각을 발판삼아 허구의 이야기 속에서 그가 바라본 가능성이란 어떤 방식으로 전개되는가. 이는 작품 속에서도 몇 번 등장한 데카당스(décadence)로 표현할 수 있을 것이다.

2

함께 무뢰파로 불렸던 사카구치 안고 또한 「데카당스 문학론」이라는 산문을 남긴 만큼, 데카당스는 무뢰파 신희작파 작가들이 함께 공유하던 정신이다. 사전에 따르면 데카당스란 퇴폐적 문예사조로서 기존의 고전적 조화와 균형미를 탈피하고 이를 무너뜨림을 말한다. 「육백금성」의 나라오는 뭔지는 모르겠지만 어쩐지 마음에 들어 "나는 데카당스다" 하고 외치지만 이에 앞서 다른 소설에서 오다 사쿠노스케가 데카당스를 명확히 설명한 부분이 있다.

데카당스라는 건 고급 사상이야. 그러므로 데카당스라는 건 온갖 미숙한 사상으로부터 자유를 의미하지. 그 어떠한 것에도 홀리지 않는 정신을 말하는 거야.

―「그럼에도 나는 간다」

**세심한 독자라면 「세태」에도 비슷한 구절이 있었음을 기
억할 것이다.**

그건 말이죠, 모호한 사상이나 믿을 수 없는 체계 대신 이
것만은 믿을 수 있을 정도로 구체적이라고 생각하고 있는
겁니다. 인물을 사상이나 심리로 파악하는 대신 감각으로
파악하는 거죠. 좌익사상보다 배를 굶주린 인간의 배고픈
감각 쪽이 더 믿을 만하다. 그래서 제 소설은 일견 늙은이
소설 같겠지만 그 속에 가부좌를 틀고 있지는 않아요. 스
탕달은 데카당스니까요. 부르짖는 것도 쑥스럽지만 절절
한 정서도 쑥스럽다. 고백도 쑥스럽다. 그게 저희 세대인
겁니다.

―「세태」

여기서 말하는 좌익 운동이란 오다사쿠의 중학생 시절인
1920년대부터 시작된 일본의 사회주의자와 공산주의자 탄
압 및 검거 사건, 그리고 이로 인한 좌익인사들의 전향을 말

한다. 실제 오다 사쿠노스케의 셋째 누이의 남편 또한 전향했다고 한다. 이러한 기존 사상과 체계에 대한 불신이 데카당스로 표현되며 본인들의 문학정신으로 이어져 기성 문학의 권위와 형식을 철저히 무시하게 했고, 이에 따라 오만하다, 낡아빠졌다 등의 혹평과 함께 무뢰파 작가들은 주류문단으로부터 철저히 방계 문학 취급을 당했다.

오다 사쿠노스케가 참수당하듯이 죽고, 다자이 오사무가 악전고투 끝에 자살하고, 사카구치 안고가 정신병원에 들어갔으며, 또 이 일파와 가까웠던 다나카 히데미쓰가 다자이 오사무의 뒤를 따라 자살했다.

—사사키 기이치, 『전후의 문학, 쇼와문학사』

사실적인 수법으로 묘사한 고뇌 구제적 인격 경향과 시각적 현실주의에 입각한 인격으로 생을 해결한다는 점을 파악하고 이를 현대소설의 표준적인 성격으로 간주했다. 전후 얼마 되지 않았을 때 오다 사쿠노스케와 다자이 오사무가 시가 나오야의 이런 인격 미학에 절망적인 도전을 시도했지만 결국 견고한 보루를 뚫지 못하고 자멸했다.

—히라노 겐, 『일본 쇼와문학사』

그래서 현재까지 읽히고 기억되고 사랑받는 문학은 어느 쪽인가 하고 주류 문학과의 차이에 집중해볼 수도 있겠지만, 여기서는 오다 사쿠노스케가 「세태」와 「향수」를 통해 말하고자 했던 문학 속 데카당스 정신과 실존주의 사상을 좀 더 살펴보자.

물론 데카당스를 표방한다고는 하지만 소설 속에 사상이 없을 수는 없다. 언어예술인 문학은 어떻게든 작가의 사상, 하다못해 생각의 편린이라도 담기기 마련이며 그것이 소설 속 사상을 태동시킨다. 오다 사쿠노스케도 이 점을 잘 알고 있었으며 그래서 활동 초기부터 「소설의 사상」, 「소설의 사상과 소설 속의 사상」 등을 통해 그만의 문학론을 누차 역설했다.

> '소설 속의 사상'은 실로 자양분이 되기 때문에 물론 경시해선 안 되지만, '소설의 사상'은 마치 공기와 같아 그것 없이는 소설이 탄생할 수 없다.
>
> —「소설의 사상과 소설 속의 사상」

아무리 소설 속의 사상을 끄집어내려 해도 그로써 소설을 논할 수 없다는 것은 비유하자면 다각형의 변을 무수히 늘려 원으로 만들려는 노력과 같다.

소설의 사상이라는 것은 말하자면 소설이라 하는 제2의 자연 혹은 제2의 인생, 독자적인 세계를 만들려는 사상이다. 그러므로 어떠한 사상도 그 안에 포함할 수 있다. 즉 원이 그 어떤 다각형도 포함할 수 있는 것과 마찬가지지만 다각형은 원이 될 수 없다.

－「분라쿠적 문학관」

다각형과 원의 이야기는 「향수」에도 등장한다. 「향수」는 「세태」를 쓴 뒤의 상황을 그린 「세태」에 대한 주해소설이라고 오다 사쿠노스케가 직접 밝혔다. 주해, 즉 의미의 이해를 돕기 위해 보충하여 풀이했다는 것이다. 「세태」는 작가인 오다 사쿠노스케가 자신의 소설에 만족하지 못하고 계속 세태속을 방황하며 소설의 소재를 찾아다니면서 소설의 가능성과 방향을 묻는 일종의 메타소설이다. 십 전 게이샤, 센니치마에 살인사건, 부랑자 요코보리, 아베 사다 사건, 다이스 마담의 여동생 등등 주인공은 끊임없이 소설의 소재를 찾아 나서지만 결국 그 어떤 소설에도 만족하지 못할 것을 우리는 예측해볼 수 있다. 왜냐하면 그러한 세태의 단면들로 다각형의 변을 아무리 늘린들 원이 될 수는 없기 때문이다. 다각형의 변은 소설 속의 사상, 그러한 무수한 다각형을 전부 포함하는 원 자체는 소설의 사상이다.

그런데 최근 문학을 보면 극히 까다로운 형태의 다각형 소설이 횡행하고 있다. 소설 속의 사상만으로 이루어진 소설이다. 따라서 간단하게 요약하기 쉽고, 재독과 삼독은 견딜 수 없다. 그리고 그러한 것이 좋은 소설이라고 여겨지고 있다.

—「분라쿠적 문학관」

「부부단팥죽」은 어째선지 평판이 좋지 못하지만 오사카의 그러한 세계를 그린 한, 나는 걸작이라고 생각한다. 다만 불행하게 그려진 남녀의 세계가 당대 풍조에 반하고, 또한 그 속의 오사카적인 것이 도쿄 평단의 신경을 건드려 그 점이 묘한 반감으로 작용했을지도 모른다고 생각한다.

—미야우치 간야, 「문예시평」 1940년 11월호

첫 번째 인용문의 최근 문학이란 자신의 심상 세계를 과부족 없이 그리는 사소설과 그러한 문학에 권위와 정석을 부여하는 도쿄 문단을 말할 것이다. 당시 문인 사이의 분위기는 도쿄를 벗어나면 문학 활동을 할 수 없을 거라고 여겼다고 한다. 늘 끊임없이 변화하며 고착된 정신이나 사상과 권위가 아닌 통속성과 현실성이 지배하는 오사카라는 세계는 오다 사쿠에게 있어 이러한 다각형 도쿄에서 벗어나 원을 그릴 수 있는 공간이다. 그리고 「세태」와 「향수」는 소설가가 이러한 원이라는 가능성을 찾아 나서야 함을 넌지시 비친다.

「향수」의 결말 부분, 백화점 부랑자 아이의 얼떨떨한 눈과 전차역 여인의 얼떨떨한 눈, 그리고 그들을 바라보는 소설가 신키치의 얼떨떨한 눈은 이러한 원형 세계를 마주한 눈빛이다. 상황 속에 던져져 이유도 알 수 없는 슬픔에 시달리는 인간을 그려야 했다고 후회하며 그런 인간을 향해 지독한 향수를 느끼는 신키치의 모습은 사르트르가 말한 아무것도 정해지지 않은 무라는 상황에 그저 던져진 인간의 실존을 연상시킨다. 실제로 오다 사쿠노스케는 사르트르에게도 조예가 깊어 「가능성의 문학」 등에서 그의 작품을 분석하고, 「사르트르와 가을의 소리」라는 작품을 남기기도 했다. 비단 「향수」의 인물들만이 아니라 이 책의 작품 속 모든 인물들, 심지어 작가 자신조차 사르트르의 실존 속에서 방황하고 고뇌한다. 데카당스, 어떠한 기존 사상과 체계에도 의지하지 않는다는 것은 원처럼 모든 사상과 가능성을 포괄함을 말한

다. 하지만 그 이면에는 결국 어느 한 변 안심하고 발 디딜
곳 없는 지독한 고독이 도사리고 있다.

3

7년이라는 짧은 시간을 질주하는, 그것도 인기 작가로 주
목받은 뒤로 1년 동안 자신의 작품 절반을 써내버리는 오다
사쿠를 보며 다자이 오사무는 "오다 군은 죽으려 하던 것이
다"라고 말하면서도 "하지만 오다 군의 슬픔을 나는 다른 누
구보다도 아득하고 깊게 감지하고 있었다고 생각한다"라고
말한다. 사카구치 안고는 "그는 너무 많이 쓴 희생자이고 그
자신도 온 자신을 쏟아 넣어 한 작품에 몰입하고 싶다는 의
지를 내비쳤기 때문에 병에 걸린 게 오히려 좋은 기회라고
생각했다"라며 추도문에서 밝힌다. 가죽점퍼를 입은 오다사
쿠가 히로뽕을 맞아가며 글을 쓴다는 것은 유명한 사실이었
다. 오다 사쿠노스케가 참수당하듯이 죽었다는 표현은 이러
한 상황을 가리키는 말이었을 것이다.

전후 무질서한 풍경 속에서 오다 사쿠노스케는 그 밑바닥
에 가라앉아 있는 나를 부상시키려 했다. 전후 세상 속에

있는 그대로의 나, 즉 자존심과 질투의 형태를 부상시킬 수 있었다면 그때까지 썼던 작품의 감각이나 풍경에 그대로 연결되었을 것이다. 그의 내면에는 그때까지 억압을 받았던 괴로움이 있었다. 그는 그것을 다카미 준처럼 사소설로 토해내지 않았다. 그의 내면에서는 자신의 토양이었던 오사카라는 공통적인 그릇이 부서진 폐허 속에서 어떤 것에도 영혼을 빼앗기지 않는 새로운 정신으로 나타났던 건지도 모른다. 그러나 그가 이런 새로운 세태를 묘사할 때 이는 풍경의 표면을 쓰다듬는 풍속소설이 될 수밖에 없었다. 그는 그 풍경을 끝까지 긍정하기 위해 작가의 개아를 질주시키고 파멸시켰다.

― 호쇼 마사오, 『일본현대문학사』

스스로를 파멸과 슬픔의 길로 몰고 가며 방랑하던 오다 사쿠노스케의 외곬스러운 모습은 소설 속 주인공에게서도 잘 드러난다. 「육백금성」의 나라오는 그 전형적인 인물이며(참고로 오다 사쿠노스케의 수호성 또한 육백금성이다), 가즈요와 경마남을 향한 질투에 시달리며 경마에 빠져드는 「경마」의 데라다도 지독한 외곬이다. 그들의 고집스러운 성격은 다른 이들을 개의치 않고 오직 자신만의 감각을 통해 자신의 길을 나아가게 하는 추동력으로 작동하지만, 그것이 또한 끝없는 방랑에서 헤어나지 못하게 하는 원인이 되기도 한다. 인용문에서 평론가 호쇼 마사오가 말한 자존심과 질투는 이러한 방랑에 딸린, 뗄레야 뗄 수 없는 부산물과도 같다. 「부부단팥죽」의 초코 또한 류키치를 끝까지 놓지 못하는 모습에는 질투와 자존심이 서려 있고, 류키치도 너무나 잘난 초코로 인해 자존심 상해하며 그의 방랑은 언뜻 자학과 오기를 띠고 있다.

방랑벽이 몸에 익은 방탕무뢰한 풍속작가 오다 사쿠노스케에게 있어 이러한 자의식과 질투는 도저히 해결할 수 없던 너무나 생생하고 꺼림칙한 감각이었다. 자신의 아내 가즈에가 사망한 뒤, 그녀의 모발을 항상 몸에 지니고 있었던 것은 그녀가 죽은 지 몇 년이 지나도 사라지지 않는 질투 때문이기도 했다. 그는 그의 일기장에서 가즈에를 향한 이 생생한 질투의 감각을 자세히 기록해두고서 이를 「경마」의 데라다에 투영시켰다. 어머니와 형으로 대변되는 정석에 반항하며 전염병원과 나병 요양소 등 모진 환경으로 자신을 내모는 나라오 또한 자의식 과잉이라는 평가까지 듣던 오다 사쿠노스케 자신을 투영한 것이다. 하지만 아무리 멍청하고 헛되더라도 자신만의 파격적인 수를 고집하고 방랑을 향해 투신하며 파멸을 향해 자학적인 쾌감을 느끼며 직접 걸어 들어가기까지 하는 건 이른바 '청춘의 역설'이자 '가능성의 역설'인 셈이다. 온갖 가능성을 긍정하기 위해서라도 그는 이에 빠져들어야 했다.

> 「부부단팥죽」은 내 영혼의 고향과도 같은 작품이지만 앞으로 계속 영혼의 방랑을 이어가고 싶다.
> ―「부부단팥죽」 문예추천작 당선 소감

이러한 방랑하고 전전하는 인생에 집착하는 이유를 오다 사쿠노스케는 자신의 동화를 향한 동경이자 인간에 대한 애정의 반추작용이라고 밝힌다. 실제 그가 「부부단팥죽」의 후기에서 밝힌 바에 따르면 「부부단팥죽」은 데뷔작 「비」를 집필하던 중 호젠사 뒷골목의 부부단팥죽 가게가 계속 떠올라 이를 계기로 구상한 리얼리즘 형식을 빌린 동화라고 한다. 「나무의 도시」, 「육백금성」, 「경마」 또한 결국 리얼리즘 형식을 빌린 동화인 셈이다. 작품 속에서 작가가 이들 주인공을 바라보는 시선은 자연주의 소설처럼 비정하거나 비관적 또는 염세적이지 않으며, 오히려 그 애처롭기까지 한 모습을 향한 짙은 애정을 느끼게 한다. 「부부단팥죽 속편」의 전편과 판연히 달라진 결말과 「경마」의 숨찬 결말은 한 사람의 독자로서 오다사쿠 자신이 초코와 류키치와 데라다에게 깊은 애정을 담아 기대하는 해피엔딩을 보여준다.

> 비가 내리는 날에 거의 뼈대만 남은 찢어진 자노메 우산을 쓰고 굽 높은 나막신을 멋들어지게 신고서 부랑자들이 있는 철교 아래 공터를 향해 걸어가는 '십전 게이샤'는 (아마 오다가 공상으로 만들어낸 것이겠지만) 스스로 방탕무뢰 풍속작가(라고 해도 이 또한 역설적 표현으로)를 자처하던 오다의 '마음에 내리는 초조한 비'를 막으며 '이유도 없이 찾아오는 슬픔'을 위로하는 '향수'이자 '동화' 속 인물일 것이다.
>
> ─우노 고지, 「애상과 고독의 문학」

이러한 그의 소설 속 인물들과 그들의 행보를 어떻게 평가해야 할 것인가는 독자 각자의 선택에 달려있다. 누군가는 오사카 사람 특유의 강인한 생활력을 통해 실패와 좌절 속 한 가닥 희망을 끝까지 견지한다며 기리기도 하고, 누군가는 지나치게 과장스러워 자중이 부족하다고 말하며, 누군가는 나이가 들수록 마음에 스며들며 그리워지는 인물들이라고 말하고, 누군가는 인간존재를 부각하는 점을 등한시하여 인간적 관심사의 표현 방법을 소홀히 했다고 말하기도 한다. 다만 나는 이렇게 다양한 생각들이 나올 수 있는 무변광대한 세계를 그려내는 것이야말로 그의 청춘과 문학의 꿈이 아니었을까 하고 어렴풋이 생각한다.

작가 연보

1913년 현 오사카시 덴노지 옛 뒷골목 배달 도시락집(훗날 1전 튀김
집) 1남 4녀 중 장남으로 출생.

1931년 학업에서 우수한 성적을 거두어 온 가족의 기대를 받으며 현
교토대학에 해당하는 제3고등학교에 합격하며 입학. 재학
중 순수희곡에 관심을 보이며 극본을 집필.

1934년 졸업시험 도중 각혈하여 졸업하지 못하고 전지요양을 떠남.

1935년 카페 여급 미야다 가즈에와 만나 동거생활을 시작.

1936년 전지요양 이후 학업 의욕을 잃어 결국 고등학교를 중퇴. 비
슷한 시기 스탕달의 『적과 흑』을 읽고 큰 감명을 받아 소설
가로 지망을 변경.

1937년 친구인 아오야마 고지와 함께 문예 동인잡지 『해풍』을 창간
하고 이듬해 11월, 자전적 소설인 「비」를 『해풍』에 발표하며
데뷔.

1939년 7월 미야다 가즈에와 결혼. 9월 「속취(俗臭)」를 발표하여 최고 권위상인 아쿠타가와상 후보에 오름.

1940년 4월에 발표한 「부부단팥죽」이 가이조샤의 제1회 문예추천작으로 당선되며 본격적으로 작가 생활을 시작.

1941년 『청춘의 역설』이 지나치게 자유분방하다는 이유로 전시 중 검열을 통과하지 못하고 발매 금지 처분을 받음. 다른 여러 작품도 출판사 사전검열을 통과하지 못하고 이로 인해 잠시 역사 소설을 발표하며 단편 집필에 집중.

1944년 아내인 가즈에가 31살 나이에 암으로 사망.

1946년 종전 후 곧바로 활발하게 활동을 시작하여 3월 「육백금성(六白金星)」, 4월 「세태」, 「경마」 발표를 계기로 큰 주목을 받으며 일약 인기 작가로 급부상하고 원고 청탁이 쇄도함. 이 시기부터 다자이 오사무, 사카구치 안고, 이시카와 준 등과 함께 무뢰파, 신희작파로 일컬어지며 활약.

그러나 당시 신경각성제인 히로뽕을 맞아가며 장편 『토요부인』을 집필하던 중 12월, 도쿄의 여관에서 각혈하며 도쿄병원에 입원. 1년 사이 집필한 원고는 다자이 오사무가 남긴 작품 수의 세 배나 되며 인기 작가로서 파격적인 원고료를 받았다고 함.

1947년 병세가 악화하여 1월 10일 33세의 나이로 요절.

2007년 사후 60년 만에 전시 중 사전검열로 인해 발표되지 못한 듯한 대표작 「부부단팥죽」의 속편 원고가 발견되며 큰 주목을 받음. 이듬해 마찬가지로 검열로 인해 발표되지 못한 「육백금성」의 초고 원고가 발견됨.